U0688281

百年经典散文

CENTURY
CLASSIC PROSE

谢冕◎主编

著名特级教师王岱联袂推荐——
著名作家黄蓓佳，著名文学评论家孟繁华、王干，

哲理美文

聆听大家心语，沐浴经典成长。

山东人民出版社
全国百佳图书出版单位 国家一级出版社

图书在版编目（CIP）数据

哲理美文/谢冕主编 .— 济南：山东人民出版社，2014.5（2023.4重印）
（百年经典散文）
ISBN 978-7-209-05703-5

Ⅰ.①哲… Ⅱ.①谢… Ⅲ.①散文集－中国－近现代
Ⅳ.①I26

中国版本图书馆 CIP 数据核字（2014）第 019957 号

责任编辑：刘　晨

哲理美文

谢冕　主编

山东出版传媒股份有限公司
山东人民出版社出版发行

社　址：济南市舜耕路517号　邮编：250003

网　址：http://www.sd－book.com.cn

市场部：（0531）82098027 82098028

新华书店经销

三河市华东印刷有限公司印装

规　格　16开（170mm × 240mm）
印　张　18
字　数　147千字
版　次　2014年5月第1版
印　次　2023年4月第5次
ISBN 978-7-209-05703-5
定　价　58.00元

如有质量问题，请与印刷厂调换。（010）57572860

那些让人心旌摇荡的文字 ①

谢　冕

　　这里汇聚了近百年来世界和中国一批散文名家的作品，作者来自中国和中国以外的国度。有的非常知名，有的未必知名，但所有的入选文字都是非常优秀的。这可说是一次空前的集聚。这里所谓的"空前"，不仅指的是作品的主题涉及社会人生浩瀚而深邃的领域，也不仅指的是它们在文体创新方面以及在文字的优美和艺术的精湛方面所达到的高度，而且指的是它们概括了人类长期积累的宝贵经验，它所传达的洞察世事的智慧，特别重要的是它代表了人性的美以及人类的良知。

　　从十九世纪后期到二十世纪末这一百年间，人类经历了从工业革命到电子革命的沧桑巨变，科技的发达给人类创造了伟大的二十世纪文明。人类理所当然地享受着它应有的荣光，同时，他们也曾蒙受空前的苦难：天灾、战乱、饥饿，特别是两次世界大战给人类留下了巨大的伤痛。在战争的废墟上

---

　　① 这是为山东人民出版社《百年经典散文》所写的总序。这套丛书计八卷，分别为《闲情谐趣》《游踪漫影》《天南海北》《励志修身》《亲情无限》《挚友真情》《纯情私语》《哲理美文》。

反顾来路，那些优秀的、未曾沉酣的大脑开始了深刻的反思。于是有了关于未来的忧患和畏惧，有了对于和平的祈求和争取，以及对于人类更合理的生活秩序和理想的召唤。这种反思集中在对于人类本性的恢复和重建上。

世纪的反思以多种方式展开，其中尤以文学的和艺术的方式最为显眼有力，它因生动具象而使这种反思更具直观的效果。以文学的方式出现的诗歌、小说和戏剧的文体当然有着令人印象深刻的贡献。而我们此刻面对的是散文，这是有别于其他文体的一种文学类别。在我们通常的识见中，文学创作的优长之处在它的虚构性。我们都知道，文学的使命是想象的，人们通过那些非凡的想象力获得对物质世界和精神世界更真实也更有力的升华，从而获得更有超越性的审美震撼。

散文作为文学的一种无疑也具有上述特性。但我们觉察到，散文似乎隐约地在排斥文学的虚构，那些优秀的散文几乎总在有意无意地"遗忘"虚构。散文这一文体的动人心魄之处是：它对于人的内心世界的绝对的"忠实"，它断然拒绝情感和事实的"虚拟"。散文重视的是直达人的内心，它弃绝对心灵的虚假装饰。一般而言，一旦散文流于虚情，散文的生命也就荡然无存，而不论它的辞采有多么华美。散文看重的是真情实意。以往人们谈论最多的"形散而神不散"，其实仅仅是就它在谋篇构思等的外在因素而言，并不涉及散文创作的真质。当然，这里表述的只是个人的浅见，并不涉及严格的文体定义。这种表述也许更像是个人对散文价值的一次郑重体认。

广泛地阅读，认真地品鉴，严格地遴选，一百年来中外的散文名篇跃进了选家的眼帘，并在读者面前展示了它的异彩。可以看出，所有的作者面对他的纷繁多姿的世界，面对这个世界的万事万物万种情思，他们都未曾隐匿自己的忧乐爱憎，而且总是付诸真挚而坦率的表达。真文是第一，美文在其次，思想、情怀加上文采，它们到达的是文章的极致。

这些作者通过一百年的浩瀚时空，给了我们一百年人世悲欢离合的感兴，他们以优美的文字记下这一切内心历程，满足我们也丰富我们。有的文字是承载着哲理的思忖，有的文字充盈人间的悲悯情怀，有的文字敞开着宽广的胸怀，是上下数千年的心灵驰骋。人们披卷深思并发现，大自对于五千年后的子孙的深情寄语，论说灵魂之不朽，精神之长在，对生命奥秘之拷问，乃至对抽象的自由与财富之价值判断，他们面对这一切命题，均能以睿智而从容的心境处之。表达也许完美，表达也许并不完美，这都不重要，重要的是，所有的文字均源生于对于自然界的一草一木、人世间的一颦一笑，于日常的举手投足之间，总是充满了人间的智慧和情趣。

这些文字，有的深邃如哲学大师的启蒙，有的活泼如儿童天籁般的童真，有的深沉而淡定，有的幽默而理趣。我们手执一卷，犹如占有整个世界。整个世界都在聆听大师，整个世界都在与我们平等对话，我们像是在过着盛大的节日。这里的奉献，不仅是宽容的、无私的，而且是慷慨的，我们仿佛置身于精神的盛宴。举世滔滔，灯红酒绿，充满了时尚的诱惑与追逐，使人深感被疏远的、从而显得陌生的精神是多么可贵。

能够在一杯茶或一杯咖啡的余温里沐浴着这种温暖的、智性的阳光，这应该是人间的至乐了！朋友，书已置放在你的案前，那些依然健在的，或者已经远去的心灵，在等待与你对话，那些让人心旌摇荡的文字，在等待你的聆听。

二〇一三年一月一日，执笔于北京昌平寓所

目 录

目录

目 录

目录

最苦与最乐

□ ［中国］梁启超

人生什么最苦呢？贫吗？不是。失意吗？不是。老吗？死吗？都不是。我说人生最苦的事莫苦于身上背着一种未来的责任。人若能知足，虽贫不苦；若能安分（不多作分外希望），虽失意不苦；老、病、死乃人生难免的事，达观的人看得很平常，也不算什么苦。独是凡人生在世间一天，便有一天应该做的事，该做的事没有做完，便像是有几千斤重担子压在肩头，再苦是没有的了。为什么呢？因为受那良心责备之过，要逃躲也没地方逃呀！

答应人办一件事没有办，欠了人的钱没有还，受了人的恩惠没有报答，得罪了人没有赔礼，这就连这个人的面也几乎不敢见他；纵然不见他的面，睡里梦里都像有他的影子来缠着我。为什么呢？因为觉得对不住他呀！因为自己对于他的责任还没有解除呀！不独对于一个人如此，就是对于家庭，对于社会，对于国家，乃至对于自己，都是如此。凡属我受过他好处的人，我对于他便有了责任。凡属我应该做的事，而且力量能够做得到的，我对于这件事便有了责任。凡属我自己打主意要做一件事，便是现在的自己和将来的自己立了一种契约，便是自己对于自己加一层责任。有了这责任，那良心便时时刻刻监督在后头。

这种苦痛却比不得普通的贫、病、老、死，可以达观排解得来。所以我说人生没有苦痛便罢，若有苦痛，当然没有比这个更重的了。

反过来，什么事最快乐呢？自然责任完了，算是人生第一件乐事。古语说得好："如释重负。"俗语亦说："心上一块石头落了地。"人到这个时候，那种轻松愉快，真是不可以言语形容。责任越重大，负责的日子乃越长；到责任完了时，海阔天空，心安理得，那快乐还要加几倍哩！大抵天下事从苦中得来的乐才是真乐。人生须知道有负责任的苦处，才能知道有尽责任的乐处。这种苦乐循环，便是这有活力的人间一种趣味；却是不尽责任，受良心责备，这些苦都是自己找来的。

﹙佳作赏析：﹚

梁启超（1873—1929），号饮冰子，广东新会人，晚清著名政治家、文学家。著有《饮冰室合集》。

痛苦和快乐是人类永恒的话题，哲人志士有不少精彩的论述，平常百姓也有许多深刻的思考。"人生最苦的事，莫苦于身上背着一种未了的责任。责任完了，算是人生第一件乐事。"这是梁启超在《最苦与最乐》一文中表达的观点。文章思想深刻，格调高雅，语言凝重，既有儒家的进取精神，又有佛家的超凡智慧，读来脍炙人口，掩卷沁人心脾，实在是不可多得的精品。

人生真义

□〔中国〕陈独秀

人生在世，究竟为的什么？究竟应该怎样？这两句话实在难回答得很，我们若是不能回答这两句话，糊糊涂涂过了一生，岂不是太无意识吗？自古以来，说明这个道理的人也算不少，大概约有数种：第一是宗教家，像那佛教家说：世界本来是个幻象，人生本来无生；"真如"本性为"无明"所迷，才现出一切生灭幻象；一旦"无明"灭，一切生灭幻象都没有了，还有什么世界，还有什么人生呢？又像那耶稣教说：人类本是上帝用土造成的，死后仍旧变为泥土；那生在世上信从上帝的，灵魂升天；不信上帝的，便魂归地狱，永无超生的希望。第二是哲学家，像那孔、孟一流人物，专以正心、修身、齐家、治国、平天下，做一大道德家、大政治家，为人生最大的目的。又像那老、庄的意见，以为万事万物都应当顺应自然；人生知足，便可常乐，万万不可强求。又像那墨翟主张牺牲自己，利益他人为人生义务。又像那杨朱主张尊重自己的意志，不必对他人讲什么道德。又像那德国人尼采也是主张尊重个人的意志，发挥个人的天才，成为一个大艺术家、大事业家，叫做寻常人以上的"超人"，才算是人生目的；什么仁义道德，都是骗人的说话。第三是科学家。科学家说人类也是自然界一种物质，没有什么灵魂；生存的时候，一切苦乐善恶，都为物质界自然法则所支配；死后物质分散，另变一种作用，没有连续的记忆和知觉。

这些人所说的道理，各个不同。人生在世，究竟为的什么，应该怎样呢？我想佛教家所说的话，未免太迂阔。个人的生灭，虽然是幻象，世界人生之全体，能说不是真实存在吗？人生"真如"性中，何以忽然有"无明"呢？既然有了"无明"，众生的"无明"，何以忽然都能灭尽呢？"无明"既然不灭，一切生灭现象，何以能免呢？一切生灭现象既不能免，吾人人生在世，便要想想究竟为的什么，应该怎样才是。耶教所说，更是凭空捏造，不能证实的了。上帝能造人类，上帝是何物所造呢？上帝有无，既不能证实；那耶教的人生观，便完全不足相信了。孔、孟所说的正心、修身、齐家、治国、平天下，只算是人生一种行为和事业，不能包括人生全体的真义。吾人若是专门牺牲自己，利益他人，乃是为他人而生，不是为自己而生，绝非个人生存的根本理由，墨子的思想，也未免太偏了。杨朱和尼采的主张，虽然说破了人生的真相，但照此极端做去，这组织复杂的文明社会，又如何行得过去呢？人生一世，安命知足，事事听其自然，不去强求，自然是快活得很。但是这种快活的幸福，高等动物反不如下等动物，文明社会反不如野蛮社会；我们中国人受了老、庄的教训，所以退化到这等地步。科学家说人死没有灵魂，生时一切苦乐善恶，都为物质界自然法则所支配，这几句话倒难以驳他。但是我们个人虽是必死的，全民族是不容易死的，全人类更是不容易死的了。全民族全人类所创的文明事业，留在世界上，写在历史上，传到后代，这不是我们死后联续的记忆和知觉吗？

照这样看起来，我们现在时代的人所见人生真义，可以明白了。今略举如下：

（一）人生在世，个人是生灭无常的，社会是真实存在的。

（二）社会的文明幸福，是个人造成的，也是个人应该享受的。

（三）社会是个人集成的，除去个人，便没有社会；所以个人的意志和快乐，是应该尊重的。

（四）社会是个人的总寿命，社会解散，个人死后便没有连续的记忆和知觉；所以社会的组织和秩序，是应该尊重的。

（五）执行意志，满足欲望（自食色以至道德的名誉，都是欲望），是个人生存的根本理由，始终不变的（此处可以说"天不变，道亦不变"）。

（六）一切宗教、法律、道德、政治，不过是维持社会不得已的方法，非个人所以乐生的原意，可以随着时势变更的。

（七）人生幸福，是人生自身出力造成的，非是上帝所赐，也不是听其自然所能成就的。若是上帝所赐，何以厚于今人而薄于古人？若是听其自然所能成就，何以世界各民族的幸福不能够一样呢？

（八）个人之在社会，好像细胞之在人身，生灭无常，新陈代谢，本是理所当然，丝毫不足恐怖。

（九）要享幸福，莫怕痛苦。现在个人的痛苦，有时可以造成未来个人的幸福。譬如有主义的战争所流的血，往往洗去人类或民族的污点。极大的瘟疫，往往促成科学的发达。

总而言之，人生在世，究竟为的什么？究竟应该怎样？我敢说道："个人生存的时候，当努力造成幸福，享受幸福；并且留在社会上，后来的个人也能够享受。递相授受，以至无穷。"

佳作赏析：

陈独秀（1880—1942），字仲甫，安徽怀宁人，现代革命家、学者。有作品集《独秀文存》。

在分析了宗教家、哲学家、科学家的观点后，陈独秀对人生真义作出了自己的回答：人生在世，个人是生灭无常的，社会是真实存在的；社会的文明幸福，是个人造成的，也是个人应该享受的；个人是社会的细胞，没有个人就没有社会，所以应该尊重个人的意志和快乐；社会是个人的总寿命，社会解散，个人死后便没有连续的记忆和知觉，所以应该尊重社会组织和秩序。执行意志，满足欲望是个人生存始终不变的理由；人生幸福是靠个人自己创造的，并非上帝所赐，也不是自然而然得来的；个人在社会中，生灭无常，新陈代谢，是理所当然的事情，丝毫不足恐惧。他的思考，至今仍有深刻的价值，值得我们借鉴。

生命的路

□〔中国〕鲁迅

想到人类的灭亡是一件大寂寞大悲哀的事，然而若干人们的灭亡，却并非寂寞悲哀的事。

生命的路是进步的，总是沿着无限的精神三角形的斜面向上走，什么都阻止他不得。

自然赋予人们的不调和还很多，人们自己萎缩堕落退步的也还很多，然而生命决不因此回头。无论什么黑暗来防范思潮，什么悲惨来袭击社会，什么罪恶来亵渎人道，人类的渴仰完全的潜力，总是踏了这些铁蒺藜向前进。

生命不怕死，在死的面前笑着跳着，跨过了灭亡的人们向前进。

什么是路？就是从没路的地方践踏出来的，从只有荆棘的地方开辟出来的。

以前早有路了，以后也该永远有路。

人类总不会寂寞，因为生命是进步的，是乐天的。

昨天，我对我的朋友L说，"一个人死了，在死者自身和他的眷属是悲惨的事，但在一村一镇的人看起来不算什么，就是一省一国一种……"

L很不高兴，说，"这是Nature（自然）的话，不是人们的话。你应该小心些。"

我想，他的话也不错。

佳作赏析：

鲁迅（1881—1936），浙江绍兴人，现代思想家、文学家。著有短篇小说集《呐喊》《彷徨》，散文集《野草》等。有《鲁迅全集》印行。

这是一篇言简意赅却含义深刻的文字。生命的路是进步的、上升的，是不可阻止的。相对于自然而言，世界上本没有路，走的人多了，才会有了路；但对于生命来说，路早就有了，以后也永远会有。一个人的生命是很渺小的，渺小到对其他无关的人算不得寂寞和悲哀；生命也是一直向前的，它绝不会因为人们自己萎缩退步，或自然赋予人们的不调和而回头。生命是永无止境的，它在人类社会结束了旅程，也许还会以其他形式存在。

雪

□ 〔中国〕鲁迅

　　暖国的雨，向来没有变过冰冷的坚硬的灿烂的雪花。博识的人们觉得他单调，他自己也以为不幸否耶？江南的雪，可是滋润美艳之至了；那是还在隐约着的青春的消息，是极壮健的处子的皮肤。雪野中有血红的宝珠山茶，白中隐青的单瓣梅花，深黄的磬口的腊梅花；雪下面还有冷绿的杂草。蝴蝶确乎没有；蜜蜂是否来采山茶花和梅花的蜜，我可记不真切了。但我的眼前仿佛看见冬花开在雪野中，有许多蜜蜂们忙碌地飞着，也听得他们嗡嗡地闹着。

　　孩子们呵着冻得通红，像紫芽姜一般的小手，七八个一齐来塑雪罗汉。因为不成功，谁的父亲也来帮忙了。罗汉就塑得比孩子们高得多，虽然不过是上小下大的一堆，终于分不清是壶卢还是罗汉；然而很洁白，很明艳，以自身的滋润相黏结，整个地闪闪地生光。孩子们用龙眼核给他做眼珠，又从谁的母亲的脂粉奁中偷得胭脂来涂在嘴唇上。这回确是一个大阿罗汉了。他也就目光灼灼地嘴唇通红地坐在雪地里。

第二天还有几个孩子来访问他；对了他拍手，点头，嬉笑。但他终于独自坐着了。晴天又来消释他的皮肤，寒夜又使他结一层冰，化作不透明的水晶模样；连续的晴天又使他成为不知道算什么，而嘴上的胭脂也褪尽了。

但是，朔方的雪花在纷飞之后，却永远如粉，如沙，他们决不粘连，撒在屋上，地上，枯草上，就是这样。屋上的雪是早已就有消化了的，因为屋里居人的火的温热。别的，在晴天之下，旋风忽来，便蓬勃地奋飞，在日光中灿灿地生光，如包藏火焰的大雾，旋转而且升腾，弥漫太空，使太空旋转而且升腾地闪烁。

在无边的旷野上，在凛冽的天宇下，闪闪地旋转升腾着的是雨的精魂……

是的，那是孤独的雪，是死掉的雨，是雨的精魂。

一九二五年一月十八日

佳作赏析：

鲁迅笔下的景物，细致生动，用词准确，仿佛是江南小巷中铺路的青石，没有一点赘言。雪是天然之物，但是江南与北方的雪就不一样了，不仅是地域的不同，性格也有了巨大的差异。这篇文章描写了雪景，表现了鲁迅的另一面性格，他的温暖的关爱，在孤独时对命运的抗争。鲁迅借助自然的雪，表达一种声音，这是不同于别人的声音，在对比中体现出作者的倾向。江南的雪是阴柔的美，它有小桥流水人家的温润的美；相比而言，北方的雪是粗犷的美，它经受得住狂烈的风，无情的寒冷，这是一个战士的精神品质。鲁迅在平凡的小事中，发现了不平常的事情，挖掘出深邃的思想。鲁迅独特的语言风格，在平实的描述中，透出情感的结晶。

夜莺

□［中国］戴望舒

在神秘的银月的光辉中，树叶儿咽啾地似在私语，绠綮地似在潜行；这时候的世界，好似一个不能解答的谜语，处处都含着幽奇和神秘的意味。

有一只可爱的夜莺在密荫深处高啭，一时那林中充满了她婉转的歌声。

我们慢慢地走到饶有诗意的树荫下来，悠然听了会鸟声，望了会月色。我们同时说："多美丽的诗境！"于是我们便坐下来说夜莺的故事。

"你听她的歌声是多悲凉！"我的一位朋友先说了，"她是那伟大的太阳的使女：每天在日暮的时候，她看见日儿的残光现着惨红的颜色，一丝丝地向辽远的西方消逝了，悲思便充满了她幽微的心窍，所以她要整夜地悲啼着……"

"这是不对的，"还有位朋友说，"夜莺实是月儿的爱人：你可不听见她的情歌是怎地缠绵；她赞美着月儿，月儿便用清辉将她拥抱着。从她的歌声，你可听不出她灵魂是沉醉着？"

我们正想再听一会夜莺的啼声，想要她启示我们的怀疑，但是她拍着翅儿飞去了，却将神秘作为她的礼物留给我们。

佳作赏析：

　　戴望舒（1905—1950），浙江人，诗人、翻译家。著有诗集《我的记忆》《望舒草》《望舒诗稿》等。

　　《夜莺》是戴望舒的一个名篇，在他的散文中溢出诗性，诗人的灵魂在散文中游荡。作为诗人的戴望舒，对每一个字都是十分讲究，不会轻易地浪费一句话。从诗体上走向散文化，诗歌的灵性和散文的朴实融为一体，无疑对他的创作产生新的影响。很多的作家都写过夜莺，但戴望舒的这篇与众不同，更显出他的个性。"我们正想再听一会夜莺的啼声，想要她启示我们的怀疑，但是她拍着翅儿飞去了，却将神秘作为她的礼物留给我们。"他的诗歌情绪，使用散文体的表达，变得更加朴素、自然和亲切。

树

□ [中国] 戴望舒

　　路上的列树已斩伐尽了，疏疏朗朗地残留着可怜的树根。路显得宽阔了一点，短了一点，天和人的距离似乎更接近了。太阳直射到头顶上，雨直淋到身上……是的，我们需要阳光，但是我们也需要阴荫啊！早晨鸟雀的啁啾声没有了，傍晚舒徐的散步没有了。空虚的路，寂寞的路！

　　离门前不远的地方，本来有一棵合欢树，去年秋天，我也还采过那长长的荚果给我的女儿玩的。它曾经娉婷地站立在那里，高高地张开它的青翠的华盖一般的叶子，寄托了我们的梦想，又给我们以清阴。而现在，我们却只能在虚空之中，在浮着云片的碧空的背景上，徒然地描画它的青翠之姿了。

　　像现在这样的夏天的早晨，它的鲜绿的叶子和火红照眼的花，会给我们怎样的一种清新之感啊！它的浓荫之中藏着雏鸟小小的啼声，会给我们怎样的一种喜悦啊！想想吧，它的消失对于我们是怎样地可悲啊！

　　抱着幼小的孩子，我又走到那棵合欢树的树根边来了。锯痕已由淡黄变成黝黑了，然而年轮却还是清清楚楚的，并没有给苔藓或是芝菌侵蚀去。我无聊地数着这一圈圈的年轮，四十二圈！正是我的年龄。它和我度过了同样的岁月，这可怜的合欢树！

　　树啊，谁更不幸一点，是你呢，还是我？

佳作赏析：

　　《树》是戴望舒作品中字数不长的一篇。诗人倾注感情，他把树看做是朋友，是生命。

　　作者并没有说树多么的伟大，但是无那片绿阴匝地，生命会缺失很多东西。作者陪女儿在树下游玩时，伴着树枝上小鸟的歌声，他感受到了喜悦，如同树叶一般清新。在幸福和快乐的同时，一股伤感袭上心头。诗人怀抱着幼小的孩子，来到了那棵合欢树前，发现"锯痕已由淡黄变成黝黑了，然而年轮却还是清清楚楚的，并没有给苔藓或是芝菌侵蚀去。我无聊地数着这一圈圈的年轮，四十二圈！正是我的年龄。它和我度过了同样的岁月，这可怜的合欢树！"见物思己，触景生情，这情未免来得太沉重了些。

生

□〔中国〕许地山

我的生活好像一棵龙舌兰，一叶一叶慢慢地长起来。某一片叶在一个时期曾被那美丽的昆虫做过巢穴；某一片叶曾被小鸟们歇在上头歌唱过。现在那些叶子都落掉了！只有瘢楞的痕迹留在干上，人也忘了某叶某叶曾经显过的样子；那些叶子曾经历过的事迹唯有龙舌兰自己可以记忆得来，可是他不能说给别人知道。

我的生活好像我手里这管笛子。他在竹林里长着的时候，许多好鸟歌唱给他听；许多猛兽长啸给他听；甚至天中的风雨雷电都不时教给他发音的方法。

他长大了，一切教师所教的都纳入他的记忆里，然而他身中仍是空空洞洞，没有什么。

做乐器者把他截下来，开几个气孔，搁在唇边一吹，他从前学的都吐露出来了。

佳作赏析：

　　许地山（1893—1941），福建龙溪人，作家、学者。著有散文集《空山灵雨》，小说集《缀网劳蛛》，学术论著《中国道教史》等。

　　许地山的作品，透露出一股仙风道骨的气节。他的文字不肥不瘦，如同竹节一般地有气韵，有独特的美。许地山在执著地探索人生的意义，却又表现出佛教的色彩。许地山把生活比做一根管笛，"他在竹林里长着的时候，许多好鸟歌唱给他听；许多猛兽长啸给他听；甚至天中的风雨雷电都不时教给他发音的方法。"大自然用自己的经验和感受，教给许地山生和存的道理。

梨花

□ ［中国］许地山

她们还在园里玩，也不理会细雨丝丝穿入她们的罗衣。池边梨花的颜色被雨洗得更白净了，但朵朵都懒懒地垂着。

姊姊说："你看，花儿都倦得要睡了！"

"待我来摇醒他们。"

姊姊不及发言，妹妹的手早已抓住树枝摇了几下。花瓣和水珠纷纷地落下来，铺得银片满地，煞是好玩。

妹妹说："好玩啊，花瓣一离开树枝，就活动起来了！"

"活动什么？你看，花儿的泪都滴在我身上哪。"姊姊说这话时，带着几分怒气，推了妹妹一下。她接着说："我不和你玩了，你自己在这里罢。"

妹妹见姊姊走了，直站在树下出神。停了半晌，老妈子走来，牵着她，一面走着，说："你看，你的衣服都湿透了；在阴雨天，每日要换几次衣服，教人到哪里找太阳给你晒去呢？"

落下来底花瓣，有些被她们的鞋印入泥中；有些粘在妹妹身上，被她带走；有些浮在池面，被鱼儿衔入水里。那多情的燕子不歇把鞋印上的残瓣和软泥一同衔在口中，到梁间去，构成它们的香巢。

佳作赏析：

　　许地山的文字，不细细地读，读者不会发现什么。看似平淡的东西，其中深藏丰富的内涵。妹妹说："好玩啊，花瓣一离开树枝，就活动起来了！"这话语中昭示人生的滋味，一个"离"字沉甸甸的，充满了漂泊的沧桑。而"花儿的泪都滴在我身上哪"，更是愁上愁，思上思，不经历过大起大落的磨难，是道不出这种况味的。许地山在平凡的小事里，品出浓郁的味道。他没有写离别的情景，一枚落下的花瓣，被鞋印入泥土中，融入大地。偶尔有一些沾在妹妹的身上，被她带到远方去了。小小的花瓣是生命浪迹的开始和结束。

想 飞

□ [中国] 徐志摩

假如这时候窗子外有雪——街上，城墙上，屋脊上，都是雪，胡同口一家屋檐下偎着一个戴兜帽的巡警，半扰着睡眼，看棉花团似的雪花在半空中跳着玩……假如这夜是一个深极了的夜，不是壁上挂钟的时针指示给我们看的深夜，这深就比是一个山洞的深，一个往下钻螺旋形的山洞的深……

假如我能有这样一个深夜，它那无底的阴森捻起我遍体的毫管；再能有窗子外不住往下筛的雪，筛淡了远近间扬动的市谣，筛泯了在泥道上挣扎的车轮，筛灭了脑壳中不妥协的潜流……

我要那深，我要那静。那在树荫浓密处躲着的夜鹰轻易不敢在天光还在照亮时出来睁眼。思想：它也得等。

青天里是一点子黑的。正冲着太阳耀眼，望不真，你把手遮着眼，对着那两株树缝里瞧，黑的，有榧子来大，不，有桃子来大——嘿，又移着往西了！

我们吃了中饭出来到海边去。（这是英国康槐尔极南的一角，三面是大西洋。）勘丽丽的叫响从我们的脚底下匀匀地往上颤，齐着腰，到了肩高，过了头顶，高入了云，高出了云。阿，你不能不把一种急震的乐音想象成一阵光明的细雨，从蓝天里冲着这平铺着青绿的地面不住地下？不，那雨点都是跳舞的小脚，安琪儿的。云雀们也吃过了饭，离开了它们卑微的地巢飞往高处做工去。上帝给它们的工作，替上帝做的工作。瞧着，这儿一只，那边又起了两！一起就冲着天顶飞，小翅膀动活得多快活，圆圆的，不踌躇地飞，——它们就认识青天。一起就开口唱，小嗓子动活得多快活，一颗颗小精圆珠子直往外唾，亮亮地唾，脆脆地唾——它们赞美的是青天。瞧着，这飞得多高，有豆子大，有芝麻大，黑刺刺的一屑，直顶着无底的天顶细细地摇，——这全看不完了，影子都没了！又是这种不连续状态的罗列，云雀形状变化的过程让人们又体会到"飞"的感觉。但这光明的细雨还是不住地下着⋯⋯

飞。"其翼若垂天之云⋯⋯背负苍天，而莫之夭阏者"；那不容易见着。我们镇上东关厢外有一座黄泥山，山顶上有一座七层的塔，塔尖顶着天。塔院里常常打钟，钟声响动时，那在太阳西晒的时候多，一枝艳艳的大红花贴在西山的鬓边回照着塔山上的云彩，——钟声响动时，绕着塔顶尖，摩着塔顶天，穿着塔顶云，有时一只两只、有时三只四只、有时五只六只蜷着爪往地面瞧的"饿老鹰"，撑开了它们灰苍苍的大翅膀没挂恋似的在盘旋，在半空中浮着，在晚风中泅着，仿佛是按着塔院钟的波荡来练习圆舞似的。那是我做孩子时的"大鹏"。有时好天抬头不见一瓣云的时候听着骁忧忧的叫响，我们就知道那是宝塔上的饿老鹰寻食吃来了，这一想象半天里秃顶圆睛的英雄。我们背上的小翅膀骨上就仿佛豁出了一铧铧铁刷似的羽毛，摇起来呼呼响的，只一摆就冲出了书房门，钻入了玳瑁镶边的白云里玩儿去，谁耐烦站在先生书桌前晃着身子背早上的多难背的书！阿，飞！不是那在树枝上矮矮的跳着的麻雀儿的飞；不是那凑天黑从堂扁后背冲出来赶蚊子吃的蝙蝠的飞；也不是那软尾巴软嗓子做巢在堂檐上的燕子的飞。要飞就得满天飞，风拦不住云挡不住地飞，一翅膀就跳过一座山头，影子下来遮得阴二十亩稻田的飞，到天晚飞倦了就来绕着那塔顶尖顺着风向打圆圈⋯⋯听说饿老鹰会抓小鸡！小鸡的命运是多么可悲呀！

飞。人们原来都是会飞的。天使们有翅膀，会飞，我们初来时也有翅膀，会飞。我们最初就是飞了来的，有的做完了事还是飞了去，他们是可羡慕的。但大多数人是忘了飞的，有的翅膀上掉了毛不长再也飞不起来，有的翅膀叫胶水给胶住了再也拉不开，有的羽毛叫人给修短了像鸽子似的只会在地上跳，有的拿背上一对翅膀上当铺去典钱使过了期再也赎不回……真的，我们一过了做孩子的日子就掉了飞的本领。但没了翅膀或是翅膀坏了不能用是一件可怕的事。因为你再也飞不回去，你蹲在地上呆望着飞不上去的天，看旁人有福气地一程一程地在青云里逍遥，那多可怜。而且翅膀又不比是你脚上的鞋，穿烂了可以再问妈要一双去，翅膀可不成，折了一根毛就是一根，没法给补的。还有，单顾着你翅膀也还不定规到时候能飞，你这身子要是不谨慎养太肥了，翅膀力量小再也拖不起，也是一样难不是？一对小翅膀驮不起一个胖肚子，那情形多可笑！到时候你听人家高声地招呼说，朋友，回去吧，趁这天还有紫色的光，你听他们的翅膀在半空中沙沙地摇响，朵朵的春云跳过来拥着他们的肩背，望着最光明的来处翩翩地，冉冉地轻烟似的化出了你的视域，像云雀似的只留下一泻光明的骤雨——"Thonart unseen, but yet I hear thy shrill delight"（你无影无踪，但我仍听见你的尖声欢叫）——那你，独自在泥土里淹着，够多难受，够多懊恼，够多寒碜，趁早留神你的翅膀，朋友。

是人没有不想飞的。老是在这地面上爬着够多厌烦，不说别的。飞出这圈子，飞出这圈子！到云端里去，到云端里去！强烈的"飞"出去的感觉，哪个心里不成天千百遍地这么想？飞上天空去浮着，看地球这弹丸在太空里滚着，从陆地看到海，从海再看到陆地。凌空去看一个明白——这才是做人的趣味，做人的权威，做人的交代。这皮囊要是太重挪不动，就掷了它，可能的话，飞出这圈子，飞出这圈子！

人类初发明用石器的时候，已经想长翅膀。想飞。猿人洞壁上画的四不像，它的背上掮着翅膀；拿着弓箭赶野兽的，他那肩背上也给安了翅膀。小爱神是有一对粉嫩的肉翅的。伊卡洛斯（Icarus）是人类飞行史里第一个英雄，第一次牺牲。安琪儿（那是理想化的人）第一个标记是帮助他们飞行的翅膀。那也有沿革——你看西洋画上的表现。最初像是一对小精致的令旗，蝴蝶似的粘在安琪儿们的背上，像真的，不灵动。渐渐地翅膀长大了，地位安准了，毛羽丰满了。书图上的天使们长上了真的可能的翅膀。人类初次实现了翅膀的观念，深悟飞行的意义。挨开拉斯闪不死的灵魂，回来投生又投生。人类最大的使命，是制造翅膀；最大的成功是飞！理想的极度，想象的止境，从人到神！诗是翅膀上出世的；哲理是在空中盘旋的。飞！超脱一切，笼盖一切，扫荡一切，吞吐一切。

你上那边山峰顶上试去，要是度不到这边山峰上，你就得到这万丈的深渊里去找你的葬身地！"这人形的鸟会有一天试他第一次的飞行，给这世界惊骇，使所有的著作赞美，给他所从来的栖息处永久的光荣。"

但是飞？自从伊卡洛斯以来，人类的工作是制造翅膀，还是束缚翅膀？这翅膀，承上了文明的重量，还能飞吗？都是飞了来的，还都能飞了回去吗？钳住了，烙住了，压住了，——这人形的鸟会有试他第一次飞行的一天吗？……

同时天上那一点子黑的已经迫近在我的头顶，形成了一架鸟形的机器，忽地机沿一侧，一球光直往下注，硼的一声炸响，——炸碎了我在飞行中的幻想，青天里平添了几堆破碎的浮云。

佳作赏析：

徐志摩（1896—1931），浙江海宁人，诗人。有诗集《志摩的诗》《猛虎集》，散文集《落叶》《巴黎的鳞爪》等。

这是一篇文字优美、想象丰富的文章。作者先是描述了自然界那些能够自由自在飞翔的鸟儿，接着笔锋一转，"人们原来都是会飞的"。这里的"飞"已经不是一般意义上的"飞"，而成为了"梦想""自由"的代名词。每个人心中其实都有梦想，都想无拘无束地生活，但现实生活中的种种束缚和牵绊消磨了我们的意志，阻碍了实现梦想的道路。有感于此，徐志摩才大声发出了"想飞"的呼声。尽管生活中有这样那样的艰难险阻，但每个人还是应该怀揣梦想，时刻想着自己在天空翱翔，这样的人生才有意义和价值。

星夜

□［中国］庐隐

在璀璨的明灯下，华筵间，我只有悄悄地逃逝了，逃逝到无灯光，无月彩的天幕下。丛林危立如鬼影，星光闪烁如幽萤，不必伤繁华如梦，——只这一天寒星，这一地冷雾，已使我万念成灰，心事如冰！

唉！天！运命之神！我深知道我应受的摆布和颠连，我具有的是夜莺的眼，不断地在密菁中寻觅，我看见幽灵的狞羡，我看见黑暗中的灵光！唉！天！运命之神！我深知道我应受的摆布与颠连，我具有的是杜鹃的舌，不断地哀啼于花荫。枝不残，血不干，这艰辛的旅途便不曾走完！

唉！天！运命之神！我深知道我应受的摆布与颠连，我具有的是深刻惨凄的心情，不断地追求伤毁者的呻吟与悲哭——这便是我生命的燃料，虽因此而灵毁成灰，亦无所怨！

唉！天！运命之神！我深知道我应受的摆布与颠连，我具有的是血迹狼藉的心和身，纵使有一天血化成青烟。这既往的鳞伤，料也难掩埋！咳！因之我不能慰人以柔情，更不能予人以幸福，只有这辛辣的心锥时时刺醒人们绮丽的春梦，将一天欢爱变成永世的诅咒！自然这也许是不可避免的报复！

在璀璨的明灯下，华筵间，我只有悄悄逃逝了！逃逝到无灯光，无月彩的天幕下。丛林无光如鬼影，星光闪烁如幽萤，我徘徊黑暗中，我踯躅星夜下，我恍如亡命者，我恍如逃囚，暂时脱下铁锁和镣铐。不必伤繁华如梦——只这一天寒星，这一地冷雾，已使我万念成灰，心事如冰！

佳作赏析：

庐隐（1898—1934），福建闽侯人，女作家。著有散文小说集《灵海潮汐》等。

在五四文学的运动中，庐隐无疑是一颗璀璨耀眼的明星。她对人生意义的拷问和寻找，是同时代女性作家中不可多得的。庐隐感情细腻，想象绮丽多变。"只这一天寒星，这一地冷雾"，她在询问天上的寒星，叩问大地上的冷雾，人生的意义到底是什么呢？我们从她的文字中感受到她的苦闷徘徊。在矛盾的性格中，作品驮负着冷酷的现实，透出伤感的调子，反映了她的思想品质。"苦闷地徘徊"准确地表现了女作家的内心世界。庐隐感伤的文字，让我们读到一个时代青年人的心声。庐隐的作品渗出忧郁的色彩，这是她一生没有摆脱的基调。

夏的颂歌

□ ［中国］庐隐

出汗不见得是很坏的生活吧，全身感到一种特别的轻松。尤其是出了汗去洗澡，更有无穷的舒畅。仅仅为了这一点，我也要歌颂夏天。

其久被压迫，而要挣扎过——而且要很坦然地过去，这也不是毫无意义的生活吧，——春天是使人柔困，四肢瘫软，好像受了酒精的毒，再也无法振作；秋天呢，又太高爽，轻松使人忘记了世界上有骆驼——说到骆驼，谁也忘不了它那高峰凹谷之间的重载，和那慢腾腾，不尤不怨地往前走的姿势吧！

冬天虽然是风雪严厉，但头脑尚不受压扎。只有夏天，它是无隙不入地压迫你，你每一个毛孔，每一根神经，都受着重大的压扎；同时还有臭虫蚊子苍蝇助虐的四面夹攻，这种极度紧张的夏日生活，正是训练人类变成更坚强而有力量的生物。因此我又不得不歌颂夏天！

二十世纪的人类，正度着夏天的生活——纵然有少数阶级，他们是超越天然，而过着四季如春享乐的生活，但这太暂时，时代的轮子，不久就要把这特殊的阶级碎为齑粉，——夏天的生活是极度紧张而严重，人类必要努力地挣扎过，尤其是我们中国不论士农工商军，哪一个不是喘着气，出着汗，与紧张压迫的生活拼命呢？脆弱的人群中，也许有诅咒，但我却认为只有虔敬地承受。我们尽量地出汗，我们尽量地发泄我们生命之力，最后我们的汗液，便是甘霖的源泉，这炎威逼人的夏天，将被这无尽的甘霖所毁灭，世界变成清明爽朗。

夏天是人类生活中，最雄伟壮烈的一个阶段，因此，我永远地歌颂它。

佳作赏析：

女性作家对事物更敏感一些，对任何东西的观察，不会轻易地放过每一处。夏天的生活是炙热难熬的，人天天在和炎热搏杀。庐隐对待夏天的感受，不是世俗意义上的热了，她从另一个角度发现新的不同。庐隐用"雄伟"和"壮烈"，说出了她心中的夏天——那是人生中最辉煌、最轰轰烈烈的季节。

破晓

□ ［中国］梁遇春

　　今天破晓酒醒时候，我忽然忆起前晚上他向我提过"空持罗带，回首恨依依"这两句词。仿佛前宵酒后曾有许多感触。宿酒尚未全醒的我，就闭着眼睛暗暗地追踪那时思想的痕迹。底下所写下来的就是还逗留在心中的一些零碎。也许有人会拿心理分析的眼光含讥地来解剖这些杂感，认为是变态的，甚至于低能的心理的表现；可是我总是十分喜欢它们。因为我爱自己，爱这个自己厌恶着的自己，所以我爱我自己心里流出笔下写出的文字，尤其爱自己醒时流泪醉时歌这两种情怀凑合成的东西。而且以善于写信给学生家长，而荣膺大学校长的许多美国大学校长，和单知道立身处世，唯利是图的富兰克林式的人物，虽然都是神经健全，最合于常态心理的人们，却难免使得甘于堕落的有志之士恶心。

　　"空持罗带，回首恨依依"，这真是我们这一班人天天尝着的滋味。无数黄金的希望失掉了，只剩下希望的影子，做此刻惆怅的资料，此刻又弄出许多幻梦，几乎是明知道不能实现的幻梦，那又是将来回首时许多感慨之所系。于是乎，天天在心里建起七宝楼台，天天又看到前天架起的灿烂的建筑物消失在云雾里，化作命运的狞笑，仿佛《亚俪丝异乡游记》里所说的空中里一个猫的笑脸。可是我们心里又晓得命运是自己，某一位文豪早已说过"性格是命运"了！不管我们怎样似乎坦白地向朋友们，向自己痛骂自己的无能和懦弱，可是对于这个几十年来寸步不离、形影相依的自己怎能说没有怜惜，所以只好抓着空气，捏成一个莫名其妙的命运，把天下地上的一切可杀不可留的事情全归诿在他（照希腊神话说，应当称为她们）的身上，自己清风朗月般在旁学泼妇的骂街。屠格涅夫在他的某一篇小说里不是说过：Destiny makes everyman, and everyman makes his own destiny（命运定了一切人，然而一切人能够定他自己的命运）。

屠格涅夫，这位旅居巴黎，后来害了谁也不知道的病死去的老文人，从前我对他很赞美，后来却有些失恋了。他是一个意志薄弱的人，他最爱用微酸的笔调来描绘意志薄弱的人，我却也是个意志薄弱的人，也常在玩弄或者吐唾自己这种心性，所以我对于他的小说深有同感，然而太相近了，书上的字，自己心里的意思，颠来倒去无非意志薄弱这个概念，也未免太单调，所以我已经和他久违了。他在年青时候曾跟一个农奴的女儿发生一段爱情，好像还产有一位千金，后来却各自西东了，他小说里也常写这一类飞鸿踏雪泥式的恋爱，我不幸得很或者幸得很却未曾有过这么一回事，所以有时倒觉得这个题材很可喜，这也是我近来又翻翻几本破旧尘封的他的小说集的动机。这几天偷闲读屠格涅夫，无意中却有个大发现，我对于他的敬慕也从新燃起来了。屠格涅夫所深恶的人是那班成功的人，他觉得他们都是很无味的庸人，而那班从娘胎里带来一种一事无成的性格的人们却多少总带些诗的情调。他在小说里凡是说到得意的人们时，常现出藐视的微笑和嘲侃的口吻。这真是他独到的地方，他用歌颂英雄的心情来歌颂弱者，使弱者变为他书里唯一的英雄，我觉得他这种态度是比单描写弱者性格，和同情于弱者的作家是更别致，更有趣得多。实在说起来，值得我们可怜的绝不是一败涂地的，却是事事马到功成的所谓幸运人们。

人们做事情怎么会成功呢？他必定先要暂时跟人世间一切别的事情绝缘，专心致志去干目前的勾当。那么，他进行得愈顺利，他对于其他千奇百怪的东西越离得远，渐渐对于这许多有意思的玩意儿感觉迟钝了，最后逃不了个完全麻木。若使当他干事情时，他还是那样子处处关心，事事牵情，一曝十寒地做去，他当然不能够有什么大成就，可是他保存了他的趣味，他没有变成个只能对于一个刺激生出反应的残缺的人。有一位批评家说第一流诗人是不做诗的，这是极有道理的话。他们从一切目前的东西和心里的想象得到无限诗料，自己完全浸在诗的空气里，鉴赏之不暇，那里还有找韵脚和配轻重音的时间呢？人们在刺心的悲哀里时是不会做悲歌的，Tennyson 的 In Me morian 是在他朋友死后三年才动笔的。一生都沉醉于诗情中的绝代诗人自然不能写出一句的诗来。感觉钝迟是成功的代价，许多扬名显亲的大人物所以常是体广身胖，头肥脑满，也是出于心灵的空虚，无忧无虑麻木地过日。归根说起来，他们就是那么一堆肉而已。

人们对于自己的功绩常是带上一重放大镜。他不单是只看到这个东西，瞧不见春天的花草和街上的美女，他简直是攒到他的对象里面去了。也可说他太走近他的对象，冷不防地给他的对象一口吞下。近代人是成功的科学家，可是我们此刻个个都做了机械的奴隶，这件事聪明的 Samuel Butler 六十年前已经屈指算出，在他的杰作《虚无乡（Erewhon）》里慨然言之矣。崇拜偶像的上古人自己做出偶像来跟自己找麻烦，我们这班聪明的，知道科学的人们都觉得那班老实人真可笑，然而我们费尽心机发明出机械，此刻它们翻脸无情，踏着铁轮来蹂躏我们了。后之视今，犹今之视昔，真不知道将来的人们对于我们的机械会作何感想，这是假设机械没有将人类弄得覆灭，人生这幕喜剧的悲剧还继续演着的话。总之，人生是多方面的，成功的人将自己的十分之九杀死，为的是要让那一方面尽量发展，结果是尾大不掉，虽生犹死，失掉了人性，变做世上一两件极微小的事物的祭品了。

世界里什么事一达到圆满的地位就是死刑的宣告。人们一切的痴望也是如此，心愿当真实现时一定不如蕴在心头时那么可喜。一件美的东西的告成就是一个幻觉的破灭，一场好梦的勾销。若使我们在世上无往而不如意，恐怕我们会烦闷得自杀了。逍遥自在的神仙的确是比监狱中终身监禁的犯人还苦得多。闭在黑暗房里的囚犯还能做些梦消遣，神仙们什么事一想立刻就成功，简直没有做梦的可能了。所以失败是幻梦的保守者，惆怅是梦的结晶，是最愉快的，洒下甘露的情绪。我们做人无非为着多做些依依的心怀，才能逃开现实的压迫，剩些青春的想头，来滋润这将干枯的心灵。成功的人们劳碌一生最后的收获是一个空虚，一种极无聊赖的感觉，厌倦于一切的胸怀，在这本无目的的人生里，若使我们一定要找一个目的来磨折自己，那么最好的目的是制作"空持罗带，回首恨依依"的心境。

佳作赏析：

梁遇春（1906—1932），福建闽侯人，作家。著有散文选集《春醪集》《泪与笑》等。

天将明亮，在夜和昼交替的时候，一个人由于昨夜的酒劲还没有完全消失，在尚未全醒时，回忆起当时的情景，一起畅饮的朋友，向他提过"空持罗带，回首恨依依"。这些情感，不是常人所说的男女之情，而是人生的况味。在人生道路上，年轻人多愁的敏感的心，被描摹得淋漓尽致。这是他们的生活状态，在脱离原始纽带后，在人生的路途中受到创伤；含泪的微笑，是一次超越痛苦的宣誓。

泪与笑

□〔中国〕梁遇春

匆匆过了二十多年，我自然也是常常哭，常常笑，别人的啼笑也看过无数回了。可是我生平不怕看见泪，自己的热泪也好，别人的呜咽也好，对于几种笑我却会惊心动魄，吓得连呼吸都不敢大声，这些怪异的笑声，有时还是我亲口发出的。当一位极亲密的朋友忽然说出一句冷酷无情冰一般的冷话来，而且他自己还不知道他说的会使人心寒，这时候我们只好哈哈哈莫名其妙地笑了，因为若使不笑，叫我们怎么样好呢？我们这个强笑或者是出于看到他真正的性格（他这句冷语所显露的）和我们先前所认为的他的性格的矛盾，或者是我们要勉强这么一笑来表示我们是不会被他的话所震动，我们自己另有一个超乎一切的生活，他的话是不能损坏我们于毫发的，或者……但是那时节我们只觉到不好不这么大笑一声，所以才笑，实在也没有闲暇去仔细分析自己了。当我们心里有说不出的苦痛缠着，正要向人细诉，那时我们平时尊敬的人却用个极无聊的理由（甚至于最卑鄙的）来解释我们这穿过心灵的悲哀，看到这深深一层的隔膜，我们除开无聊赖地破涕为笑，还有什么别的办法吗？有时候我们倒霉起来，整天从早到晚做的事没有一件不是失败的，到晚上疲累非常，懊恼万分，悔也不是，哭也不是，也只好咽下眼泪，空心地笑着。我们一生忙碌，把不可再得的光阴消磨在马蹄铁轮，以及无谓敷衍之间，整天打算，可是自己不晓得为何这么费心机，为了要活着用尽苦心来延长这生命，却又不觉得活着到底有何好处，自己并没有享受生活过，总之黑漆一团活着，夜阑人静，回头一想，哪能够不吃吃地笑，笑时感到无限的悲哀。就说我们淡于生死了，对于现世界的厌烦同人事的憎恶还会像毒蛇般蜿蜒走到面前，缠着身上，我们真可说倦于一切，可惜我们也没有爱恋上死神，觉得也不值得花那么大劲去求死，在此不生不死心境和只见伤感重重来袭，偶然挣些力气，来叹几口气，叹完气免不了失笑，那笑是多么酸苦的。这几种笑声发自我们的口里，自己听到，心中生个不可言喻的恐怖，或者又引起另一个鬼似的狞笑。若使是由他人口里传出，只要我们探讨出它们的源泉，我们也会惺惺惜惺惺而心酸，同时害怕得全身打战。此外失望人的傻笑，下头人挨了骂对于主子的赔笑，趾高气扬的热官对于贫贱故交的冷笑，老处女在他人结婚席上所呈的干笑，生离永别时节的苦笑——这些笑全是"自然"跟我们为难，把我们弄得没有办法，我们承认失败了的表现，是我们心灵的堡垒下面刺目的降幡。莎士比亚的妙句"对着悲哀微笑"（smiling at grief）说尽此中的苦况。拜伦在他的杰作《Don Juan》(《唐璜》) 里有二句：

Of all tales'tis the saddest —— and more sad，
Because it makes us smile.

这是所有故事中最悲惨的——
比悲惨还要伤情，
因为它竟让我们微笑。

这两句是我愁闷无聊时所喜欢反复吟诵的，因为真能传出"笑"的悲剧的情调。

泪却是肯定人生的表示。因为生活是可留恋的，过去是春天的日子，所以才有伤逝的清泪。若使生活本身就不值得我们的一顾，我们哪里会有惋惜的情怀呢？当一个中年妇人死了丈夫时候，她号啕地大哭，她想到她儿子这么早失去了父亲，没有人指导，免不了伤心流泪，可是她隐隐地对于这个儿子有无穷的慈爱同希望。她的儿子又死了，她或者会一声不做地料理丧事，或者发疯狂笑起来，因为她已厌倦于人生，她微弱的心已经麻木死了。我每回看到人们的流泪，不管是失恋的刺痛，或者丧亲的悲哀，我总觉人世真是值得一活的。眼泪真是人生的甘露。当我是小孩时候，常常觉得心里有说不出的难过，故意去臆造些伤心事情，想到有味时候，有时会不觉流下泪来，那时就感到说不出的快乐。现在却再寻不到这种无根的泪痕了。哪个有心人不爱看悲剧，亚里士多德所说的净化的确不错。我们精神所纠结郁积的悲痛随着台上的凄惨情节发出来，哭泣之后我们有形容不出的快感，好似精神上吸到新鲜空气一样，我们的心灵忽然间呈非常健康的状态。Gogol（俄国作家果戈理）的著作人们都说是笑里有泪，实在正是因为后面有看不见的泪，所以他小说会那么诙谐百出，对于生活处处有回甘的快乐。中国的诗词说高兴赏心的事总不大感人，谈愁语恨却是易工，也由于那些怨词悲调的泪的结晶，有时会逗我们洒些同情的泪，所以亡国的李后主，感伤的李义山始终是我们爱读的作家。天下最爱哭的人莫过于怀春的少女同情海中翻身的青年，可是他们的生活是最有力，色彩最浓，最不虚过的生活。人到老了，生活力渐渐消磨尽了，泪泉也干了，剩下的只是无可无不可那种行将就木的心境，好像慈祥实在是生的疲劳所产生的微笑——我所怕的微笑。十八世纪初期浪漫派诗人格雷在他的《On a Distant Prospect of Eton College》(《依顿公学的未来展望》) 里说：

流下也就忘记了的泪珠，
那是照耀心胸的阳光。

The tear forgot as soon as shed,

The sunshine of the breast.

这些热泪只有青年才会有，它是同青春的幻梦同时消灭的，泪尽了，每一个人心里都像苏东坡所说的"存亡惯见浑无泪"那样地冷淡了，坟墓的影已染着我们的残年。

佳作赏析：

梁遇春散文的总体基调可以概括为"笑中带泪"。他在《又是一年春草绿》中说自己"是个常带笑脸的人，虽然心绪凄切的时候居多"。这种含泪的歌唱态度与他对宇宙和人生的看法有很大关系。

《泪与笑》是梁遇春一篇饱含热泪的文化随笔，透过笑泪人生，揭示生活哲理。文章独特的视角，新颖的立意，表现出作者的机敏与睿智。透过笑看到生的悲苦，揭示出笑的悲剧情调；透过泪可以看到笑的快乐，揭示出泪的内蕴和泪的反面。

日边随笔（一）

□［中国］李广田

生死之间

只要你活着，你的脊梁骨还能驮，你一双蹄子还能供驱使，而你的两只手爪也还能在泥土里挖掘，你当然还有用，也就有人管——管你的生命不绝如缕，管你，不让你休息。

只要你真的死了，你咽了最后一口气，或者你最后一口气尚未咽完，也许还只余半口气，你反正必死无疑了，于是也有人管——管你，把你用绳索捆起来，像捆一段木头，然后把你抬到郊外，去喂乌鸦，喂野狗。如说他们是乐意管，也不见得，他们是不得不管。因为，如果不把你交给旷野，你就会腐烂，发臭，你就会化成一种不好的气味去妨害别人的鼻子，而你的样子也妨害别人的眼睛，他们要讲求卫生，要眼不见为净，就得把你除去。

只有生死之间的人最无办法。说你是活的，然而你已不能供驱使，你已不能做奴隶，你爬也爬不起来了；说你是死了，然而你还瞪着一双求救的眼晴，你也许还发出一种含糊的声音，你成了哲学家，你说出你一生中最高最深的语言，因为你的语言已不为能听的人所领会；你当然还没有死，要把你捆起来抬出去，为时未免尚早，于是你只好倒在路旁，树下，石上，垃圾堆上，让太阳晒你，风吹你，雨打你，苍蝇吃你。试想，在这多风雨的季节，这时代，你虽然不能动了，却还有知觉，你觉得湿，觉得冷，你浸在水里、泥里过日过夜，然而无可奈何，你只好让一切自然的力量把你从生拖到死。要把你从死里拉起来，那该是人的事，人既不管，太阳、风雨，就更不管了。

生死之间！我们是生呢，还是死？还是在生死之间？而且，应该怎样办呢？我等待回答。

早　晨

我每天早晨都怕晚了，第一次醒悟之后便立刻起来，而且第一个行动是：立刻跑出去。

跑出去，因为庭院中那些花草在召唤我，我要去看看它们在不为人所知所见的时候有了多少生长。我相信，它们在一夜的沉默中长得最快，最自在。

我爱植物甚于爱"人"，因为它们那生意，那葱茏，就是它们那按时的凋亡也可爱，因为它们留下了根柢，或种子，它们为生命尽了力。

当然我还是更爱"人"，假如"人"也有了植物的可爱。酣睡一夜而醒来的婴儿，常叫我想到早晨的花草，而他那一双清明的眼睛，——日出前花草上的露珠。

感　谢

到市上买菜的人回来了，我总要接过菜篮，我要仔细观看：果子的艳红与丰满，菜叶的鲜嫩与葱茏，和在这些上面领受到早晨的欢悦，而我的心里又充满了感谢。

买菜人说："你要看啊，请到菜市去，或者更好是到果子林去，到菜园去。"

我说："不，我不但要观看，我还要种植。"

经　验

我读一本旅行记，而我想起一种经验——经验，这正是"经验"的意义。

有一个很长的时间，我们在赶路，紧赶紧赶，赶到夜深，才赶到一个地方住下。这地方给我们一种神秘的感觉——在夜色中，尤其在暗淡的灯光所照出来的迷离形象中，我们不知道这地方是什么样子，我们所住的是什么房屋，周围是些什么人，什么山，什么水，什么树木与路径。疲乏中感到甜蜜，我们就在无所知中睡在这个新鲜而又生疏的怀抱里。等明日醒来，天亮了，我们才看清了这里的一切，一切与我们所想的不同，一切都觉得可喜，然而这也正是告别的时候了。"再见，再见"，这一别将永无再见之一日。第二天是这样，第三天，第四天，一连许多天。不知多久，也许多少年过去了，在某个地方，某个时间，你忽然想起了你从前曾经住过的某个地方，就想：假如能再走过那地方就好，于是感到一点迷惑，也感到一点惆怅。

我们的经验大都如此，这就是所谓经验。

人与其他

我忽然——不是忽然，是常常，而今天是忽然觉得最清楚——觉得什么都比人好，植物且不必说，动物也一样。人的面孔上没有毛，我觉得远不如那些有毛的面孔美好，因之，人类的衣服也不如动物的毛皮。为什么呢？我的解释还不如我的感觉明确，大概就因为人的险诈，人的虚伪，无论是见于光滑滑的面孔上的，或见于那些奇丽的服饰上的。而动物则大多光洁而善良。我们说毒蛇、猛兽，其毒其猛，也表现得美好。而植物：树木、花草、果实……就更美好。你们也许反对我这么说，但我要这么说，因为我这么感觉，且这么相信，因为我是"人"，我在替人们，就是你们，站在一切之前而感到丑陋、污秽、卑劣、委琐、不自然、不大方，既没有好看的色泽，又缺乏好听的声音……不行，简直说不尽，总之，是不好。你们说："不要你代表。"我说，没有关系，我正是一个"人"。我不责备花、责备草、责备狮虎与虫鸟，且不管它们有无可责备，我所责备的正是"人"。而且，我将以动物或植物的名字去称呼那少数可爱的人，而对于另一些人，我也不再骂他们："你这无知的草木。"或"你这没有理性的禽兽。"

佳作赏析：

李广田（1906—1968），山东邹平人，作家、学者。著有散文集《画廊集》《回声》，短篇小说集《金坛子》，学术论著《文学枝叶》等。

这是一篇富有哲理性的随笔。生与死、生活经验、人与人之间、人与动物植物之间，这些无不是作者思考的话题。人是万物之灵，但并不能抗拒自然规律，而且最终还要回归自然。在作者看来，与人比起来，自然界的动物、植物更能体现着纯洁、美好、生命力。这其实是对人类一些劣根性的反感和嘲讽。文章于平实的语言中寓以深意，令人回味无穷。

人生的乐趣

□〔中国〕林语堂

　　我们只有知道一个国家人民生活的乐趣，才会真正了解这个国家，正如我们只有知道一个人怎样利用闲暇时光，才会真正了解这个人一样。只有当一个人歇下他手头不得不干的事情，开始做他所喜欢做的事情时，他的个性才会显露出来。只有当社会与公务的压力消失，金钱、名誉和野心的刺激离去，精神可以随心所欲地游荡之时，我们才会看到一个内在的人，看到他真正的自我。生活是艰苦的，政治是肮脏的，商业是卑鄙的，因而，通过一个人的社会生活状况去判断一个人，通常是不公平的。我发现我们有不少政治上的恶棍在其他方面却是十分可爱的人，许许多多无能而又夸夸其谈的大学校长在家里却是绝顶的好人。同理，我认为玩耍时的中国人要比干正经事情时的中国人可爱得多。中国人在政治上是荒谬的，在社会上是幼稚的，但他们在闲暇时却是最聪明最理智的。他们有着如此之多的闲暇和悠闲的乐趣，这有关他们生活的一章，就是为愿意接近他们并与之共同生活的读者而作的。这里，中国人才是真正的自己，并且发挥得最好，因为只有在生活上他们才会显示出自己最佳的性格——亲切、友好与温和。

既然有了足够的闲暇，中国人有什么不能做呢？他们食蟹、品茗、尝泉、唱戏、放风筝、踢毽子、比草的长势、糊纸盒、猜谜、搓麻将、赌博、典当衣物、煨人参、看斗鸡、逗小孩、浇花、种菜、嫁接果树、下棋、沐浴、闲聊、养鸟、午睡、大吃二喝、猜拳、看手相、谈狐狸精、看戏、敲锣打鼓、吹笛、练书法、嚼鸭肫、腌萝卜、捏胡桃、放鹰、喂鸽子、与裁缝吵架、去朝圣、拜访寺庙、登山、看赛舟、斗牛、服春药、抽鸦片、闲荡街头、看飞机、骂日本人、围观白人、感到纳闷儿、批评政治家、念佛、练深呼吸、举行佛教聚会、请教算命先生、捉蟋蟀、嗑瓜子、赌月饼、办灯会、焚净香、吃面条、射文虎、养瓶花、送礼祝寿、互相磕头、生孩子、睡大觉。

这是因为中国人总是那么亲切、和蔼、活泼、愉快，那么富有情趣，又是那么会玩儿。尽管现代中国受过教育的人们总是脾气很坏，悲观厌世，失去了一切价值观念，但大多数人还是保持着亲切、和蔼、活泼、愉快的性格，少数人还保持着自己的情趣和玩耍的技巧。这也是自然的，因为情趣来自传统。人们被教会欣赏美的事物，不是通过书本，而是通过社会实例，通过在富有高尚情趣的社会里的生活，工业时代人们的精神无论如何是丑陋的，而某些中国人的精神——他们把自己的社会传统中一切美好的东西都抛弃掉，而疯狂地去追求西方的东西，可自己又不具备西方的传统，他们的精神更为丑陋。在全上海所有富豪人家的园林住宅中，只有一家是真正的中国式园林，却为一个犹太人所拥有。所有的中国人都醉心于什么网球场、几何状的花床、整齐的栅栏，修剪成圆形或圆锥形的树木，以及按英语字母模样栽培的花草。上海不是中国，但上海却是现代中国往何处去的不祥之兆。它在我们嘴里留下了一股又苦又涩的味道，就像中国人用猪油做的西式奶油糕点那样。它刺激了我们的神经，就像中国的乐队在送葬行列中大奏其"前进，基督的士兵们"一样。传统和趣味需要时间来互相适应。

古代的中国人是有他们自己的情趣的。我们可以从漂亮的古书装帧、精美的信笺、古老的瓷器、伟大的绘画和一切未受现代影响的古玩中看到这些情趣的痕迹。人们在抚玩着漂亮的旧书、欣赏着文人的信笺时，不可能看不到古代的中国人对优雅、和谐和悦目色彩的鉴赏力。仅在二三十年之前，男人尚穿着鸭蛋青的长袍，女人穿紫红色的衣裳，那时的双绉也是真正的双绉，上好的红色印泥尚有市场。而现在整个丝绸工业都在最近宣告倒闭，因为人造丝是如此便宜，如此便于洗涤，三十二元钱一盎司的红色印泥也没有了市场，因为它已被橡皮图章的紫色印油所取代。

古代的亲切和蔼在中国人的小品文中得到了极好的反映。小品文是中国人精神的产品，闲暇生活的乐趣是其永恒的主题。小品文的题材包括品茗的艺术，图章的刻制及其工艺和石质的欣赏，盆花的栽培，还有如何照料兰花，泛舟湖上，攀登名山，拜谒古代美人的坟墓，月下赋诗，以及在高山上欣赏暴风雨——其风格总是那么悠闲、亲切而文雅，其诚挚谦逊犹如与密友在炉边交谈，其形散神聚犹如隐士的衣着，其笔锋犀利而笔调柔和，犹如陈年老酒。文章通篇都洋溢着这样一个人的精神：他对宇宙万物和自己都十分满意；他财产不多，情感却不少；他有自己的情趣，富有生活的经验和世俗的智慧，却又非常幼稚；他有满腔激情，而表面上又对外部世界无动于衷；他有一种愤世嫉俗般的满足，一种明智的无为；他热爱简朴而舒适的物质生活。这种温和的精神在《水浒传》的序言里表述得最为明显，这篇序文伪托给该书作者，实乃十七世纪一位批评家金圣叹所作。这篇序文在风格和内容上都是中国小品文的最佳典范，读起来像是一篇专论"悠闲安逸"的文章。使人感到惊讶的是，这篇文章竟被用作小说的序言。

在中国，人们对一切艺术的艺术，即生活的艺术，懂得很多。一个较为年轻的文明国家可能会致力于进步；然而一个古老的文明国度，自然在人生的历程上见多识广，她所感兴趣的只是如何过好生活。就中国而言，由于有了中国的人文主义精神，把人当做一切事物的中心，把人类幸福当做一切知识的终结，于是，强调生活的艺术就是更为自然的事情了。但即使没有人文主义，一个古老的文明也一定会有一个不同的价值尺度，只有它才知道什么是"持久的生活乐趣"，这就是那些感官上的东西，比如饮食、房屋、花园、女人和友谊。这就是生活的本质，这就是为什么像巴黎和维也纳这样古老的城市有良好的厨师、上等的酒、漂亮的女人和美妙的音乐。人类的智慧发展到某个阶段之后便感到无路可走了，于是便不愿意再去研究什么问题，而是像奥玛开阳那样沉湎于世俗生活的乐趣之中了。于是，任何一个民族，如果它不知道怎样像中国人那样吃，如何像他们那样享受生活，那么，在我们眼里，这个民族一定是粗野的，不文明的。

在李笠翁（十七世纪）的著作中，有一个重要部分专门研究生活的乐趣，是中国人生活艺术的袖珍指南，从住宅与庭园、屋内装饰、界壁分隔到妇女的梳妆、美容、施粉黛、烹调的艺术和美食的导引，富人穷人寻求乐趣的方法，一年四季消愁解闷的途径，性生活的节制，疾病的防治，最后是从感觉上把药物分成三类："本性酷好之药""其人急需之药"和"一生钟爱之药"。这一章包含了比医科大学的药学课程更多的用药知识。这个享乐主义的戏剧家和伟大的喜剧诗人，写出了自己心中之言。我们在这里举几个例子来说明他对生活艺术的透彻见解，这也是中国精神的本质。

李笠翁在对花草树木及其欣赏艺术作了认真细致而充满人情味的研究之后，对柳树作了如下论述：

柳贵乎垂，不垂则可无柳。柳条贵长，不长则无袅娜之致，徒垂无益也。此树为纳蝉之所，诸鸟亦集。长夏不寂寞，得时闻鼓吹者，是树皆有功，而高柳为最。总之种树非止娱目，兼为悦耳。目有时而不娱，以在卧榻之上也；耳则无时不悦。鸟声之最可爱者，不在人之坐时，而偏在睡时。鸟音宜晓听，人皆知之；而其独直于晓之故，人则未之察也。鸟之防弋，无时不然。卯辰以后，是人皆起，人起而鸟不自安矣。虑患之念一生，虽欲鸣而不得，欲亦必无好音，此其不宜于昼也。晓则是人未起，即有起者，数亦寥寥，鸟无防患之心，自能毕其能事。且扪舌一夜，技痒于心，至此皆思调弄，所谓"不鸣则已，一鸣惊人"者是也，此其独宜于晓也。庄子非鱼，能知鱼之乐；笠翁非鸟，能识鸟之情。凡属鸣禽，皆当以予为知己。种树之乐多端，而其不便于雅人者亦有一节：枝叶繁冗，不漏月光。隔婵娟而不使见者，此其无心之过，不足责也。然匪树木无心，人无心耳。使于种植之初，预防及此，留一线之余天，以待月轮出没，则昼夜均受其利矣。

在妇女的服饰问题上，他也有自己明智的见解：

妇人之衣，不贵精而贵洁，不贵丽而贵雅，不贵与家相称，而贵与貌相宜。……今试取鲜衣一袭，令少妇数人先后服之，定有一二中看，一二不中看者，以其面色与衣色有相称、不相称之别，非衣有公私向背于其间也。使贵人之妇之面色不宜文采，而宜缟素，必欲去缟素而就文采，不几与面色为仇乎？……大约面色之最白最嫩，与体态之最轻盈者，斯无往而不宜：色之浅者显其淡，色之深者愈显其淡；衣之精者形其娇，衣之粗者愈形其娇。……然当世有几人哉？稍近中材者，即当相体裁衣，不得混施色相矣。

记予儿时所见，女子之少者，尚银红桃红，稍长者尚月白，未几而银红桃红皆变大红，月白变蓝，再变则大红变紫，蓝变石青。迨鼎革以后，则石青与紫皆罕见，无论少长男妇，皆衣青矣。

李笠翁接下去讨论了黑色的伟大价值。这是他最喜欢的颜色，它是多么适合于各种年龄、各种肤色，在穷人可以久穿而不显其脏，在富人则可在里面穿着美丽的色彩，一旦有风一吹，里面的色彩便可显露出来，留给人们很大的想象余地。

此外，在"睡"这一节里，有一段漂亮的文字论述午睡的艺术：

然而午睡之乐，倍于黄昏，三时皆所不宜，而独宜于长夏。非私之也，长夏之一日，可抵残冬二日，长夏之一夜，不敌残冬之半夜，使止息于夜，而不息于昼，是以一分之逸，敌四分之劳，精力几何，其能此？况暑气铄金，当之未有不倦者。倦极而眠，犹饥之得食，渴之得饮，养生之计，未有善于此者。午餐之后，略逾寸晷，俟所食既消，而后徘徊近榻。又勿有心觅睡，觅睡得睡，其为睡也不甜。必先处于有事，事末毕而忽倦，睡乡之民自来招我。桃源、天台诸妙境，原非有意造之，皆莫知其然而然者，予最爱旧诗中，有"手倦抛书午梦长"一句。手书而眠，意不在睡；抛书而寝，则又意不在书，所谓莫知其然而然也。睡中三昧，惟此得之。

只有当人类了解并实行了李笠翁所描写的那种睡眠的艺术，人类才可以说自己是真正开化的、文明的人类。

佳作赏析：

林语堂（1895—1976），福建龙溪人，作家。著有散文集《翦拂集》《大荒集》，长篇小说《京华烟云》《朱门》等。

中国文化博大精深，中国人生活中的娱乐方式也形式多样，无论衣、食、住、行，处处透着艺术的气息，富有情趣。正如作者所言，这是因为中国人总是那么亲切、和蔼、活泼、愉快，又是那么会玩儿。漂亮的古书装帧、精美的信笺、古老的瓷器、伟大的绘画、口味繁多的饮食、园林式的住宅、精美的小品文，无不体现着中国人对生活情趣的追求，对艺术的向往。生活在这样的国度里，享受生活、品味人生，实在是一件乐事。

论年老
——人生自然的节奏

□〔中国〕林语堂

自然的节奏之中有一条规律，就是由童年、青年、老年、衰颓，以至死亡这么一条线，一直控制着我们的身体。在安然轻松地进入老年之时，也有一种美。我常引用的话之中，有一句我常说的，就是"秋季之歌"。

我曾经写过在安然轻松之下进入老境的情调。下面就是我对"早秋精神"说的话。

在我们的生活里，有那么一段时光，个人如此，国家亦复如此。在此一段时光之中，我们充满了早秋精神。这时，翠绿与金黄相混，悲伤与喜悦相杂，希望与回忆相间。在我们的生活里，有一段时光，这时，青春的天真成了记忆，夏日茂盛的回音在空中还隐约可闻。这时看人生，问题不是如何发展，而是如何真正生活；不是如何奋斗操劳，而是如何享受自己的那宝贵的刹那；不是如何去虚掷精力，而是如何储存这股精力以备寒冬之用。这时，感觉到自己已经到达一个地点，已经安定下来，已经找到自己心中想望的东西。这时，感觉到已经有所获得，和以往的堂皇茂盛相比，是可贵而微小。

虽微小而毕竟不失为自己的收获，犹如秋日的树林里，虽然没有夏日的茂盛葱茏，但是所具有的却能经时而历久。

我爱春天，但是太年轻。我爱夏天，但是太气傲。所以我最爱秋天，因为秋天的叶子的颜色金黄、成熟、丰富，但是略带忧伤与死亡的预兆。其金黄色的丰富并不表示春季纯洁的无知，也不表示夏季强盛的威力，而是表示老年的成熟与蔼然可亲的智慧。生活的秋季，知道生命上的极限而感到满足。

因为知道生命上的极限，在丰富的经验之下，才有色调的谐调，其丰富永不可及，其绿色表示生命与力量，其橘色表示金黄的满足，其紫色表示顺天知命与死亡。月光照上秋日的林木，其容貌枯白而沉思；落照的余晖照上秋日的林木，还开怀而欢笑。清晨山间的微风扫过，使颤动的树叶轻松愉快地飘落于大地，无人确知落叶之歌，究竟是欢笑的歌声，还是离别的眼泪。因为是早秋的精神之歌，所以有宁静、有智慧、有成熟的精神，向忧愁微笑，向欢乐爽快的微风赞美。对早秋的精神的赞美，莫过于辛弃疾的那首《丑奴儿》：

少年不识愁滋味，爱上层楼。爱上层楼，为赋新词强说愁。

而今识尽愁滋味，欲说还休。欲说还休，却道天凉好个秋。

我自己认为很有福气，活到这么大年纪。我同代好多了不起的人物，已早登鬼录。不管人怎么说，活到八十、九十的人，毕竟是少数。胡适之、梅贻琦、蒋梦麟、顾孟余，都已经走了。斯大林、希特勒、丘吉尔、戴高乐也都没了。那又有什么关系？至于我，我要尽量注意养生之道，至少再活十年。

这个宝贵的人生，竟美到不可言喻，人人都愿一直活下去。但是冷静一想，我们立刻知道，生命就像风前之烛。在生命这方面，人人平等，无分贫富，无论贵贱，这弥补了民主理想的不足。我们的子孙也长大了。他们都有自己的日子过，各自过自己的生活，消磨自己的生命，在已然改变了的环境中，在永远变化不停的世界上。也许在世界过多的人口发生爆炸之前，在第三次世界大战当中，成百万的人还要死亡。若与那样的剧变相比，现在这个世界还是个太平盛世呢。若是那个灾难未来，人必须有先见，预作妥善的安排。

每个人回顾他一生，也许会觉得自己一生所作所为已然成功，也许以为还不够好。在老年到来之时，不管怎么样，他已经有权休息，可以安闲度日，可以与儿孙在亲近的家族里，享天伦之乐，享受人中之至善的果实了。

佳作赏析：

没有人会说一个有童年、壮年和老年的人生不是一个美满的人生。一天有上午、中午、日落之分，一年有四季之分，这就是宇宙自然的规律。人生没有所谓好坏之分，只有"什么东西在那一季节是好的"的问题。如果我们抱这种生物学的人生观，而循着季节去生活，那么没有人会否认人生不能像一首诗那样地度过。人生读来几乎像一首诗。它有其自己的韵律和拍子，也有其生长和腐坏的内在周期。

春

□ 〔中国〕朱自清

盼望着，盼望着，东风来了，春天的脚步近了。

一切都像刚睡醒的样子，欣欣然张开了眼。山朗润起来了，水涨起来了，太阳的脸红起来了。

小草偷偷地从土里钻出来，嫩嫩的，绿绿的。园子里，田野里，瞧去，一大片一大片满是的。坐着，躺着，打两个滚，踢几脚球，赛几趟跑，捉几回迷藏。风轻悄悄的，草软绵绵的。

桃树、杏树、梨树，你不让我，我不让你，都开满了花赶趟儿。红的像火，粉的像霞，白的像雪。花里带着甜味儿，闭了眼，树上仿佛已经满是桃儿、杏儿、梨儿！花下成千成百的蜜蜂嗡嗡地闹着，大小的蝴蝶飞来飞去。野花遍地是：杂样儿，有名字的，没名字的，散在草丛里像眼睛，像星星，还眨呀眨的。

"吹面不寒杨柳风"，不错的，像母亲的手抚摸着你。风里带来些新翻的泥土气息，混着青草味儿，还有各种花的香都在微微润湿的空气里酝酿。鸟儿将窠巢安在繁花嫩叶当中，高兴起来了，呼朋引伴地卖弄清脆的喉咙，唱出宛转的曲子，与轻风流水应和着。牛背上牧童的短笛，这时候也成天嘹亮地响。

雨是最寻常的，一下就是两三天。可别恼。看，像牛毛，像花针，像细丝，密密地斜织着，人家屋顶上全笼着一层薄烟。树叶子却绿得发亮，小草儿也青得逼你的眼。傍晚时候，上灯了，一点点黄晕的光，烘托出一片安静而和平的夜。乡下去，小路上，石桥边，有撑起伞慢慢走着的人；还有地里工作的农夫，披着蓑，戴着笠。他们的房屋，稀稀疏疏的，在雨里静默着。

天上风筝渐渐多了，地上孩子也多了。城里乡下，家家户户，老老小小，也赶趟儿似的，一个个都出来了。舒活舒活筋骨，抖擞抖擞精神，各做各的一份儿事去了。"一年之计在于春"，刚起头儿，有的是工夫，有的是希望。

春天像刚落地的娃娃，从头到脚是新的，它生长着。

春天像小姑娘，花枝招展的，笑着，走着。

春天像健壮的青年，有铁一般的胳膊和腰脚，领着我们上前去。

佳作赏析：

朱自清（1898—1948），浙江绍兴人，散文家、学者。有散文集《背影》《欧游杂记》，长诗《毁灭》，学术论著《经典常谈》《诗言志辨》等。

每一次读朱自清的《春》，目光一接触到他的文字，就感到春风扑面而来，挟带着希望和企盼。这是一篇经典的美文，仿佛一轴展开的国画长卷，在富有韵律的节奏中，"山朗润起来了，水长起来了，太阳的脸红起来了。"这不是简单的景物描写，而是蕴含着作家的一种渴望和寄托。轻风、流水、农民、青草、短笛声，这一幅田园的美景，把读者带入意境悠远的水墨画里。读这样的文章，烦躁的心可以静下来，在文字中漫游大自然，体味春天雨景的韵味。

匆匆

□ ［中国］朱自清

燕子去了，有再来的时候；杨柳枯了，有再青的时候；桃花谢了，有再开的时候。但是，聪明的，你告诉我，我们的日子为什么一去不复返呢？——是有人偷了他们罢，那是谁？又藏在何处呢？是他们自己逃走了罢，现在又到了哪里呢？

我不知道他们给了我多少日子，但我的手确乎是渐渐空虚了。在默默地算着，八千多日子已经从我手中溜去，像针尖上一滴水滴在大海里，我的日子滴在时间的流里，没有声音，也没有影子。我不禁头涔涔而泪潸潸了。

去的尽管去了，来的尽管来着；去来的中间，又怎样的匆匆呢？早上我起来的时候，小屋里射进两三方斜斜的太阳。太阳他有脚啊，轻轻悄悄地挪移了；我也茫茫然跟着旋转。于是——洗手的时候，日子从水盆里过去；吃饭的时候，日子从饭碗里过去；默默时，便从凝然的双眼前过去。我觉察他去得匆匆了，伸出手遮挽时，他又从遮挽着的手边过去；天黑时，我躺在床上，他便伶伶俐俐地从我身上跨过，从我脚边飞去了。等我睁开眼和太阳再见，这算又溜走了一日。我掩着面叹息，但是新来的日子的影儿又开始在叹息里闪过了。

在逃去如飞的日子里，在千门万户的世界里我能做些什么呢？只有徘徊罢了，只有匆匆罢了；在八千多日的匆匆里，除徘徊外，又剩些什么呢？过去的日子如轻烟，被微风吹散了；如薄雾，被初阳蒸融了，我留着些什么痕迹呢？我何曾留着像游丝样的痕迹呢？我赤裸裸来到这世界，转眼间也将赤裸裸地回去罢？但不能平的，为什么偏要白白走这一遭啊？聪明的，你告诉我，我们的日子为什么一去不复返呢？

佳作赏析：

对于一个人而言，最宝贵的财富是时间。如果我们懂得珍惜和利用，就能够做出许多有意义的事情；而如果不懂珍惜，那么就会像这篇《匆匆》中所说的："溜走了"。时光的逝去是无奈的，所以我们更应该懂得珍惜。每一个人的生命周期是有限的，但我们可以在有限的生命中做出永恒的事情。

暗夜

□ [中国] 郁达夫

什么什么？那些东西都不是我写的。我会写什么东西呢？近来怕得很，怕人提起我来。今天晚上风真大，怕江里又要翻掉几只船哩！啊，啊呀，怎么，电灯灭了？啊，来了，啊呀，又灭了。等一会儿吧，怕就会来的。像这样黑暗里坐着，倒也有点味儿。噢，你有洋火么？等一等，让我摸一支洋蜡出来。……啊唷，混蛋，椅子碰破了我的腿！不要紧，不要紧，好，有了。……

这洋烛光，倒也好玩得很。呜呼呼，你还记得么？白天我做的那篇模仿小学教科书的文章："暮春三月，牡丹盛开，我与友人，游戏庭前，燕子飞来，觅食甚勤，何以人而不如鸟乎。"我现在又想了一篇，"某生夜读甚勤，西北风起，吹灭电灯，洋烛之光。"呜呼呼……近来什么也不能做，可是像这种小文章，倒也还做得出来，很不坏吧？我的女人么？嗳，她大约不至于生病罢！暑假里，倒想回去走一趟。就是怕回去一趟，又要生下小孩来，麻烦不过。你那里还有酒么？啊唷，不要把洋烛也吹灭了，风声真大呀！可了不得！……去拿什么，酒？等一等，拿一盒洋火，我同你去。……廊上的电灯也灭了么？小心扶梯！喔，灭了！混蛋，不点了罢，横竖出去总要吹灭的。……

噢噢，好大的风！冷！真冷！……嗳！

佳作赏析：

郁达夫（1896—1945），浙江富阳人，作家。有中篇小说《她是一个弱女子》，散文集《闲书》《屐痕处处》《达夫日记》等。

夜晚是郁达夫的一个符号，在黑暗中点一盏灯，读一本书，写一点文字，或者思考一些东西，这是最好的时候了。郁达夫的很多作品大都以夜作为背景，抒发内心的感受。也正是因为他写夜，爱夜的寂寞，他的作品就像一盏灯，尽管发出的光很微弱，毕竟闪烁出光来，让人看到了希望，撕破厚重的黑暗，逐出一条道路，使光亮抵达沉睡的灵魂。

清贫慰语

□〔中国〕郁达夫

　　洪范五福，二曰富；同时五极，四曰贫。当然，富与贵，是人之所欲；而贫与贱，是人之所恶的。可是贵者必富，似乎是"自古已然，于今为烈"的定则；因为"子夏贫甚，人曰，子何不仕？子夏曰，诸侯之骄我者，我不为臣，大夫之骄我者，我不复见。"终而至于悬鹑衣于壁。这定则，在西洋却并不通用。培根论富，也同中国的古圣昔贤一样，以大地为致富之源，但其来也缓慢，而费力也多。其次则在他说商贾之致富，专卖、垄断之致富，为役吏或因职业之斥富，虽则都可以很快地发财，然而却不高尚。

　　西哲的视富，也和中国圣人的为富不仁，为仁不富的调子一样。培根的大斥高利贷的地方倒颇有些近世社会主义者所说的剩余价值与不当利得的倾向。

　　尤其是说得有趣的，是在讲到财神 Plutus 的势利的一点。他说财神于受到 Jupiter 大神的命令的时候，总缓缓跛行，姗姗而去；但一得到死神中之掌财魔王 Pluto 的命令的时候，却飞奔狂跳，唯恐不及了。所以致富之道的最快的手段，是在弄他人至死，而自己因之得财的一条路，譬如得遗产之类，就是。其次则如做恶事，坏良心，行奸邪，施压迫，亦是致富的捷径。总而言之你若想富，你得先弄人贫。散文的祖宗，法国蒙泰纽，在他的一篇"论一人之得就是他人之失"的短文里也说，一位雅典的卖葬式器具者，每以劣货而售重价，因而 Dcmades 痛斥其为不仁，因他的利益，就系悬在他人的死的上面的。蒙泰纽却又进一步说，不独卖葬具者为然，凡天下之得利者，都该痛斥。商人利用青年的无节制，农夫只想抬高谷价，建筑师希望人家屋倒，讼师唯恐天下没有事，就是善誉者以及牧师，也是因为我们作恶或死人时才有实用。医生决不喜欢人的健康，兵士没有一个是爱和平的。

如此说来，很简单的一句话，是富者都是恶人，善人没有一个不穷的人。因为弄成了我们的穷，然后可以致他的富。不过因节俭而致富，因无中生有的生产而致富，如其富得正当而不害及他人者，又当别论。

那么贫穷的人是不是都可以宝贵的呢？培根先生也在说，对于那些似乎在看不起富的人，也不可一味地轻信，因为他们的看不起富，是实在对于富是绝望了；万一使他们也能得到，那时候他们可又不同了。所以是清而且贫者为上，懒而且贫者次之，孜孜欲富而终得其贫者为最下。像黔娄子的夫妻，庶几可以当得起清贫的两字了，且看《高士传》："黔娄子守道不屈，卒时覆以布被，覆头则足露，覆足则头露。或曰，斜其被则敛矣！其妻曰，斜而有余，不如正而不足！"

现在一般人的不守清贫，终至卑污堕落的原因，大抵在于女人；若有一位能识得斜而有余不如正而不足的女人在旁，那世界上的争夺，恐怕可以减少一半。

其次则还有一位与势利的财神相对立的公正的死神在那里；无常一到，则王侯将相，乞丐偷儿，都平等了。俗语说："一双空手见阎君！"这实在是穷人的一大安慰；而西洋人的轮回之说比此还要更进一步。耶稣教的轻薄富人，是无所不用其极的；他们说，富者欲入天国，难于骆驼之穿针孔；所以培根也说，财富是德性的行李，譬如行军，辎重财富，是进军之大累也。

　　这是一篇讨论贫富话题的文章。从社会角度讲，人与人之间出现贫富差距是经济发展的必然，只是存在一个是否合理的问题；从个人角度讲，如何看待财富问题，则是一个颇富哲理意味的话题了。一般而言，大部分人都是喜欢财富的，因为有了财富往往就意味着拥有较高的社会地位、良好的生活条件，但对于财富的追求要保持在正当和适度的范围内。而对于重视道德修养的人而言，过多的财富往往成为他们追求生活理想最大的负担和障碍。从终极角度讲，穷人和富人都要死亡，而且一分钱也带不走，对于身外之物还是看淡一些的好。

旧

□ [中国] 梁实秋

"我爱一切旧的东西——老朋友，旧时代，旧习惯，古书，陈酿；而且我相信，陶乐赛，你一定也承认我一向是很喜欢一位老妻。"这是高尔斯密的名剧《委曲求全》中那位守旧的老头儿哈德卡索先生说的话。他的夫人陶乐赛听了这句话，心里有一点高兴，这风流的老头子还是喜欢她，但是也不是没有一点愠意，因为这一句话的后半段说透了她的老。这句话的前半段没有毛病，他个人有此癖好，干别人什么事？而且事实上有很多人颇具同感，也觉得一切东西都是旧的好，除了朋友、时代、习惯、书、酒之外，有数不尽的事物都是越老越古越旧越陈越好。所以有人把这半句名言用花体正楷字母抄了下来，装在玻璃框里，挂在墙上，那意思好像是在向喜欢除旧布新的人挑战。

俗语说，"人不如故，衣不如新"。其实，衣着之类还是旧的舒适。新装上身之后，东也不敢坐，西也不敢靠，战战兢兢。我看见过有人全神贯注在他的新西装裤管上的那一条直线，坐下之后第一桩事便是用手在膝盖处提动几下，生恐膝部把他的笔直的裤管撑得变成了口袋。人生至此，还有什么趣味可说！看见过爱因斯坦的小照么？他总是披着那一件敞着领口胸怀的松松大大的破夹克，上面少不了烟灰烧出的小洞，更不会没有一片片的汗斑油渍，但是他在这件破旧衣裳遮盖之下优哉游哉地神游于太虚之表。《世说新语》记载着："桓车骑不好着新衣，浴后妇故进新衣与，车骑大怒，催使持去，妇更持还，传语云，'衣不经新，何由得故？'桓公大笑着之。"桓冲真是好说话，他应该说，"有旧衣可着，何用新为？"也许他是为了保持阃内安宁，所以才一笑置之。"杀头而便冠"的事情，我还没有见过；但是"削足而适履"的行为，则颇多类似的例证。一般人穿的鞋，其制作设计很少有顾到一只脚是有五个趾头的，穿这样的鞋虽然无需"削"足，但是我敢说五个脚趾绝对缺乏生存空间。有人硬是觉得，新鞋不好穿，敝屣不可弃。

"新屋落成"金圣叹列为"不亦快哉"之一，快哉尽管快哉，随后那"树小墙新"的一段暴发气象却是令人难堪。"欲存老盖千年意，为觅霜根数寸栽"，但是需要等待多久！一栋建筑要等到相当破旧，才能有"树林阴翳，鸟声上下"之趣，才能有"苔痕上阶绿，草色入帘青"之乐。西洋的庭园，不时地要剪草，要修树，要打扮得新鲜耀眼，我们的园艺的标准显然地有些不同，即使是帝王之家的园囿也要在亭阁楼台画栋雕梁之外安排一个"濠濮间""谐趣园"，表示一点点陈旧古老的萧瑟之气。至于讲学的上庠，要是墙上没有多年蔓生的常春藤，基脚上没有远年积留的苔藓，那还能算是第一流么？

旧的事物之所以可爱，往往是因为它有内容，能唤起人的回忆。例如阳历尽管是我们正式采用的历法，在民间则阴历仍不能废，每年要过两个新年，而且只有在旧年才肯"新桃换旧符"。明知地处亚热带，仍然未能免俗要烟熏火燎地制造常常带有尸味的腊肉。端午的龙舟粽子是不可少的，有几个人想到那"露才扬己怨怼沉江"的屈大夫？还不是旧俗相因虚应故事？中秋赏月，重九登高，永远一年一度地引起人们的不可磨灭的兴味。甚至腊八的那一锅粥，都有人难以忘怀。至于供个人赏玩的东西，当然是越旧越有意义。一把宜兴砂壶，上面有陈曼生制铭镌句，纵然破旧，气味自然高雅。"楛蒲锦背元人画，金粟笺装宋版书"更是足以使人超然远举，与古人游。我有古钱一枚，"临安府行用，准参百文省"，把玩之余不能不联想到南渡诸公之观赏西湖歌舞。我有胡桃一对，祖父常常放在手里揉动，噶咯噶咯地作响，后来又在我父亲手里揉动，也噶咯噶咯地响了几十年，圆滑红润，有如玉髓，真是先人手泽，现在轮到我手里噶咯噶咯地响了，好几次险些儿被我的儿孙辈敲碎取出桃仁来吃！每一个破落户都可以拿了几件旧东西来，这是不足为奇的事。国家亦然。多少衰败的古国都有不少的古物，可以令人惊羡，欣赏，感慨，唏嘘！

旧的东西之可留恋的地方固然很多，人生之应该日新又新的地方亦复不少。对于旧日的典章文物我们尽管喜欢赞叹，可是我们不能永远盘桓在美好的记忆境界里，我们还是要回到这个现实的地面上来。在博物馆里我们面对商周的吉金，宋元明的书画瓷器，可是溜酸双腿走出门外便立刻要面对挤死人的公共汽车，丑恶的市招，和各种饮料一律通用的玻璃杯！

旧的东西大抵可爱，惟旧病不可复发。诸如夜郎自大的脾气，奴隶制度的残余，懒惰自私的恶习，蝇营狗苟的丑态，畸形病态的审美观念，以及罄竹难书的诸般病症，皆以早去为宜，旧病才去，可能新病又来，然而总比旧病新恙一时并发要好一些，最可怕的是，倡言守旧，其实只是迷恋骸骨；唯新是骛，其实只是摭拾皮毛，那便是新旧之间两俱失之了。

佳作赏析：

梁实秋（1903—1987），浙江杭县人，生于北京。作家、翻译家。代表作品有散文集《雅舍小品》，学术著作《英国文学史》等。

这是一篇既有哲理性又颇富情趣的文章。文章讨论了一个人们日常生活中经常遇到的话题：新与旧。"人不如故"，朋友自然是熟识的老朋友最好，衣服其实也是旧的穿着更舒适。不仅如此，住宅如果想要有些生活情趣，也是旧的才能有"树林阴翳，鸟声上下"之趣，才能有"苔痕上阶绿，草色入帘青"之乐。旧的东西之所以能引起人们的留恋，是因为它有内容，能唤起人们的回忆。尽管旧的事物如此让人着迷，但也不能事事都"因循守旧"。新与旧的关系是辩证统一的，对旧的好传统、好事物，要继承，要发扬；对新生事物，要学习，要接受，这才是正确的态度。

谈生命

□〔中国〕冰心

我不敢说生命是什么，我只能说生命像什么。

生命像向东流的一江春水，他从最高处发源，冰雪是他的前身。他聚集起许多细流，合成一股有力的洪涛，向下奔注，他曲折地穿过了悬崖峭壁，冲倒了层沙积土，挟卷着滚滚的沙石，快乐勇敢地流走，一路上他享受着他所遭遇的一切；有时候他遇到巉岩前阻，他愤激地奔腾了起来，怒吼着，回旋着，前波后浪地起伏催逼，直到他过了，冲倒了这危崖他才心平气和地一泻千里；有时候他经过了细细的平沙，斜阳芳草里，看见了夹岸红艳的桃花，他快乐而又羞怯，静静地流着，低低地吟唱着，轻轻地渡过这一段浪漫的行程；有时候他遇到暴风雨，这激电，这迅雷，使他心魂惊骇，疾风吹卷起他，大雨击打着他，他暂时浑浊了，扰乱了，而雨过天晴，只加给他许多新生的力量；有时候他遇到了晚霞和新月，向他照耀，向他投影，清冷中带些幽幽的温暖：他只想憩息，只想睡眠，而那股前进的力量，仍催逼着他向前走……

终于有一天，他远远地望见了大海，啊！他已到了行程的终结，这大海，使他屏息，使他低头，她多么辽阔，多么伟大，多么光明，又多么黑暗！大海庄严地伸出臂儿来接引他，他一声不响地流入她的怀里。他消融了，归化了，说不上快乐，也没有悲哀！也许有一天，他再从海上蓬蓬的雨点中升起，飞向西来，再形成一道江流，再冲倒两旁的石壁，再来寻夹岸的桃花。然而我不敢说来生，也不敢信来生！生命又像一棵小树，他从地底聚集起许多生力，在冰雪下延伸，在早春润湿的泥土中，勇敢快乐地破壳出来。他也许长在平原上，岩石上，城墙上，只要他抬头看见了天，啊！看见了天！他便伸出嫩叶来吸收空气，承受日光，在雨中吟唱，在风中跳舞。他也许受着大树的荫遮，也许受着大树的覆压，而他青春生长的力量，终使他穿枝拂叶地挣脱了出来，在烈日下挺立抬头！

他遇着骄奢的春天，他也许开出满树的繁华，蜂蝶围绕着他飘翔喧闹，小鸟在他枝头欣赏唱歌，他会听见黄莺清吟，杜鹃啼血，也许还听见枭鸟的怪鸣。他长到最茂盛的中年，他伸展出他如盖的浓荫，来荫庇树下的幽花芳草，他结出累累的果实，来呈现大地无尽的甜美与芳馨。秋风起了，将他的叶子由浓绿吹到绯红，秋阳下他再有一番的庄严灿烂，不是开花的骄傲，也不是结果的快乐，而是成功后的宁静和怡悦！

终于有一天，冬天的朔风，把他的黄叶干枝，卷落吹抖，他无力地在空中旋舞，在根下呻吟，大地庄严地伸出臂儿来接引他，他一声不响地落在她的怀里。他消融了，归化了，他说不上快乐，也没有悲哀！也许有一天，他再从地下的果仁中破裂了出来，又长成一棵小树，再穿过丛莽的严遮，再来听黄莺的歌唱，然而我不敢说来生，也不敢信来生。宇宙是一个大生命，我们是宇宙大气中之一息。江流入海，叶落归根，我们是大生命中之一叶，大生命中之一滴。在宇宙的大生命中，我们是多么卑微，多么渺小，而一滴一叶的活动生长合成了整个宇宙的进化运行。

要记住：不是每一道江流都能入海，不流动的便成了死湖；不是每一粒种子都能成树，不生长的便成了空壳！生命中不是永远快乐，也不是永远痛苦，快乐和痛苦是相生相成的。等于水道要经过不同的两岸，树木要经过常变的四时。在快乐中我们要感谢生命，在痛苦中我们也要感谢生命。快乐固然兴奋，苦痛又何尝不美丽？

佳作赏析：

　　冰心（1900—1999），原名谢婉莹，福建长乐人，女，作家、翻译家。著有诗集《繁星》《春水》，散文集《寄小读者》，短篇小说集《超人》，译作《园丁集》（泰戈尔）、《先知》（纪伯伦）等。

　　生命到底是什么样的？生命的意义又在哪里？冰心的这篇文章用拟人化的手法为我们作了生动的描述。生命就像是向东流的一江春水，在流向大海的过程中充满艰难险阻。而生命的痛苦和快乐也正是在这一奔向大海的过程之中不可或缺的体验。无论是痛苦还是快乐，都是生命历程赋予我们的礼物，我们要勇敢地接受。

肥皂泡

□ [中国] 冰心

小的时候，游戏的种类很多，其中我最爱玩的是吹肥皂泡。

下雨的时节，不能到山上海边去玩，母亲总教给我们在廊子上吹肥皂泡。她说是阴雨时节天气潮湿，肥皂泡不容易破裂。

法子是将用剩的碎肥皂，放在一支小木碗里，加上点水，和弄和弄，使它融化，然后用一支竹笔套管，沾上那黏稠的肥皂水，慢慢地吹起，吹成一个轻圆的网球大小的泡儿，再轻轻地一提，那轻圆的球儿，便从管上落了下来，软悠悠地在空中飘游。若用扇子在下边轻轻地扇送，有时能飞到很高很高。

这肥皂泡，吹起来很美丽，五色的浮光，在那轻清透明的球面上乱转。若是扇得好，一个大球，会分裂成两三个玲珑娇软的小球，四散分飞。有时吹得太大了，扇得太急了，这脆弱的球，会扯成长圆的形式，颤巍巍的，光影零乱，这时大家都悬着心，仰着头，停着呼吸，——不久这光丽的薄球，就无声地散裂了，肥皂水落了下来，洒到眼睛里，使大家都忽然低了头，揉出了眼泪。

静夜里为何想到了胰皂泡？——因为我觉得这一个个轻清脆丽的球儿，像一串美丽的画梦！

像画梦，是我们自己小心地轻轻吹起的，吹了起来，又轻轻地飞起，是那么圆满，那么自由，那么透明，那么美丽。

目送着她，心里充满了快乐，骄傲，与希望，想到借着扇子的轻风，把她一个个送上天去送过海去。到天上，轻轻地挨着明月，渡过天河跟着夕阳西去。或者轻悠悠地飘过大海，飞越山巅，又低低地落下，落到一个美人的玉搔头边，落到一个浓睡中的婴儿的雏发上……

自然的，也像画梦，一个一个地吹起，飞高，又一个一个地破裂，廊子是我们现实的世界，这些要她上天过海的光球，永远没有出过我们仄长的廊子！廊外是雨丝风片，这些使我快乐，骄傲，希望的光球，都一个地在雨丝风片中消失了。

生来是个痴孩子，我从小就喜欢做画梦，做惯了梦，常常从梦中得慰安，生希望，越做越觉得有道理，简直不知道自由是在做梦，最后简直把画梦当做最高的理想，受到许多朋友的劝告讥嘲。而在我的精神上的胰皂泡没有一破灭，胰皂水没有洒到我的心眼里使我落泪之先，我常常顽强地拒绝了朋友的劝告，漠视了朋友的讥嘲。

自小起做的画梦，往少里说，也有十余个，这十几年来，渐渐地都快消灭完了。有几个大的光球，破灭的时候，都会重重地伤了我的心，破坏了我精神上的均衡，更不知牺牲了我多少的眼泪。

到现在仍有一两个光球存在着，软悠悠地挨着廊边飞。不过我似乎已超过了那悬心仰头的止境，只用镇静的冷眼，看她慢慢地往风雨中的消灭里走！

只因常做梦，我所了解的人，都是梦中人物，所知道的事，都是梦中的事情。梦儿破灭了当然有些悲哀，悲哀之余，又觉得这悲哀是冤枉的。若能早想起儿时吹胰皂泡的情景与事实，又能早觉悟到这美丽脆弱的光球，是和我的画梦一样地容易破灭，则我早就是个达观而快乐的人！虽然这种快乐不是我所想望的！

今天从窗户里看见孩子们奔走游戏，忽然想起这一件事，夜静无事姑记之于此，以志吾过，且警后人。

一九三六年三月二十二日，北平

佳作赏析：

吹肥皂泡是不少人童年时最喜欢的游戏之一，看着五彩缤纷的泡泡缓缓飞起，别有一番趣味。冰心的《肥皂泡》就记录了自己童年时吹肥皂泡的事情。这是一篇糅合了童话和寓言风格的优美散文。文章叙述生动，用词贴切，语言浅近，富有儿童情趣。"肥皂泡"在文章里成为了一种寓意，梦幻般的肥皂泡穿越了尘封的岁月，在作者想象的世界里尽情地遨游，这一象征意蕴体现了作者对于人生美好理想的价值肯定和执著追寻。

光阴

□ [中国] 陆蠡

　　我曾经想过，如若人们开始爱惜光阴，那么他的生命的积储是有一部分耗蚀的了。年青人往往不知珍惜光阴，犹如拥资巨万的富家子，他可以任意挥霍他的钱财，等到黄金垂尽便吝啬起来，而懊悔从前的浪费了。

　　我平素不大喜爱表和钟这一类东西。它金属的利齿窸窸瑟瑟地将光阴啮食，而金属的手表滴滴答答地将时间一分一秒地数给我。当我还有丰余的生命留在后面，在时光的账页上我还有可观的储存，我会像一个守财奴，斤斤计较寸金和寸阴的市价么？偶然我抬头望到壁上的日历，那种红字和黑字相间的纸页把光阴划分成今天和明天。谁说动物中人是最聪明的？他们把连续的时间分成均匀的章节，费许多精神去较量它们的短长。最初他们用粗拙的工具刻画在树皮上代表昼夜，现在的人们则将日子印在没有重量的纸条上每逢揭下一张来，便不禁想："啊！又过了一天！"

　　怎样我会起了这些古怪的念头呢？是最近的一个秋日的傍晚，我在近郊散步，我迎着苍黄的落日走过去，复背着它的光辉走回来，足踩着自己的影子。"我是牵着我的思想在散步，"我对自己说。"我是蹑踪着我的影子，看我赶不赶得过它？"我一面走一面自语。"我在看我自己影子的生长，看它愈长愈快，愈快愈长。"我独语。总之，我是在散步罢了。我携着我的思想一同散步。它是羞怯得畏见阳光，老躲在我的影子里。使得我和它谈话，不得不偏过头去，伛偻着身子，正如一个高大的男子低头和身边的女子说话，是那么轻声地，絮絮地。

我们走着走着，不知从哪里来的一枚树叶，飘坠在我们的脚前。那样轻，怕跌碎的样子。要不是四周是那么静寂，我准不会注意。但我注意到了，我捡了起来，我试想分辨它是什么树叶？梧桐的，枫槭的，还是樗栎的？但我恍若看到这不是一张树叶，分明是一张日历，一张被不可见的手扯下来的日历。这上面写着的是一个无形的字：" 秋。"

"秋！"我微喟一声。

"秋，秋。"我的思想躲在我的影子里和答我。

我感到有点迟暮了。好像这个字代表一段逝去的光阴。

"逝去的光阴"，我的思想如刁钻的精灵，摸着了我的心思。

"光……阴"，这两个平声的没有低昂的字眼，在我的耳边震响。

光阴要逝去么？却借落叶通知我。我岂不曾拥有过大量的光阴，这年青人唯一的财产，一如富贾之子拥有巨资。我曾是光阴富有者。同时我也想起了两个惜阴的人。

正是这样秋暖的日子，在很早很早以前。家门前的禾场上排列着一行行的谷箪，在阳光下曝晒着田里新收割来的谷粒。芙蓉花盛开着。我坐在它的荫下，坐在一只竹箩里面，——我的身子还装不满一竹箩——我玩着谷堆里捉来的蚱蜢螳螂和甲虫，我玩着玩着，无意识地玩去我的光阴。祖父是爱惜光阴的。他匆匆出去，匆匆回来，复匆匆出去，不肯有一刻休息。但是他珍惜也没有用，他仅有不多的光阴。等到他在一个悄然的夜晚，撒下我们而去时，我还不懂他为什么要离开我们，原来他把光阴用尽了。

还是在不多年以前，父亲写信给我说："你现在长大了，应该知道光阴的可贵。听说你在学校里专爱玩,功课也不用功……"父亲也珍惜起光阴来了。大概他开始忧光阴之穷匮,遂于无意中把忧心吐露给我。在当时我是不能领会的。我仍是嫌光阴过得太慢。"今天是星期一呢!"便要发愁,"什么时候是圣诞节呢?"虽则我并不喜欢这异邦的节日。"怎么还不放假呢?"我在打算怎样过那些佳美的日子。光阴是推移得太慢了,像跛脚的鸭子。于是我用欢笑去噪逐它,把它赶得快些。正如执篁的孩子驱着鸭群,嗯哨起快活的声音促紧不善于行的水禽的脚步,我曾用欢笑驱赶我的光阴。

"你曾用欢笑驱赶你的光阴。"我的思想像"回声"的化身,复述我的话。

但是很久不那么做了。竟有一次我坐在房里整半天不出去。我伏在案前,目视着阳光从桌面的一端移到另一端。我用一根尺,一只表,来计算阳光的足在我的桌面移动的速度,我观察了计算了好久。蓦然有一种感触浮起在我的脑际,我为什么干这玩意儿呢?我看见了多少次阳光从我的桌面爬过,我有多少次看见阳光从我的窗口探入,复悄悄地退出。我惯用双手交握成各种样式,遮断它的光线,把影子投在粉壁上,做出种种动物的形状,如一头羊,一只螃蟹,一只兔;或则喝一口水,朝阳光喷去,令微细的水滴把光线散成彩虹的颜色。何时使我的心变成沉重,像吝啬的老人计数他的金钱,我也在计算光阴的速度呢?我曾讥笑惜阴人之不智,终也让别人来讥笑自身么?

"你也在计算光阴的速度了。"我的思想像喜灾乐祸似的,揶揄我。

真的,我在计算光阴的速度了。我想到光阴速度的相对性,得到这样的结论:感觉上的光阴的速度是年龄的函数。我试在一张白纸上列出如下的方程式:"光阴的速度等于年龄的正切的微分。"当年龄从零岁开始,进入无知的童年,感觉上的光阴速度是极微渺的。等到年龄的角度随岁月转过了半个象限(我暂将不满百的人生比作一个象限,半个象限是四十五岁了),正切线的变化便非常迅速。光阴流逝的感觉便有似白驹,似飞矢,瞬息千里了。我想了又想,渐渐陷入了一个不能自拔的思索的阱里。想到我自己在人生的象限上转过了几度呢?犹如作茧自缚,我自己衍出方程式而复把自己嵌在这式子里面,我悲哀了。

"你自己衍出方程式而复把自己嵌在里面。"思想嘤然回答，已无尖酸的口吻。

但是我无法改正这方程式，这差不多是正确的。在我的智识范围内不能发现它的错误。啊，悲哀的来源，我想把这公式从我的脑筋中擦去，已是不可能。正如我刚才捡起来的树叶，无法把它装回原来的枝上。我重新谛视这片叶，上面仍依稀显现着无形的字："秋"。

另一天，从另一枝柯上，会有不可见的手扯下另一片树叶——是一张日历——那上面写的应该是另一个字，"冬"！

"冬"，我的思想似乎失去了回答的气力。

"秋……冬"，又是两个没有低昂的平声的字眼，像一滴凉水滴进我的心胸，使我有点寒意。我不能再散步了，我携着我的思想走回家，正如那西洋妇人携着她的狗，施施归去。此后我就想起：如若人们开始爱惜光阴，那么他的生命的积储是有一部分耗蚀的了。

佳作赏析：

陆蠡（1908—1942），浙江天台人，作家。著有散文集《海星》《竹刀》《囚绿记》等。

劝人们爱惜光阴、珍惜时间的文章数不胜数，但这篇文章的写法颇具特色。作者将自己的"思想"拟人化、形象化，以"我"与"思想"对话的方式，将时间的重要性、不可逆转性淋漓尽致地表达出来，告诉人们要尽早地懂得爱惜光阴，从当下做起、从现在做起。

青春

□〔中国〕苏雪林

记得法国作家曹拉的《约翰戈东之四时》(*Quatre journees de Jean Gourdon*)曾以人之一生比为年之四季,我觉得很有意味,虽然这个譬喻是自古以来,就有人说过了。但芳草夕阳,永为新鲜诗料,好譬喻又何嫌于重复呢?

不阴不晴的天气,乍寒乍暖的时令,一会儿是袭袭和风,一会儿是细雨。春是时哭时笑的,春是善于撒娇的。

树枝间新透出叶芽,稀疏琐碎地点缀着,地上黄一块,黑一块,又浅浅地绿一块,看去很不顺眼,但几天后,便成了一片蓊然的绿云,一条缀满星星野花的绣毡了。压在你眉梢上的那厚厚的灰暗色的云,自然不免教你气闷,可是他转瞬间会化为如纱的轻烟,如酥的小雨。新婚紫燕,屡次双双来拜访我的矮椽,软语呢喃,商量不定,我知道他们准是看中了我的屋梁,果然数日后,便衔泥运草开始筑巢了。远处,不知是画眉,还是百灵,或是黄莺,在试着新吭呢。强涩地,不自然地,一声一声变换着,像苦吟诗人在推敲他的诗句似的。绿叶丛中紫罗兰的喋嚅，芳草里铃兰的耳语，流泉边迎春花的低笑，你听不见么？我是听得很清楚的。她们打扮整齐了，只等春之女神揭起绣幕，便要一个一个出场演奏。现在她们有点浮动，有点不耐烦。春是准备的，春是等待的。

几天没有出门，偶然涉足郊野，眼前竟换了一个新鲜的世界。到处怒绽着红紫，到处隐现着虹光，到处悠扬着悦耳的鸟声，到处飘荡着迷人的香气，蔚蓝天上，桃色的云，徐徐伸着懒腰，似乎春眠未足，还带着惺忪的睡态。流水却瞧不过这小姐腔，他泛着潋滟的霓彩，唱着响亮的新歌，头也不回地奔赴巨川，奔赴大海。……春是烂漫的，春是永远地向着充实和完成的路上走的。

春光如海，古人的比方多妙，多恰当。只有海，才可以形容出春的饱和，春的浩瀚，春的磅礴洋溢，春的澎湃如潮的活力与生意。

春在工作，忙碌地工作，他要预备夏的壮盛，秋的丰饶，冬的休息，不工作又怎么办？但春一面在工作，一面也在游戏，春是快乐的。

春不像夏的沉郁，秋的肃穆，冬的死寂。他是一味活泼，一味热狂，一味生长与发展，春是年青的。

当一个十四五岁或十七八岁的健美青年向你走来，先有爽朗新鲜之气迎面而至。正如睡过一夜之后，打开窗户，冷峭的晓风带来的那一股沁心的微凉和葱茏的佳色。他给你的印象是爽直、纯洁、豪华、富丽。他是初升的太阳，他是才发源的长河，他是能燃烧世界也能燃烧自己的一团烈火，他是目射神光，长啸生风的初下山时的乳虎，他是奋鬣扬蹄，控制不住的新驹。他也是热情的化身，幻想的泉源，野心的出发点，他是无穷的无穷，他是希望的希望。呵！青年，可爱的青年，可羡慕的青年！

青年是透明的，身与心都是透明的。嫩而薄的皮肤之下，好像可以看出鲜红血液的运行，这就形成他或她容颜之春花的娇，朝霞的艳。所谓"吹弹得破"，的确教人有这样的担心。忘记哪一位西洋作家有"水晶的笑"的话，一位年轻女郎嫣然微笑时，那一双明亮的双瞳，那两行粲然如玉的牙齿，那唇角边两颗轻圆的笑涡，你能否认这"水晶的笑"四字的意义么？

青年是永远清洁的。为了爱整齐的观念特强，青年对于身体，当然时时拂拭，刻刻注意。然而青年身体里似乎天然有一种排除尘垢的力，正像天鹅羽毛之洁白，并非由于洗濯而来。又似乎古印度人想象中三十二天的天人，自然鲜洁如出水莲花，一尘不染。等到头上华萎，五官垢出，腋下汗流，身上那件光华夺目的宝衣也积了灰尘时，他的寿命就快告终了。

青年最富于爱美心，衣履的讲究，头发颜脸的涂泽，每天费许多光阴于镜里的徘徊顾影，追逐银幕和时装铺新奇的服装的热心，往往叫我们难以了解，或成了可怜悯的讽嘲。无论如何贫寒的家庭，若有一点颜色，定然聚集于女郎身上。这就是碧玉虽出自小家，而仍然不失其为碧玉的秘密。为了美，甚至可以忍受身体上的戕残，如野蛮人的文身穿鼻，过去妇女之缠足束腰。我有个窗友因面麻而请教外科医生，用药烂去一层面皮。三四十年前，青年妇女，往往就牙医无故拔除一牙而镶之以金，说笑时黄光灿露，可以增加不少的妩媚。于今我还听见许多人为了门牙之略欠整齐而拔去另镶的，血淋淋的也不怕痛。假如陆判官的换头术果然灵验，我敢断定必有无数女青年毫不迟疑地袒露其纤纤粉颈，而去欢迎他靴筒子里抽出来那柄锯利如霜小匕首的。

青年是没有年龄高下之别的，也永远没有丑的，除非是真正的嫫母和戚施。记得我在中学读书时，眼中所见那群同学，不但大有美丑之分，而且竟有老少之别。凡那些皮肤粗黑些的，眉目庸蠢些的，身材高大些的，举止矜庄些的，总觉得她们生得太"出老"一点，猜测她们年龄时，总会将它提高若干岁。至于二十七八或三十一二的人——当时文风初开的内地学生年龄是有这样的——在我们这些比较年轻的一群看来，竟是不折不扣的"老太婆"了。这样的"老太婆"还出来念什么书，活现世！轻薄些的同学的口角边往往会漏出了这样嘲笑。现在我看青年的眼光竟和以前大大不同了，媸妍胖瘦，当然还分辨得出，而什么"出老"的感觉，却已消灭于乌有之乡，无论他或她容貌如何，既然是青年，就要还他一份美，所谓"青春的美"。挺拔的身躯，轻矫的步履，通红的双颊，闪着青春之焰的眼睛，每个青年都差不多，所以看去年纪也差不多。从飞机下望大地，山陵原野都一样平铺着，没有多少高下隆洼之别，现在我对于青年也许是坐着飞机而下望的。哈，坐着年龄的飞机！

但是，青年之最可爱的还是他身体里那股淋漓元气，换言之，就是那股愈汲愈多，愈用愈出的精力。所谓"青年的液汁"（La sevede la jeunese），这真是个不舍昼夜滚滚其来的源泉，它流转于你的血脉，充盈于你们的四肢，泛滥于你的全身，永远要求向上，永远要求向外发展。它可以使你造成博学，习成绝技，创造惊天动地的事业。青年是世界上的王，它便是青年王国拥有的一切的财富。

当我带着书踱上讲坛，下望墨压压的一堂青年的时候，我的幻想，往往开出无数芬芳美丽的花：安知他们中间将来没有李白、杜甫、荷马、莎士比亚那样伟大的诗人么？安知他们中间，将来没有马可尼、爱迪生、居里夫人一般的科学家；朱子、王阳明、康德、斯宾塞一般的哲学家么？学经济的也许将来会成为一位银行界的领袖；学政治的也许就仗着他将中国的政治扶上轨道；学化学或机械的也许将来会发明许多东西，促成中国的工业化，现代化。也许他们中真有人能创无声飞机，携带什么不孕粉，到扶桑三岛巡礼一回，聊以答谢他们三年来赠送我们的这许多野蛮残酷礼品的厚意。不过，我还是希望他们中间有人能向世界宣传中国优越的文化，和平的王道，向世界散布天下为公的福音，叫那些以相斫为高的刽子手们，初则眙愕相顾，继则心悦诚服。青年的前途是浩荡无涯的，是不可限量的，但能以致此，还不是靠着他们这"青年的精力"？

春是四季里的良辰，青年是人生的黄金时代。是春天，就该鸟语花香，风和日丽，但霪雨连绵，接连三四十日之久，气候寒冷得像严冬，等到放晴时，则九十春光，阑珊已尽，这样的春天岂非常有？同样，幼年多病，从药炉茶鼎间逝去了寂寂的韶华；父母早亡，养育于不关痛痒者之手，像墙角的草，得不着阳光的温煦，雨露的滋润；生于寒苦之家，半饥半饱地挨着日子，既无好营养，又受不着好教育，这种不幸的青年，又何尝不多？咳，这也是春天，这也是青年！

西洋文学多喜欢赞美青春歌颂青春，中国人是尚齿敬老的民族，虽然颇爱嗟卑叹老，却瞧不起青年。真正感觉青春之可贵，认识青春之意义的，似乎只有那个素有佻达文人之名的袁子才。他对美貌少年，辄喜津津乐道，有时竟教人于字里行间，嗅出浓烈的肉味。对于历史上少年成功者，他每再三致其倾慕之忱，而于少年美貌而又英雄如孙策其人者，向往尤切。以形体之完美为高于一切，也许有点不对，但这种希腊精神，却是中国传统思想里所难以找出的。他又主张少年的一切欲望都应当给以满足，满足欲望则必须要金钱，所以他竟高唱"宁可少时富，老来贫不妨"这样大胆痛快的话，恐怕现在还有许多人为之吓倒吧。他永久羡着青春，湖上杂咏之一云：

> 葛岭花开三月天，游人来往说神仙，
>
> 老夫心与游人异，不羡神仙羡少年。

说到神仙，又引起我的兴趣来了。中国人最羡慕神仙，自战国到宋以前一千数百年，帝皇、妃后、贵族、大官以及一般士庶，都鼓荡于这一股热潮中。中国人对修仙付过了很大的代价，抱了热烈的科学精神去试验，坚决的殉道精神去追求。前者仆而后者继，这个失败了，那个又重新来，唐以后这风气才算衰歇了些，然而神仙思想还盘踞于一般人潜意识界呢。

做神仙最大的目的，是返老还童和长生。换言之，就是保持青春于永久。现在医学界盛传什么恢复青春术，将黑猩猩，大猩猩，长臂猿的生殖腺移植人身，便可以收回失去的青春。不过这方法流弊很多，又所恢复的青春，仅能维持数年之久，过此则衰惫愈甚，好像是预支自己体中精力而用之，并没有多大便宜可占，因之尝试者似乎尚不踊跃。至于中国神仙教人炼的九转还丹，只有黍子大的一颗，度下十二重楼，便立刻脱胎换骨，而且从此就能与天地比寿，日月齐光了。有这样的好处，无怪乎许多人梦寐求之，为金丹送命也甘心了。

不过炼丹时既需要仙传的真诀，极大的资本，长久的时间，吃下去又有未做神仙先做鬼的危险，有些人也就不敢尝试。况且成仙有捷径也有慢法，拜斗踏罡，修真养性慢慢地熬去，功行圆满之日，也一样飞升。但这种修炼需时数十年至百余年不等，到体力天然衰老时，可不又惹起困难度？于是聪明的中国人又有什么"夺舍法"。学仙人在这时候，推算得什么地方有新死的青年，便将自己的灵魂钻入其尸体，于是钟漏垂歇的衰翁，立刻便可以变成一个血气充盈的小伙子，这方法既简捷又不伤廉，因为他并没有伤害尸主之生命。

少时体弱多病，在凄风冷雨中度过了我的芳春，现在又感受早衰之苦。所以有时遇见一个玉雪玲珑的女孩，我便不免于中一动。我想假如我懂得夺舍法据这可爱身体而有之，我将怎样利用她青年的精力而读书，而研究，而学习我以前未学现在想学而已嫌其晚的一切。便是娱乐，我也一定比她更会享受。这念头有点不良，我自己也明白，可是我既没有获得道家夺舍法之秘传，也不过是骗骗自己的空想而已。

中年人或老年人见了青年，觉得不胜其健羡之至，而青年却似乎不能充分地了解青春之乐。所谓"不识庐山真面目，只缘身在此山中"。谁说不是一条真理？好像我们称孩子的时代为黄金，其实孩子果真知道自己快乐么？他们不自知其乐，而我们强名之为乐，我总觉得这是不该的。

再者青年总是糊涂的，无经验的。以读书研究而论，他们往往不知门径与方法，浪费精神气力而所得无多。又血气正盛，嗜欲的拘牵，情欲的缠纠，冲动的驱策，野心的引诱，使他们陷于空想、狂热、苦恼、追求以及一切烦闷之中，如苍蝇之落于蛛网，愈挣扎则缚束愈紧。其甚者从此趋于堕落之途，及其觉悟则已老大徒悲了。若能以中年人的明智，老年人的淡泊，控制青年的精力，使它向正当的道路上发展，则青年的前途，岂不更远大，而其成功岂不更快呢。

仿佛记得英国某诗人有《再来一次》的歌，中年老年之希望恢复青春，也无非是这"再来一次"的意识之刺激罢了。祖与父之热心教育其子孙，何尝不是因为觉得自己老了，无能为力了，所以想利用青年的可塑性，将他们抟成一尊比自己更完全优美的活像。当他们教育青年学习时，凭自己过去的经验，授予青年以比较简捷的方法。将自己辛苦探索出来的路线，指导青年，免得他们再迂回曲折地乱撞。他们未曾实现的希望，要在后一代人身上实现，他们没有满足的野心，要叫后一代人来替他们满足。他们的梦，他们的愿望，他们奢侈的贪求，本来都已成了空花的，现在却想在后代人头上收获其甘芳丰硕的果。因此，当他们勤勤恳恳地教导子孙时，如其说是由于慈爱，毋宁说出于自私，如其说是在替子孙打算，毋宁说是自己慰安。这是另一种"夺舍法"，他们的生命是由此而延续，而生命的意义是靠此而完成的。

据说法朗士尝恨上帝或造物的神造人的方法太笨：把青春位置于生命过程的最前一段，人生最宝贵的爱情，磨折于生活重担之下。他说假如他有造人之权的话，他要选取虫类如蝴蝶之属做榜样。要他先在幼虫时期就做完各种可厌恶的营养工作，到了最后一期，男人女人长出闪光翅膀，在露水和欲望中活了一会儿，就相抱相吻地死去。读了这一串诗意的词句，谁不为之悠然神往呢。不止恋爱而已，想到可贵青春度于糊涂昏乱之中之可惜，对于法朗士的建议，我也要竭诚拥护的了。

不过宗教家也有这么类似的说法，像基督教就说凡是热心爱神奉侍神的人，受苦一生，到了最后的一刹那，灵魂便像蛾之自蛹中蜕出，脱离了笨重躯壳，栩栩然飞向虚空，浑身发大光明，出入水火，贯穿金石，大千世界无不游行自在。又获得一切智慧，一切满足，而且最要紧的是从此再不会死。这比起法朗士先生所说的一小时蝴蝶的生命不远胜么？有了这种信仰的人，对于人世易于萎谢的青春，正不必用其歆羡吧？

佳作赏析：

苏雪林（1897—1999），生于浙江瑞安，原籍安徽太平，作家，学者。著有小说集《蝉蜕集》《棘心》，散文集《绿天》《屠龙集》等。

人生中最美好的时光是哪个阶段？毫无疑问是青年阶段。青年身体发育刚刚成熟，精力充沛，思想活跃，身体强健，正是学习和工作的黄金时期，也无时无刻不散发着青春的活力。在作者看来，青年身上的青春活力可以将他们容貌上的美丑抹杀，只要是青年就是美的，他们注重自己的举止衣着，前途无量，令人羡慕。但作者也认识到，对青年的美好感觉和羡慕更多的来自其他年龄段尤其是中老年人，而青年人本身却往往"身在福中不知福"，不珍惜大好时光，或者读书无方法，或受各种欲望诱惑而陷于空想、狂热、苦恼以及一切烦闷之中。其实上天是公平的，人生的每个阶段都有着各自不同的优点和缺陷，而大部分人不过是这山望着那山高而已。

门

□ [中国] 叶圣陶

　　说到门，我们便会兴起这样的印象：门是森严的、拒绝的、摒弃的、无情的东西。我们如果去访问一个生人，走到他家的门前，必然会先注视到他家的门型。"板门虚掩"的主人也许容易打交道；"门禁森严"的主人也许有一副铁青的面孔。有所求的人，走到主人的门前就会踌躇、徘徊、彷徨，不知道门内的情形如何。如果再听见几声狗叫，更是令人胆怯。现在虽然没有递"门包"的讲究，但是"门禁森严"的人家，常常还要配上狼狗的声音的。

　　门是一种代表物，所以才有"装门面"的说法。门就像我们的脸一样，男人要把"门面"上的胡子刮干净才有精神，像除去门前的蔓草；女人要涂脂抹粉来增加美丽，像把门油漆了。我们知道朱红的门最美，像女人的红唇那样；但是朱门也常隐藏着罪恶，杜甫说"朱门酒肉臭，路有冻死骨"。

　　门既是代表物，所以还有"门风"的说法。读书的人家如果出了一个不肯读书的儿子，便是"败坏门风"，一家人都觉得可耻。但是我们也常常见有的人家，祖父好赌，儿子也好赌，孙子更好赌，这也是"门风"啊！

门还是势利的，门里的主人如果一朝得了势，拜倒门下的人不知有多少，那时就会"门限为穿"，或者"门庭若市"了。如果有一天"门前冷落"或者"门可罗雀"，那便代表主人的势力已经到了低潮了。

门虽然是对外的东西，但是关起门来也有许多玩意儿。惭愧的人关起门来"闭门思过"；自作聪明的人关起门来"闭门造车"。"思过"就是自省，还可以。"闭门造车"虽然精神可佩，但是因为太不科学，是没有成功的希望的。

佳作赏析：

叶圣陶（1894—1988），江苏苏州人，作家、教育家。著有小说集《隔膜》，长篇小说《倪焕之》，童话集《稻草人》，散文集《剑鞘》《未厌居习作》等。

作为房屋的一个组成部分，门是生活中再常见不过的事物，而叶圣陶这篇文章中的"门"则多了几分特定的社会意义。透过这扇"门"，可以看到人间百态、世态炎凉。一户人家的门难不难进，反映着主人的社会地位、性格、交往情况；门代表着脸面，代表着形象，代表着一家的传统、风气和习俗。小小的一扇门里，是喜怒哀乐兼具、五味杂陈的人生。

家

□〔中国〕缪崇群

低低的门，高高的白墙，当我走进天井，我又看见对面房子的许多小方格窗眼了。

拾阶登到楼上，四围是忧郁而晦暗的，那书架，那字画，那案上的文具，那檐头的竹帘……没有一样不是古香古色，虽然同我初遇，但仿佛已经都是旧识了。

我默默地坐下，我阴自地赞叹了：

啊！这静穆和平的家，他是爱的巢穴，心的归宿；他是倦者的故林，渴者的源泉……

我轻轻地笑了，在我的心底；我舒适地睡了，睡在我灵之摇篮里，一切都好像得其所以了！

但是只有一瞬，只有一息，我蓦地便又醒来了。这家，原不是我自己的。坐在对面的友人，他不是正在低首微笑么？他是骄傲地微笑呢，还是怜悯地微笑呢？

啊，在这个世界上，我是一个永远漂泊的过客，我没有爱的巢穴，我也无所归宿；故林早已荒芜，源泉也都成了一片沙漠……

倘如，我已经把这些告诉了他，那么他的微笑，将如何地给我一种难堪啊！

我庆欣，我泰然了。我由自欺欺人的勾当，评定了友人的微笑了。这勾当良心或者不至于过责的，因为他是太渺小而可怜了！

低低的门，高高的白墙，小小的窗格……这和平静穆的家，以前，我似乎有过一个的，以后，也许能有一个罢！

我仿佛又走进一个冥冥的国度去了，虽然身子还依旧坐在友人的对面，他的"家"里。

一九三〇年十月

佳作赏析：

缪崇群（1907—1945），江苏人。主要作品有《晞露集》《归客与鸟》《夏虫集》等。

这是一个过客对家的感悟，家是什么？家是爱的巢穴，心的归宿；它是倦者的故林，渴者的源泉。那为什么作者要抛弃这些而流浪呢？我们也许想到家的另一面：枷锁，禁锢。于是抛弃家而去流浪成为一种选择。但流浪的艰辛又使作者对家有一些渴望。其实人生就是如此地反复，如此地矛盾和纠结——现实中的大多数人又何尝不是如此呢？

从旅到旅

□ ［中国］ 缪崇群

倘使说人生好像也有一条过程似的：坠地呱呱的哭声作为一个初的起点，弥留的哀绝的呻吟是最终的止境，那么这中间——从生到死，不管它是一截或是一段，接踵着，赓连着，也仿佛是一条铁链，圈套着圈，圈套着圈……不以尺度来量计，或不是尺度能够量计的时候，是不是说链子长的圈多，短的链子圈少呢？

动，静，动，静……连成了一条人生的过程，多多少少次的动和静，讴歌人生灿烂的有了，诅咒人生重荷的也有了。在这条过程上，于是过着哭的，笑的，和哭笑不得的。然而在所谓过程里：过即是在动，静也是在过，一段一截地接踵着，赓连着，分不清动静的界限，人生了，人死了，无数无量数的……

从生到死，不正可以说是从旅到旅么？

铁一般的重量，负在旅人的肩上；铁一般的寒气，沁着旅人的心，铁的镣铐锁住了旅人的手和足，听到了那钉铛的铁之音，怕旅人的灵魂也会激烈地被震撼了罢？

　　想到了身为旅人的人和我，禁不住地常常前瞻后顾了，可是这条路上布满了风沙和烟尘，朦胧，暗淡，往往伤害了自己的眼睛。我知道瞻顾都是徒然的，我不再踌躇，不再迷惘了；低着头，我将如伏尔加河上的船夫们，以那种沉着有力的吆喝的声调，来谱唱我从旅到旅的曲子。

佳作赏析：

　　正如这篇文章所说，人生的道路就是一场旅程。在这场旅程中，有责任、有义务、有任务、有使命；有高山、有大河、有险滩、有严寒；有诱惑、有快乐、有悲伤、有痛苦。每个人的旅程都是一样的，同样的出发点、同样的目的地；每个人的旅程又是不一样的，不一样的路线，不一样的风景，不一样的心情，不一样的感悟。选好自己的路，认定自己的目标，踏上人生的旅程，谱写自己的人生之歌吧！

蝉与蚁

□ [中国] 施蛰存

拉封丹以蝉与蚁为寓言，说蝉终日咏歌，不知储蓄粮食，遂至身先蒲柳而亡，蚁则孜孜矻矻，有春耕夏耨，秋收冬藏的能耐，卒岁无虞，避寒有术。终论是把人教训一顿，应学学蚂蚁的勤劳，而不可与蝉的耽于逸乐。

小时读了这则寓言，就打从心底对蚂蚁的辛劳起了尊敬之心，对于只顾享乐的鸣蝉，自就成了反面的人物，认为它们是自作孽，是不值得可怜的。但当我今天走过一株大柳树下，恰好有三数鸣蝉在柳叶丛中聒噪，嗓子令人听得有点儿烦乱。然而由于反正闲着，那就坐在树根上静听一会。斯时刚巧是傍晚时候，夕阳红红地照耀在西天，阵阵微风吹拂，也不觉得燠热，何况我只穿上了犊鼻裤，还有手中的大葵扇。我用"蝉噪林愈静"的心去听它们歌唱，渐渐地我也非但不再觉得它们烦乱，甚至竟听出一些意思来。

倘若蝉不唱歌，它是否能活到蚂蚁那样的寿命？反过来说，若蚂蚁效蝉的懒惰，不知储蓄，是否会和蝉同其死生？从这两种昆虫的生命来说，蚂蚁虽能过冬，蝉虽只活了一个夏季，但在它们自己，并不觉得谁比谁活多了几年，朝菌不知晦朔，蟪蛄不知春秋，彼此都过了一生。不会歌唱的蝉不见得能活过了残秋，又活过严冬；懒惰蚂蚁的寿命也不见得会比它勤劳的同伴短。然则蚂蚁储藏粮食，未必就是美德，而蝉的高歌，也就不是什么罪过了。更进一步言，蝉但求吃饱喝饱，便在酷热的阳光下努力讴歌，虽然我们不懂它在唱什么，但无论是吟风弄月，或是悲天悯人，它多少已唱了出来，它一生除了吃喝外，还有一点旁的意义。蚂蚁呢？吃饱了，喝饱了，还得忙着。孜孜功利，为的就是延续生命，而它的生命实质并未延长，它所储藏的粮食，也许自己也吃不完，徒然留下一副守财奴相，它们刻苦勤奋和集团精神，除掉了求富足安全地过它的定命的一生外，生命对它们来说还有什么意义？今人终日辛劳，营营役役，生活简直是劳于蚂蚁而不及蚂蚁的裕如了。然而人们只知歌颂辛勤的蚂蚁，却不识欣赏悦情歌唱，享乐人生的鸣章，自诩聪明的人类，不忒也笨了点罢！

佳作赏析：

施蛰存（1905—2003），浙江杭州人，作家、学者。著有小说集《上元灯》，散文集《灯下集》《待旦录》，学术论著《水经注碑录》等。

这是一篇进行反向思维、思考写就的文章。正如文章开头所讲，蚂蚁终日忙碌，储蓄食物，能安然过冬；而蝉则终日高歌，残存一季。这不免使人对蚂蚁心生好感，而对蝉有几分鄙夷。但作者一反常态，提出一个新论点：不同物种的寿命是一定的，即使蝉不高歌，也不见得能活得更长；蚂蚁即使懒惰，也不见得短命。对于动物而言它们并没有时间长短的概念，不论一天也好，数年也罢，它们的一生都是完整的。生命的全部意义并不是终日劳碌，生命也需要歌唱，人生也需要享受——这也许是我们从蝉与蚂蚁"人生"中得到的另类启示。

人生的意义及人生中的境界

□〔中国〕冯友兰

何谓"意义"？意义发生于自觉及了解；任何事物，如果我们对它能够了解，便有意义，否则便无意义；了解越多，越有意义，了解得少，便没有多大的意义。何谓"自觉"？我们知道自己在做一种事情，便是自觉。人类与禽兽所不同的地方，就是人类能够了解，能够自觉，而禽兽则否。譬如喝水吧，我们晓得自己在喝水，并且知道喝水是怎么一回事；可是兽类喝水的时候，它却不晓得它在喝水，而且不明白喝水是一回什么事，兽类的喝水，常常是出于一种冲动。

对于任何事物，每个人了解的程度不一定相同，然而兽类对于事物，却谈不到什么了解；例如我们在礼堂演讲，忽然跑进了一条狗，狗只看见一堆东西，坐在那里，它不了解这就是演讲，因为它不了解演讲，所以我们的演讲，对于它便毫无意义。又如逃警报的时候，街上的狗每每跟着人们乱跑，它们对于逃警报，根本就不懂得是一回什么事，不过跟着人们跑跑而已。可是逃警报的人却各有各的了解，有的懂得为什么会有警报，有的懂得为什么敌人会打我们，有的却不能完全了解这些道理。

　　同样的，假如我们能够了解人生，人生便有意义，倘使我们不能了解人生，人生便无意义。各个人对于人生的了解多不相同，因此，人生的境界，便有分别。境界的不同，是由于认识的互异；这，有如旅行游山一样，地质学家与诗人虽同往游山，可是地质学家的观感和诗人的观感，却大不相同。

　　人生的境界，大体上可分为四类：（一）自然境界——最低级的，了解的程度最少，这一类人，大半是"顺才"或"顺习"。（二）功利境界——较高级的，需要进一层的了解。（三）道德境界——更高级的，需要更高深的理解。（四）天地境界——最高的境界，需要最彻底的了解。在自然境界中的人，不论干什么事情，不是依照社会习惯，便是依照其本性去做，他们从来未曾了解做某种事情的意义。往好处说，这就是"天真烂漫"，往差处说便是"糊里糊涂"。他们既不懂得为什么要这样做，又不明白做某种事情有什么意义，所以他们可说没有自觉。有时他们纵然是整天笑嘻嘻，可是却不自觉快乐。这，有如天真的婴孩，他虽然笑逐颜开，可是却一点都不觉得自己快乐，两种情况，完全相同。这一类人，对于"生""死"皆不了解，而且亦没有"我"的观念。功利境界中的人，对于人生的了解，比较进了一步，他们有"我"的观念，不论做什么事，都是为着功利，为着自己的利益打算。这一批人，大抵贪生怕死。有时他们亦会为社会服务，为国家做点事，可是他们做事的动机，是想换取更高的代价，表面上，他们虽在服务，但其最后的目的还是为着小我。在道德境界中的人，不论所做何事，皆以服务社会为目的。这一类人既不贪生，又不怕死；他们晓得除"我"以外，上面还有一个社会，一个全体。他们了解个人是社会的一部分，个人与社会是部分与全体的关系。就普通常识来说，部分的存在似乎先于全体，可是从哲学来说，应该先有全体，然后始有个体。例如房子中的支"柱"，是有了房子以后，始有所谓"柱"，假使没有房子，则柱不成为柱，它只是一件大木料而已。同样，人类在有了人伦的关系以后，始有所谓"人"，如没有人伦关系，则人便不成为人，只是一团血肉。不错，在没有社会组织以前，每个人确已先具有一团肉，可是我们之成为人，却因为是有了社会组织的缘故。道德境界中的人，很清楚地了解这一点。天地境界中的人，一切皆以服务宇宙为目的。他们对生死的见解，既无所谓生，复无所谓死；他们认为在社会之上，尚有一个更高的全体——宇宙。科学家的所谓宇宙，系指天体，太阳系及天河等，哲学家的所谓宇宙，系指一切，所以宇宙之外，不会有其他的东西，我们绝对不能离开宇宙而存在。天地境界的人能够彻底了解这些道理，所以他们所做的事，便是为宇宙服务。

中国的所谓"圣贤"，应该有一个分别，"贤"是指道德境界的人，"圣"是指天地境界的人。至于一般的芸芸众生，不是属于自然境界，便是属于功利境界。要达到自然境界或功利境界非常容易，要想进入道德境界或天地境界却需要努力，只有努力，才能了解。究竟要怎样做，才算是为宇宙服务呢？为宇宙服务所做的事，绝对不是什么离奇特别的事，与为社会服务而做的事，并无二致。不过所做的事虽然一样，了解的程度不同，其境界就不同了。我曾经看见一个文字学的教授，在指责一个粗识文字的老百姓，说他写了一个别字。那一个别字，本来可以当做古字的假借，所以当时我便代那写字的人辩护。结果，那位文字学教授这样地回答我："这一个字如果是我写的，就是假借，出自一个粗识文字的人的手笔，便是别字。"这一段话很值得寻味，这就是说，做同样的事情，因为了解程度互异，可以有不同的境界。再举一例：同样是大学教授，因为了解不同，亦有几种不同的境界：属于自然境界的，他们留学回来以后，有人请他教课，他便莫名其妙地当起教授来，什么叫做教育，他毫不理会；有些教授则属于功利境界，他们所以跑去当教授，是为着提高声望，以便将来做官，可以铨叙较高的职位；另外有些教授则属于道德境界，因为他们具有"得天下英才而教育之"的怀抱；有些教授则系天地境界，他们执教的目的，是为欲"得宇宙天才而教育之"。在客观上，这四种教授所做的事情是一样的，可是因为了解的程度不同，其境界自有差别。

《中庸》有两句话："圣人可以赞天地之化育，可以与天地参矣。"所谓"赞天地之化育"并不是帮助天地刮风或下雨，"化育"是什么？能够在天地间生长的都是化育，能够了解这一点，则我们的生活行动，都可以说是"赞天地之化育"，如果不明白这一点，那么我们的生活行动，只能说是"为天地所化育"。所谓圣人，他能够了解天地的化育，所以始能顶天立地，与天地参。草木无知（不懂化育的原理），所以草木只能为天地所化育。

由此看来，做圣人可以说很容易，亦可以说很难。圣人固然可以干出特别的事来，但并不是干出特别的事，始能成为圣人。所谓"迷则为凡，悟则为圣"，就是指做圣人的容易，人人可为圣贤，其原因亦在于此。

总而言之，所谓人生的意义，全凭我们对于人生的了解。

佳作赏析：

冯友兰（1895—1990），河南唐河县人，哲学家。代表作品有《中国哲学史新编》《一种人生观》等。

这是一篇充满哲理性的文章，作者用通俗易懂的语言阐述了人生的意义、人生的境界这两个较为抽象的哲学命题，给人以启迪。正如文章所讲，人生的意义在于我们对人生了解多少。不同的人做同样的事情，往往因为对其了解程度的不同，而产生不同的意义和理解。至于境界，则可以有自然境界、功利境界、道德境界、天地境界之分，而决定一个人境界高低的，则在于自身的领悟。"迷则为凡，悟则为圣"，凡圣之间，往往仅是一字之差。

成功与失败

□〔中国〕冯友兰

　　就一个人说，他做事应该只问其是否应该做，而不计较其个人的利害，亦不必计较其事的可能的成败。此即是无所为而为。若做事常计较个人的利害，计较其事的可能的成败，即是有所为而为。有所为而为者，于其所为未得到之时，常恐怕其得不到；恐怕是痛苦的。于其所为决定不能得到之时，他感觉失望；失望是痛苦的。于其所为既得到之后，他又常忧虑其失去；忧虑亦是痛苦的。所谓患得患失，正是说这种痛苦。但对于事无所为而为者，则可免去这种痛苦。孔子说："君子坦荡荡，小人常戚戚。"君子对于事无所为而为，没有患得患失的痛苦，所以坦荡荡；小人有所为而为，有患得患失的痛苦，所以常戚戚。

　　坦荡荡有直率空阔的意味。君子做事，乃因其应该做而做之，成败利害，均所不计较。所以他的气概是一往直前的；他的心境是空阔无黏滞的。所谓胸怀洒落者，即是指此种心境说。就其一往直前及其心境空阔无黏滞说，他的为是无为。戚戚有畏缩，勉强，委曲不舒展的意味。小人做事，专注意于计较成败利害，所以他的气概是畏缩勉强的，他的心境是委曲不舒展的。就其畏缩勉强及其心境委曲不舒展说，他的为是有为。

我们说：一个人对于做某事不必计较成败，并不包涵说，一个人对于做某事，并不必细心计划，认真去做，对于做某事，一个人仍须细心计划，认真去做，不过对于成功，不必预为期望，对于失败，不必预为忧虑而已。事实上对于成功预期过甚者，往往反不能成功。对于失败忧虑过甚者，往往反致失败。不常写字的人，若送一把扇子叫他写，他写得一定比平常坏。这就是因为预期成功，忧虑失败过甚的缘故。《庄子·达生》篇说："以瓦注者巧，以钩注者惮，以黄金注者昏。其巧一也，而有所矜，则重外也。凡外重得内拙。"有所为而为者，所重正是在外。无所为而为者，所重正是在内。

一个人一生中所做的事，大概可以分为两部分。一部分是他所愿意做者，一部分是他所应该做者。合乎他的兴趣者，是他所愿意做者；由于他的义务者，是他所应该做者。道家讲无所为而为，是就一个人所愿意做的事说。儒家讲无所为而为，是就一个人所应该做的事说。道家以为，人只需做他所愿意做的事，这在事实上是不可能的。儒家以为，人只应该做他所应该做的事，这在心理上是过于严肃的。我们必须将道家在这一方面所讲的道理，及儒家在这一方面所讲的道理，合而行之，然后可以得一个整个的无所为而为的人生，一个在这方面是无为的人生。

佳作赏析：

人生在世，不可能事事顺心。做任何一件事情，既有成功的可能，也有失败的可能。如何正确对待成功和失败呢？作者的这篇文章为我们做了细致的分析和解读：不计较成功失败只做自己应该做的事情，这是无所为而为之，可称君子；患得患失，整日担心事情的成败，这是有所为而为之，可称小人。当然，这里的君子与小人是单从做事心态上而言，并不含有道德价值判断的意义。无所为而为，在道家和儒家还有不一样的界定，在作者看来都有失偏颇，而将两家理论中的合理部分合并而行，才能成为一个真正意义上的"无所为而为的人生"。

生命

□ [中国] 沈从文

我好像为什么事情很悲哀，我想起"生命"。

每个活人都像是有一个生命，生命是什么，居多人是不曾想起的，就是"生活"也不常想起。我说的是离开自己生活来检视自己生活这样事情，活人中就很少那么做，因为这么做不是一个哲人，便是一个傻子了。"哲人"不是生物中的人的本性，与生物本性那点兽性离得太远了，数目稀少正见出自然的巧妙与庄严。因为自然需要的是人不离动物，方能传种。虽有苦乐，多由生活小小得失而来，也可望从小小得失得到补偿与调整。一个人若尽向抽象追究，结果纵不至于违反自然，亦不可免疏忽自然，观念将痛苦自己，混乱社会。因为追究生命意义时，即不可免与一切习惯秩序冲突。在同样情形下，这个人脑与手能相互为用，或可成为一思想家或艺术家，脑与行为能相互为用，或可成为一革命者。若不能相互为用，引起分裂现象，末了这个人就变成疯子。其实哲人或疯子，在违反生物原则，否认自然秩序上，将脑子向抽象思索，意义完全相同。

我正在发疯。为抽象而发疯。我看到一些符号，一片形，一把线，一种无声的音乐，无文字的诗歌。我看到生命一种最完整的形式，这一切都在抽象中好好存在，在事实前反而消灭。

有什么人能用绿竹做弓矢，射入云空，永不落下？我之想象，犹如长箭，向云空射去，去即不返。长箭所注，在碧蓝而明静之广大虚空。

明智者若善用其明智，即可从此云空中，读示一小文，文中有微叹与沉默，色与香，爱和怨。无著者姓名。无年月。无故事。无……然而内容极柔美。虚空静寂，读者灵魂中如有音乐。虚空明蓝，读者灵魂上却光明净洁。

大门前石板路有一个斜坡，坡上有绿树成行，长干弱枝，翠叶积叠，如翠翼，如羽葆，如旗帜。常有山灵，秀腰白齿，往来其间。遇之者即喑哑。爱能使人喑哑—— 一种语言歌呼之死亡。"爱与死为邻"。

然抽象的爱，亦可使人超生。爱国也需要生命，生命力充溢者方能爱国。至如阉寺性的人，实无所爱，对国家，貌作热诚，对事，马马虎虎，对人，毫无情感，对理想，异常吓怕。也娶妻生子，治学问教书，做官开会，然而精神状态上始终是个阉人。与阉人说此，当然无从了解。

夜梦极可怪。见一淡绿百合花，颈弱而花柔，花身略有斑点青渍，倚立门边微微动摇。在不可知地方好像有极熟习的声音在招呼：

"你看看好，应当有一粒星子在花中。仔细看看。"

于是伸手触之。花微抖，如有所怯。亦复微笑，如有所恃。因轻轻摇触那个花柄，花蒂，花瓣。近花处几片叶子全落了。

如闻叹息，低而分明。

……

雷雨刚过。醒来后闻远处有狗吠，吠声如豹。半迷糊中卧床上默想，觉得惆怅之至。因百合花在门边摇动，被触时微抖或微笑，事实上均不可能！

起身时因将经过记下，用半浮雕手法，如玉工处理一片玉石，琢刻割磨。完成时犹如一壁炉上小装饰。精美如瓷器，素朴如竹器。

一般人喜用教育身份来测量一个人道德程度。尤其是有关乎性的道德。

事实上这方面的事情，正复难言。有些人我们应当嘲笑的，社会却常常给以尊敬，如阉寺。有些人我们应当赞美的，社会却认为罪恶，如诚实。多数人所表现的观念，照例是与真理相反的。多数人都乐于在一种虚伪中保持安全或自足心境。因此我焚了那个稿件。我并不畏惧社会，我厌恶社会，厌恶伪君子，不想将这个完美诗篇，被伪君子与无性感的女子眼目所污渎。

百合花极静。在意象中尤静。

山谷中应当有白中微带浅蓝色的百合花，弱颈长蒂，无语如语，香清而淡，躯干秀拔。花粉作黄色，小叶如翠珰。

法郎士曾写一《红百合》故事，述爱欲在生命中所占地位，所有形式，以及其细微变化。我想写一《绿百合》，用形式表现意象。

佳作赏析：

沈从文（1902—1988），湖南凤凰人，作家、学者。有短篇小说集《八骏图》，中篇小说《边城》，长篇小说集《长河》，散文集《湘行散记》，学术论著《中国服装史》等。

生命到底是什么？意义何在？这似乎是一些哲人在思考的问题，而普通大众可能更关注自己日常生活中的喜怒哀乐，对于这类问题很少有深入思考。人有七情六欲，这里面有很大的动物本性成分在起作用；而哲人对于欲望的热衷程度则要比常人低得多，正如作者所言："其实哲人或疯子，在违反生物原则，否认自然秩序上，将脑子向抽象思索，意义完全相同。"然而正是由于哲人们的抽象思考，才使我们对生命的真谛有着更多深入了解。

小萍儿被风吹着停止在一个陌生的岸旁。他打着旋身睁起两个小眼睛察看这新天地。他想认识他现在停泊的地方究竟还同不同以前住过的那种不惬意的地方。他还想：——这也许便是诗人告诉我们的那个虹的国度里！

自然这是非常容易解决的事！他立时就知道所猜的是失望了。他并不见什么玫瑰色的云朵，也不见什么金刚石的小星。既不见到一个生银白翅膀，而翅膀尖端还蘸上天空明蓝色的小仙人，更不见一个坐在蝴蝶背上，用花瓣上露颗当酒喝的真宰。他看见的世界，依然是骚动骚动像一盆泥鳅那么不绝地无意思骚动的世界。天空苍白灰颓同一个病死的囚犯脸子一样，使他不敢再昂起头去第二次注视。

他真要哭了！他于是唱着歌诉说自己凄惶的心情："侬是失家人，萍身伤无寄。江湖多风雪，频送侬来去。风雪送侬去，又送侬归来；不敢识旧途，恐乱侬行迹……"

他很相信他的歌唱出后，能够换取别人一些眼泪来。在过去的时代波光中，有一只折了翅膀的蝴蝶堕在草间，寻找不着它的相恋者，曾在他面前流过一次眼泪，此外，再没有第二回同样的事情了！这时忽然有个突如其来的声音止住了他："小萍儿，漫伤嗟！同样漂泊有杨花。"

这声音既温和又清婉，正像春风吹到他肩背时一样，是一种同情的爱抚。他很觉得惊异，他想：——这是谁？为甚认识我？莫非就是那只许久不通消息的小小蝴蝶吧？或者杨花是她的女儿……但当他抬起含有晶莹泪珠的眼睛四处探望时，却不见一个小生物。他忙提高嗓子："喂！朋友，你是谁？你在什么地方说话？"

"朋友，你寻不到我吧？我不是那些伟大的东西！虽然我心在我自己看来并不很小，但实在的身子却同你不差什么。你把你视线放低一点，就看见我了。……是，是，再低一点……对了！"

他随着这声音才从路坎上一间玻璃房子旁发现了一株小草。她穿件旧到将褪色了的绿衣裳。看样子，是可以做一个朋友的。当小萍小眼睛转到身上时，她含笑说："朋友，我听你唱歌，很好。什么伤心事使你唱出这样调子？倘若你认为我够得上做你一个朋友，我愿意你把你所有的痛苦细细地同我讲讲。我们是同在这靠着做一点梦来填补痛苦的寂寞旅途上走着呢！"

小萍儿又哭了，因为用这样温和口气同他说话的，他还是初次入耳呢。

他于是把他往时常同月亮诉说而月亮却不理他的一些伤心事都一一同小草说了。他接着又问她是怎样过活。

"我吗？同你似乎不同了一点。但我也不是少小就生长在这里的。我的家我还记着：从不见到什么冷得打战的大雪，也不见什么吹得头痛的大风，也不像这里那么空气干燥，时时感到口渴——总之，比这好多了。幸好，我有机会傍在这温室边旁居住，不然，比你还许不如！"

他曾听过别的相识者说过，温室是一个很奇怪的东西。凡是在温室中居住的，不知道什么叫作季节，永远过着春天的生活。虽然是残秋将尽的天气，碧桃同樱花一类东西还会恣情地开放。这之间，卑卑不足道的虎耳草也能开出美丽动人的花朵，最无气节的石菖蒲也会变成异样的壮大。但他却还始终没有亲眼见到过温室是什么样子。

"呵！你是在温室旁住着的，我请你不要笑我浅陋可怜，我还不知道温室是怎么样一种地方呢。"

从他这问话中，可以见他略略有点羡慕的神气。

"你不知道却是一桩很好的事情。并不巧，我——"小萍儿又抢着问：

"朋友，我听说温室是长年四季过着春天生活的！为甚你又这般憔悴？你莫非是闹着失恋的一类事吧？"

"一言难尽！"小草叹了一口气。歇了一阵，她像在脑子里搜索得什么似的，接着又说，"这话说来又长了。你若不嫌烦，我可以从头一一告诉你。我先前正是像你们所猜想的那么愉快，每日里同一些姑娘们少年们有说有笑地过日子。什么跳舞会啦，牡丹与芍药结婚啦……你看我这样子虽不怎么漂亮，但筵席上少了我她们是不欢的。有一次，真的春天到了，跑来了一位诗人。她们都说他是诗人，我看他那样子，同不会唱歌的少年并没有什么不同。我一见他那尖瘦有毛的脸嘴，就不高兴。嘴巴尖瘦并不是什么奇怪事，但他却尖得格外讨厌。又是长长的眉毛，又是崭新的绿森森的衣裳，又是清亮的嗓子，直惹得那一群不顾羞耻的轻薄骨头发癫！就中尤其是小桃，——"

"那不是莺哥大诗人吗？"照小草所说的那诗人形状，他想，必定是会唱赞美诗的莺哥了。但穿绿衣裳又会唱歌的却很多，因此又这样问。

"嘘！诗人？单是口齿伶俐一点，简直一个儇薄儿罢了！我分明看到他弃了他居停的女人，飞到园角落同海棠偷偷地去接吻。"

她所说的话无非是不满意于那位漂亮诗人。小萍儿想：或者她对于这诗人有点妒意吧！

但他不好意思将这疑问质之于小草，他们不过是新交。他只问：

"那么，她们都为那诗人轻薄了！"

"不。还有——"

"还有谁？"

"还有玫瑰。她虽然是常常含着笑听那尖嘴无聊的诗人唱情歌，但当他嬉皮涎脸地飞到她身边，想在那鲜嫩小嘴唇上接一个吻时，她却给他狠狠地刺了一下。"

"以后，——你？"

"你是不是问我以后怎么又不到温室中了吗？我本来是可以在那里住身的。因为秋的饯行筵席上，大众约同开一个跳舞会，我这好动的心思，又跑去参加了。在这当中，大家都觉到有点惨沮，虽然是明知春天终不会永久消逝。"

"诗人呢？"

"诗人早不知到什么地方去了。有些姐妹们也想，因为无人唱诗，所以弄得满席抑郁不欢。不久就从别处请了一位小小跛脚诗人来。他小得可怜，身上还不到一粒白果那么大。穿一件黑油绸短袄子，行路一跳一跳，——"

"那是蟋蟀吧？"其实小萍儿并不与蟋蟀认识，不过这名字对他很熟罢了！

"对。他名字后来我才知道的。那你大概是与他认识了！他真会唱。他的歌能感动一切，虽然调子很简单。——我所以不到温室中过冬，愿到这外面同一些不幸者为风雪暴虐下的牺牲者一道，就是为他的歌所感动呢。——看他样子那么渺小，真不值得用正眼刷一下。但第一句歌声唱出时，她们的眼泪便一起为挤出来了！他唱的是'萧条异代不同时'。这本是一句旧诗，但请想，这样一个饯行的筵席上，这种诗句如何不敲动她们的心呢？就中尤其感到伤心的是那位密司柳。她原是那绿衣诗人的旧居停。想着当日'临流顾影，婀娜风姿'，真是难过！到后又唱到'娇艳芳姿人阿谀，断枝残梗人遗弃……'把密司荷又弄得号啕大哭了。……还有许多好句子，可惜我不能一一记下，到后跛脚诗人便在我这里住下了。我们因为时常谈话，才知道他原也是流浪性成了随遇而安的脾气。——"

他想，这样诗人倒可以认识认识，就问："现在呢？"

"他因性子不大安定，不久就又走了！"

小萍儿听到他朋友的答复，怅然若有所失，好久好久不作声。他末后又问她唱的"小萍儿，漫伤嗟，同样漂泊有杨花！"那首歌是什么人教给她的时，小草却掉过头去，羞涩地说，就是那跛脚诗人。

一九二五年二月十四日作

佳作赏析：

这是一篇既有童话色彩又有寓言性质的美文。浮萍和小草这两个自然界再平常不过的小生命被作者拟人化，赋予了人的思想感情。浮萍因为未能漂到一个理想的生存环境而自艾自叹，这时他旁边的一株更不起眼的小草开始发声，于是在他们之间发生了一段有趣的对话。温室里的生存环境相当理想，但小草仍然选择在外面生存；莺歌的歌声虽然动听，但"品行"恶劣；蟋蟀虽然跛脚，但歌声感人。看似描述的是自然界的花草鸟虫，其实不过是人间百态的翻版。

说 梦

□〔中国〕臧克家

　　大自然给人以生命，赐予阴阳。阳，是白昼，光天化日，人们得以从事各种活动。阴，是黑夜，使人睡眠，但实际上，身已着床，即入酣甜之乡者少，而被梦骚扰的时候却甚多。夜，是一块肥沃的黑土，梦的花朵盛开，红色的，白色的，黄色的，蓝色的。有的，惹人眉飞色舞；有的，梦回而宿泪仍在；有的身坠悬崖，一睁眼，死里得生而心跳未已；有的身在富贵荣华之中，觉后陡然成空。梦，是个千变万化、离奇古怪、神秘莫测的幻境，其实，它扎根于生活现实。俗话说："梦是心头想"，一言中的。

　　古人说：至人无梦。因为他物我两忘。有的高僧，面壁十年，心如古井之水。这种心高碧霄，决绝物欲的境界，不用说芸芸众生，即使圣哲也难以达到。

　　名震百代的大人物周武王也做梦。据说他父亲周文王问他："汝何梦矣？"他回答："梦帝与我九龄。"意思是说，他可以活到九十岁，文王应该活到一百岁，父亲让给三岁，文王活到九十七岁，武王活到九十三岁。黄山谷的神宗皇帝挽词中有"忧勤损梦龄"之句，因此，"梦龄"与"损梦龄"都成了有名的典故。

孔子，是"大圣"，他很崇拜周公，恨生不同时，时常在梦中见到他，足见倾心。孔子到了晚年，梦见他崇敬的对象的时候少了，感慨地自思自叹："甚矣，吾衰也！久矣吾不复梦见周公。"

庄周化蝶的故事，富于神秘色彩，百代流传，雅俗共赏。庄子把这个梦描绘得美妙动人，但是他的这个梦，是真是假？《庄子》名著多系寓言，想是他借梦的生动形象，以寓他的"齐物论"，谈"丧我""物化"的哲学思想的。但，他说是梦，就算梦话吧。

从圣人、哲人之梦再说说诗人、词家之梦。

苏东坡有篇记梦的名词作，调寄《江城子》，并有小序："乙卯正月二十日记梦。"这首词写于密州太守任上，记亡妻王弗十年祭时。东坡政治上失意，心情苍凉，追念爱侣，也自诉苦衷，回顾往事，生死两伤。生者，"尘满面，鬓如霜"，"无处话凄凉"；梦中的死者则"相顾无言，唯有泪千行"。情真意切，读之如何不泪垂？

我极喜欢清代著名诗人黄仲则的《两当轩集》，其中有梦中悼亡名句："衔恨愿为天上月，年年犹得向郎圆。"我中年读了，永不忘怀，心凄然而动，愁肠为之百转。恩爱的青春爱侣，忽焉而逝，这是人间最令人悲痛的恨事。这两个名句充满了伤心哀怨，但蕴藉婉转，所以感人至深。这名句，明明出于诗人之手，可是，他在小序中，却这么说："余妻素不工诗，不知何以得此耶。"说它出于亡妻心魂，这样一来，诗人的悲伤之情更浓，感人的力量也就更强烈了。

三说现代作家之梦。

首先是从鲁迅先生开始。

最近读了许广平的《最后的一天》，是写鲁迅先生病逝前夕的情况的，写得真实详细。病人受难以忍耐的折磨，双手紧握的死别之痛，读了令人心颤！其中有一段是这样写的："他说出一个梦：'他走出去，看见两旁埋伏着两个人，打算给他攻击，他想：你们要当着我生病的时候攻击我吗？不要紧！我身边还有匕首呢，投出去，掷在敌人身上。'"

鲁迅先生是伟大的战士，终其一生，在形形色色的敌人打击、高压、追捕的情况下，以牙还牙，挺立如山，即使在病中做梦，还与敌人战斗。何等气概，何等精神，它动人，更鼓励人！

无独有偶，鲁迅先生的朋友曹靖华同志也有个为人熟知的梦中斗特务的故事。靖华同志有梦游症，有一夜，在梦中他与一个特务奋力搏斗，猛地一下子，身子从床上摔到地下，他这才醒了过来。

说古道今，最后，做一条小尾巴，说说我自己。

我到了晚年，爱忆往事，关注现实，胸怀世界，系念之情，如丝如缕，因而梦多。夜里，应该好好休息，实际上，是在乱梦的纠缠之中。惊险的多，舒心的极少。我书柜上贴着两联字，是我从报刊上抄下来的："酒常知节狂言少，心不能清乱梦多。"第一句与我无关，我滴酒不入；第二句好似专为我而作的。一个"乱"字，写活了我的梦境，也道出了我的心魂。我夜间做梦，午睡也做梦。梦的主题是追念黄泉之友，抹杀了生死界限，对坐言欢，双眼一睁，情凄心凉。有一次，舒乙来访，刚刚落座，我对他说，前夜我梦里见到老舍先生。他乍听一惊，我立即把台历拿来说："你看！"他悄然而沉思。

古人说：人生如梦。人生是现实不是梦，一个"如"字已说得很清楚。一个人的一切内心隐秘，幻化成梦，什么样的人，做什么样的梦，从梦中能看到一个个真人。

佳作赏析：

臧克家（1905—2004），山东诸城人，诗人。作品有诗集《烙印》《泥土的歌》，散文集《臧克家抒情散文选》等。

俗话说：日有所思，夜有所梦。睡眠之中做梦是每个人都会碰到的事情，而梦的内容也往往千奇百怪，有的荒诞，有的离奇，有的则与现实生活紧密相连。其实人生几十年起起伏伏，或遇惊喜，或遭不幸，有得有失，又何尝不是一场梦呢？正如作者所言，梦虽荒诞，但往往是与一个人真实的内心世界相关联的，什么人做什么梦，虚幻的梦中可能更容易看清人的本来面目。

渐

□ [中国] 丰子恺

　　使人生圆滑进行的微妙的要素，莫如"渐"；造物主骗人的手段，也莫如"渐"。在不知不觉之中，天真烂漫的孩子"渐渐"变成野心勃勃的青年；慷慨豪侠的青年"渐渐"变成冷酷的成人；血气旺盛的成人"渐渐"变成顽固的老头子。因为其变更是渐进的，一年一年地、一月一月地、一日一日地、一时一时地、一分一分地、一秒一秒地渐进，犹如从斜度极缓的长远的山坡上走下来，使人不察其递降的痕迹，不见其各阶段的境界，而似乎觉得常在同样的地位，恒久不变，又无时不有生的意趣与价值，于是人生就被确实肯定，而圆滑进行了。假使人生的进行不像山坡而像风琴的键板，由 do 忽然移到 re，即如昨夜的孩子今朝忽然变成青年；或者像旋律的"接连进行"地由 do 忽然跳到 mi，即如朝为青年而夕暮忽成老人，人一定要惊讶、感慨、悲伤，或痛感人生的无常，而不乐为人了。故可知人生是由"渐"维持的。这在女人恐怕尤为必要：歌剧中，舞台上的如花的少女，就是将来火炉旁边的老婆子。这句话，骤听使人不能相信，少女也不肯承认，实则现在的老婆子都是由如花的少女"渐渐"变成的。

人之能堪受境遇的变衰，也全靠这"渐"的助力。巨富的纨绔子弟因屡次破产而"渐渐"荡尽其家产，变为贫者；贫者只得做佣工，佣工往往变为奴隶，奴隶容易变为无赖，无赖与乞丐相去甚近，乞丐不妨做偷儿……这样的事例，在小说中，在实际上，均多得很。因为其变衰是延长为十年二十年而一步一步地"渐渐"地达到的，在本人不感到什么强烈的刺激。故虽到了饥寒病苦刑笞交迫的地步，仍是熙熙然贪恋着目前的生的欢喜。假如一位千金之子忽然变了乞丐或偷儿，这人一定愤不欲生了。

这真是大自然的神秘的原则，造物主的微妙的工夫！阴阳潜移，春秋代序，以及物类的衰荣生杀，无不暗合于这法则。由萌芽的春"渐渐"变成绿阴的夏；由凋零的秋"渐渐"变成枯寂的冬。我们虽已经历数十寒暑，但在围炉拥衾的冬夜仍是难于想象饮冰挥扇的夏日的心情；反之亦然。然而由冬一天一天地、一时一时地、一分一分地、一秒一秒地移向夏，由夏一天一天地、一时一时地、一分一分地、一秒一秒地移向冬，其间实在没有显著的痕迹可寻。昼夜也是如此；傍晚坐在窗下看书，书页上"渐渐"地黑起来，倘不断地看下去（目力能因为光的渐弱而渐渐加强），几乎永远可以认识书页上的字迹，即不觉昼之已变为夜。黎明凭窗，不瞬目地注视东天，也不辨自夜向昼的推移的痕迹。儿女渐渐长大起来，在朝夕相见的父母全不觉得，难得见面的远亲就相见不相识了。往年除夕，我们曾在红蜡烛底下守候水仙花的开放，真是痴态！倘水仙花果真当面开放给我们看，便是大自然的原则的破坏，宇宙的根本的摇动，世界人类的末日临到了！

"渐"的作用，就是用每步相差极微极缓的方法来隐蔽时间的过去与事物的变迁的痕迹，使人误认其为恒久不变。这真是造物主骗人的一大诡计！这有一件比喻的故事：某农夫每天朝晨抱了犊而跳过一沟，到田里去工作，夕暮又抱了它跳过沟回家。每日如此，未尝间断。过了一年，犊已渐大，渐重，差不多变成大牛，但农夫全不觉得，仍是抱了它跳沟。有一天他因事停止工作，次日再就不能抱了这牛而跳沟了。造物的骗人，使人流连于其每日每时的生的欢喜而不觉其变迁与辛苦，就是用这个方法的。人们每日在抱了日重一日的牛而跳沟，不准停止。自己误以为是不变的，其实每日在增加其苦劳！

我觉得时辰钟是人生的最好的象征了。时辰钟的针，平常一看总觉得是"不动"的；其实人造物中最常动的无过于时辰钟的针了。日常生活中的人生也如此，刻刻觉得我是我，似乎这"我"永远不变，实则与时辰钟的针一样的无常！一息尚存，总觉得我仍是我，我没有变，还是流连着我的生，可怜受尽"渐"的欺骗！

"渐"的本质是"时间"。时间我觉得比空间更为不可思议，尤之时间艺术的音乐比空间艺术的绘画更为神秘。因为空间姑且不追究它如何广大或无限，我们总可以把握其一端，认定其一点。时间则全然无从把握，不可挽留，只有过去与未来在渺茫之中不绝地相追逐而已。性质上既已渺茫不可思议，分量上在人生也似乎太多。因为一般人对于时间的悟性，似乎只够支配搭船乘车的短时间；对于百年的长期间的寿命，他们不能胜任，往往迷于局部而不能顾及全体。试看乘火车的旅客中，常有明达的人，有的宁牺牲暂时的安乐而让其座位于老弱者，以求心的太平（或博暂时的美誉）；有的见众人争先下车，而退在后面，或高呼"勿要轧，总有得下去的！""大家都要下去的！"然而在乘"社会"或"世界"的大火车的"人生"的长期的旅客中，就少有这样的明达之人。所以我觉得百年的寿命，定得太长。像现在的世界上的人，倘定他们搭船乘车的期间的寿命，也许在人类社会上可减少许多凶险残惨的争斗，而与火车中一样的谦让、和平，也未可知。

然人类中也有几个能胜任百年的或千古的寿命的人。那是"大人格"，"大人生"。他们能不为"渐"所迷，不为造物所欺，而收缩无限的时间并空间于方寸的心中。故佛家能纳须弥于芥子。中国古诗人（白居易）说："蜗牛角上争何事？石火光中寄此身。"英国诗人（Blake）也说："一粒沙里见世界，一朵花里见天国；手掌里盛住无限，一刹那便是永劫。"

丰子恺（1898—1975），浙江崇德人，作家、画家、翻译家。有画集《子恺漫画》，散文《缘缘堂随笔》，译作《源氏物语》《猎人笔记》等。

世界上最难把握的事物是什么呢？时间。为什么难以把握呢？因为它是在"渐渐"的过程中不知不觉地过去的，难以察觉。因为短时间内难以察觉，给人的感觉是没有什么变化，所以不会引起人们注意，直到经过很长时间以后，虽然起了很大变化，但人们也就慢慢接受了——因为这种变化是"渐"变的。对于世间的许多人而言，他们并不能从中悟到什么，对于时间仍然不懂得支配，往往迷于局部而顾及不到全体。而少数具有"大人格""大人生"的人，则能够跳出来，把时间的相对性看得清清楚楚，达到心中了然无物的境界。其中道理，发人深省。

窗

□ [中国] 钱钟书

又是春天，窗子可以常开了，春天从窗外进来，人在屋子里坐不住，就从门里出去，不过屋子外的春天太贱了！到处是阳光，不像射破屋里阴深的那样明亮；到处是给太阳晒得懒洋洋的风，不像搅动屋里沉闷的那样有生气。就是鸟语，也似乎琐碎而单薄，需要屋里的寂静来做衬托。我们因此明白，春天是该镶嵌在窗子里看的，好比画配了框子。

同时，我们悟到，门和窗有不同的意义。当然，门是造了让人出进的。但是，窗子有时也可作为进出口用，譬如小偷或小说里私约的情人就喜欢爬窗子。所以窗子和门的根本分别，决不仅是有没有人进来出去。若据赏春一事来看，我们不妨这样说：有了门，我们可以出去；有了窗，我们可以不必出去。窗子打通了大自然和人的隔膜，把风和太阳逗引进来，使屋子里也关着一部分春天，让我们安坐了享受，无需再到外面去找。古代诗人像陶渊明对于窗子的这种精神，颇有会心。《归去来辞》有两句道："倚南窗以寄傲，审容膝之易安。"不等于说，只要有窗可以凭眺，就是小屋子也住得么？他又说："夏月虚闲，高卧北窗之下，清风飒至，自谓羲皇上人。"意思是只要窗子透风，小屋子可成极乐世界；他虽然是柴桑人，就近有庐山，也用不着上去避暑。所以，门许我们追求，表示欲望；窗子许我们占领，表示享受。这个分别，不但是住在屋里的人的看法，有时也适用于屋外的来人。一个外来者，打门请进，有所要求，有所询问，他至多是个客人，一切要等主人来决定。反过来说，一个钻窗子进来的人，不管是偷东西还是偷情，早已决心来替你做个暂时的主人，顾不到你的欢迎和拒绝了。缪塞（Musset）在《少女做的是什么梦》那首诗剧里，有句妙语，略谓父亲开了门，请进了物质上的丈夫（materiel epoux），但是理想的爱人（ideal），总是从窗子出进的。换句话说，从前门进来的，只是形式上的女婿，虽然经丈人看中，还待博取小姐自己的欢心；要是从后窗进来的，才是女郎们把灵魂肉体完全交托的真正情人，你进前门，先要经门房通知，再要等主人出现，还得寒暄几句，方能说明来意，既费心思，又费时间，哪像从后窗进来的直接痛快？好像学问的捷径，在乎书背后的引得，若从前面正文看起，反见得迂远了。这当然只是在社会常态下的分别，到了战争等变态时期，屋子本身就保不住，还讲什么门和窗！

　　世界上的屋子全有门，而不开窗的屋子我们还看得到。这指示出窗比门代表更高的人类进化阶段。门是住屋子者的需要，窗多少是一种奢侈，屋子的本意，只像鸟窠兽窟，准备人回来过夜的，把门关上，算是保护。但是墙上开了窗子，收入光明和空气，使我们白天不必到户外去，关了门也可生活。屋子在人生里因此增添了意义，不只是避风雨、过夜的地方，并且有了陈设，挂着书画，是我们从早到晚思想、工作、娱乐、演出人生悲喜剧的场子。门是人的进出口，窗可以说是天的进出口。屋子本是人造了为躲避自然的胁害，而向四垛墙、一个屋顶里，窗引诱了一角天进来，驯服了它，给人利用，好比我们笼络野马，变为家畜一样。从此我闪在屋子里就能和自然接触不必去找光明，换空气，光明和空气会来找我们。所以，人对于自然的胜利，窗也是一个。不过，这种胜利，有如女人对于男子的胜利，表面上看来好像是让步——人开了窗让风和日光进来占领，谁知道来占领这个地方的就给这个地方占领去了！我们刚说门是需要，需要是不由人做得主的。譬如饿了就要吃，渴了就得喝。所以，有人敲门，你总得去开，也许是易卜生所说比你下一代的青年想冲进来，也许像德昆西论谋杀后闻打门声所说，光天化日的世界想攻进黑暗罪恶的世界，也许是浪子回家，也许是有人借债（更许是讨债），你愈不知道，怕去开，你愈想知道究竟，愈要去开。甚至每天邮差打门的声音，也使你起了带疑惧的希冀，因为你不知道而又愿知道他带来的是什么消息。门的开关是由不得你的。但是窗呢？你清早起来，只要把窗幕拉过一边，你就知道窗外有什么东西在招呼着你，是雪，是雾，是雨，还是好太阳，决定要不要开窗子。上面说过窗子算得奢侈品，奢侈品原是在人看情形斟酌增减的。

我常想，窗可以算房屋的眼睛。刘熙译名说："窗，聪也；于内窥外，为聪明也。"正和凯罗（Gottfried Keller）《晚歌》（Abendlied）起句所谓："双瞳如小窗（Fensterlein），佳景收历历。"同样地只说着一半。眼睛是灵魂的窗户，我们看见外界，同时也让人看到了我们的内心；眼睛往往跟着心在转，所以孟子认为相人莫良于眸子。梅特林克戏剧里的情人接吻时不闭眼，可以看见对方有多少吻要从心里上升到嘴边。我们跟戴黑眼镜的人谈话，总觉得捉摸不住他的用意，仿佛他以假面具相对，就是为此。据爱戈门（Eckermann）记一八三〇年四月五日歌德的谈话，歌德恨一切戴眼镜的人，说他们看得清楚他脸上的皱纹，但是他给他们的玻璃片耀得眼花缭乱，看不出他们的心境。窗子许里面人看出去，同时也许外面人看进来，所以在热闹地方住的人要用窗帘子，替他们私生活做个保障。晚上访人，只要看窗里人无灯光，就约略可以猜到主人在不在家，不必打开了门再问，好比不等人开口，从眼睛里看他的心思。关窗的作用等于闭眼。天地间有许多景象是要闭了眼才看得见的，譬如梦。假使窗外的人声物态太嘈杂了，关了窗好让灵魂自由地去探胜，安静地默想。有时，关窗和闭眼也有连带关系，你觉得窗外的世界不过尔尔，并不能给予你什么满足，你想回到故乡，你要看见跟你分离的亲友，你只有睡觉，闭了眼向梦里寻去，于是你起来先关了窗。因为只是春天，还留着残冷，窗子也不能整天整夜不关的。

钱钟书（1910—1998），江苏无锡人，作家、学者。著有长篇小说《围城》，文论集《谈艺录》《管锥编》等。

窗子，是人们日常生活中司空见惯的事物之一，但就是通过对这样一个平常事物的观察，作者领悟到了精深的人生哲理。与门相比，窗子显得更高级、更奢侈一些。门对于一间屋子而言是必须有的，而窗子则是为了方便人们在室中更好地生活而设。窗子是屋子的"眼睛"，而眼睛则是灵魂的"窗户"，打开心灵之窗，才能更好地进行思想上的交流。

观 棋

□ [中国] 钱大昕

我在朋友那里观看下围棋。一个客人屡次失败，我讥笑他失算，每次都想替人变换放置的棋子，认为他不如我。一会儿，客人请求和我对局，我很有些轻视他。刚下几个子，客人就已得了先手。棋局将到一半，我思索更加困苦，可是客人的智谋还绰绰有余。收局时计算棋子，客人胜我十三子。我羞愧脸红得厉害，不能说出一句话。以后再有招呼我观看下棋的，我就整天默坐在那里观看。

现在的读书人，读古人的书，多爱诋毁古人的失误，与今时的人在一起，也喜欢评说别人的过失。人当然不能没有过失，然而试着交换场所来处事，用公平的心去衡量一下，我果真没有一点失误吗？我能知道别人的过失，而不能发现我的过失；我能指出别人的小过失，而不能发现我的大过失。我寻求我的过失尚且没有闲暇，又哪有闲暇议论别人呢？下棋的优劣是有定准的，一着棋的失误，别人都能看出来，即使是护短的人，也不能掩盖。道理所在之处，各人肯定自己认为对的，各人否定自己认为错的。可是世上没有孔子，谁能裁定对与错的真理？既然如此，那么别人的所谓失，未必不是得；我的所谓无失，未必不是大的过失。如果彼此相讥笑，没完没了，竟连观棋的人都不如了。

佳作赏析：

钱大昕（1922—），上海人，画家。

这是一篇既有哲理性又有实用性的文章，作者通过自己观棋、下棋的感受，对于如何正确认识、看待自己和他人作了深刻的剖析。文章不长，但给我们的启示却很多。中国有句俗语：当局者迷，旁观者清。还有另一句话：眼高手低。现实生活中的许多人其实都明白这些道理，但真正遇到事情，往往就"糊涂"了。对于别人在"局中"的处境，要设身处地地进行换位思考，不能简单地讥笑甚至指责别人。无论做任何一件事情，哪怕是看上去很简单的事情，其实往往都需要一定的技巧和经验，因此，对任何事情都不能轻视，对做事情的人应该保持尊重，不能自视甚高，盲目乐观，不然很有可能栽跟头。

给匆忙走路的人

□ 〔中国〕严文井

　　我们每每在一些东西的边沿上经过，因为匆忙使我们的头低下，虽然已经往返了若干次，还不知有些什么曾经存在于我们身边。有一些人就永远处在忧愁的圈子里，因为他在即使不需要匆忙的时候，他的心也是俨然有所焦灼。如果稍微有一点愉快来找寻他，也只能是由别人的提醒叫他偶然反顾到自己那几个陈旧的小角落，而这些角落的许多情景于他也是模模糊糊的。这种人的唯一乐趣就是埋首于那贫乏的回忆里。

　　这样多少有点不幸。他的日子同精力都白白地浪费在期待一个时刻上，那个时刻对于他好像是一笔横财，那一天临到了，将要偿还他失去的一切。于是他弃掉那一刻以前所有的日子而无所作为。也许真的那一刻可以令他满足，可是不知道他袋子内所有的时间已经接近花尽了。我的心不免替他难过。

　　一条溪水离开它保姆的湖泊启程时，它就喃喃地，冲击地，发光地往平坦的地方流去。在中途，一根直立的芦苇可以使它发生一个漩涡，一块红砂石可以让它跳跃。它不怕时间像风磨一样转，经过无数曲折，不少别的细流汇集添加，最后才徐徐带着白沫流入大海里。它被人赞赏，绝不是因为它最后流入了海。它必然要入海。诗人歌颂它的是闪光和青春，哲学家赞扬它的是力量和曲折。这些长处都显现在它奔流过程中的每一刻上，而不是那个终点。终点是它的完结，到达了终点，它已经没有了。它永远消失。

我们岂可忽略我们途程上的每一个瞬间！

如果说为了惧怕一个最后的时刻，故免不了忧虑，从此这说话的忧虑将永无穷尽，那是我们自己愿意加上的桎梏。

一颗星，闪着蓝色光辉的星，似乎不会比平凡多上一点什么，但它的光到达我们眼里需要好几万年还多。我们此刻正在惊讶的那有魅力的耀人眼目的一点星光，也许它的本体早已寂冷，或者甚至于没有了。如果一颗星想知道它自己的影响，这个想法就是愚人也会说它是妄想。星星只是静静地闪射它的光，绝没有想到永久同后来。它的生命和智慧就是不理会，不理会得失，不理会自己的影响。它的光是那样亮，我们每个人在静夜里昂头时都发现过那蓝空里的一点，却又有多少人于星体有所领悟呢？

那个"最后"在具体的形状上如同一个点，达到它的途程却如同一条线。我们是说一点长还是一条线长呢？

忽略了最完全最长的一节，却专门守候那极小的最后的一个点，这个最会讲究利益同价值的人类却常常忽略了他们自己的价值。

伟大的智者，你能保证有一个准确的最后一点，是真美，真有意义，真能超过以前的一切吗？告诉我，我不是怀疑者。

不是吗？最完善的意义就是一个时间的完善加上又一个时间的完善。生命的各个细节综合起来才表现得出生命，同各个音有规律地连贯起来成为乐曲，各个色有规律地组合起来成为一幅画完全一样。专门等待一个最后的美好时刻，就好像是在等待一个乐曲完善的收尾同一幅画最后有力的笔触，但忽略了整个乐曲或整幅画的人怎么会在最后一刻完成他的杰作？

故此我要强辩陨星的生命不是短促的，我说它那摇曳的成一条银色光带逝去的生命比任何都要久长。它的每一秒都没有虚掷，它的整个存在都在燃烧，它的最后就是没有余烬，它的生命发挥得最纯净。如果说它没有一点遗留，有什么比那一闪而过的美丽的银光的印象留在人心里还要深呢？

过着一千年空白日子的人将要实实在在地为他自己伤心，因为他活着犹如没有活着。

佳作赏析：

严文井（1915—2005），湖北武汉人，作家。作品有童话集《南南和胡子伯伯》《丁丁的一次奇怪旅行》等。

人生旅途上，真正耀眼的东西是什么？结果还是过程？这篇文章给出了明确的答案——结果并不重要，重要的是那个做事的过程。人的一生就像是溪水入海，结局其实是注定的，不论你取得多大的成就，创造了多少奇迹，最终都要面临死亡——这是生命的最终归宿。而值得我们留恋、怀念、回味的是什么呢？是在入海的半路上看到的风景，遇到的波折。而这些才是"入海"的真正意义和价值所在——不论结果如何，我们经历了"入海"的过程，体验了"入海"的酸甜苦辣、喜怒哀乐。

永久的生命

□ [中国] 严文井

　　过去了的日子永不再回来。一个人到了三十岁的时候就会发现自己丢失了一些什么，一颗臼齿，一段盲肠，脑门上的一些头发，一点点和人开玩笑的兴味，或者就是你那整个的青春。那些东西和那消逝了的岁月一样只能一度为你所有，它们既已离开了你，就永不会再返回。即令你是一个智者又怎么办呢！你的力量是那样的小，对于生命上的事你丝毫不能做主。生命不像一件衬衫，当你发现它脏了破了的时候，你就可以脱下来洗涤，把它再补好。

　　你如果曾经为什么事忧虑过，顶多你只能尽力地会忘却它，你却不能取消它存在过的印迹。在这件事上我们都是这样可怜！

　　然而，一切还都是乐观的。这是由于生命自身的伟大：生命能够不绝地创造新的生命。这是一件平常的事，也是一个奇妙的魔术。就像地面上的小草，它们是那样卑微，那样柔弱，每一个严寒的冬天过去后，它们依然一根根地从土壤里钻出来，欣喜地迎着春天的风，似乎对那过去的残酷一无所知一样。我们以着同样感动的眼光看着山坡上那些跳着蹦着的小牛犊，它那金黄色的茸毛像是刚从太阳里取得的。我不得不想到永久不朽的意义。感谢生命的奇迹！它并不是一个暂时的东西。它仿佛一个不懂疲倦的旅客，也许只是暂时地在那一个个体内住一会儿，便又离开前去了，但它是永远存在的。

它充满了希望，永不休止地繁殖着，蔓延着，随处宣示它的快乐同威势。这该是如何值得赞叹的一件事！

我的伙伴们，看起来我们应该更加勇敢了。我们了解了生命的真实的意义，我们的心就应该更加光明。让我们以全部的信心喊出我们所找到的真理吧：没有一种永久的、不朽的东西能被那些暴君杀害掉的！让我们赞美生命，赞美那永久的生命吧，我们将要以工作，以爱情来赞美它。它是一朵永不会凋谢的花，它将永远给世界以色彩，永远给世界以芬芳。

佳作赏析：

过去的岁月固然令人怀念，但不必惋惜。因为生命是没有终点的，它充满了希望，永不休止地繁殖着、蔓延着，它能够创造新的生命，并快乐地生长着。生命是易逝的，消逝地成为过去，永不再来；生命又是长久的，它会以新的姿态，迎接新的生命的来临。文章通篇充满诗意，令人回味无穷。

生命壮歌

□ [中国] 秦牧

生命现象是一个很奇特深奥的现象，闲来披阅报章杂志，常常读到一些感叹生命坚韧的篇章。例如：在几千米的高空上，都可以发现蝴蝶，在几乎接近沸点的温泉里，也有生物在活动，深深的大洋底层，有水生动物在繁殖，南冰洋零度下的冰水中，也有不少的水族等等就是。

除此之外，一些作者笔记中，关于某些普通生物极不平常的行动的描绘，也很令人震动。屠格涅夫的散文诗中，有一篇题为《麻雀》的，记叙他见到一只母麻雀，为了保护幼雏，昂然挺身，准备和一只狗格斗，它的英勇气概，居然使狗为之退避，使得旁观的屠格涅夫为之赞叹。我还读过一篇外国猎人的随笔，说他严冬之际，在一个结冰的野外小湖旁边，正在伺机狩猎，突然一群大雁从半空降了下来，它们是下来饮水的，但是冰层隔断了水源。这时，只见为首的大雁勇敢地腾身飞起，又像飞机一样向下俯冲，腹部出力地撞击冰层，磅磅作声，这样一而再、再而三的猛烈行动，终于使薄冰断裂，露出一个窟窿来，群雁能够就着那个冰洞饮水了。那位猎人说，当他看到这番景象，他被感动得目瞪口呆，忘记开枪，终于茫然地伫立着，望着这群征雁饮罢了水飞去为止。

和这类事情异曲同工的，是日本有一位旅行家说他在喜马拉雅山谷地，发现许多蝴蝶扑打着翅膀向高空冲去，一次又一次，尽管屡次失败，它们仍然奋斗不懈，雪地上终于覆盖着大量蝴蝶的黄翅膀……有一个青年告诉我说，当他读到这段描写的时候，不禁哭泣起来了。

我相信，为这一类现象所激动的，决不只是一个屠格涅夫，一个猎人，一个青年。我们自己不是也常常有类似的感受吗！当我们听到：一只燕子，为了越冬，常常飞行几千公里，一条鳗鲡，为了产卵，常常从内河游向远洋，征程一两千海里，一只蚂蚁，能够搬动比它的体重重十倍以上的东西，一只蜜蜂，敢于不惜牺牲去螫一匹马或一头熊的时候，不是也常常为之激动不已吗！至于好些蜘蛛，为了织好一张网，不管风吹雨打，艰苦从事，百折不挠的坚毅表现，人们看了受到感动，因而奋发图强的事例，在史书里，也是屡有记载的。

也许有人说，一只鸟，一条鱼，一只昆虫或其他节肢动物，生命有这么大的韧性，不过是它的本能罢了。是的，普通的生物的行为，谈不上什么是它们信念的执著和理性的选择，大抵总是出诸本能罢了。但即使仅仅是出诸本能，也仍然令人赞叹不已。为什么比它们巨大千倍万倍的生物，有不少，生命的韧性看起来倒反而不如它们呢？

人类所以会被这类现象所感动，探索起来我想是饶有趣味的。一个人和一条狗或一匹马之间，有时还谈得上感情沟通，但是对于野外素昧平生的一只鸟、一条鱼、一只昆虫……根本谈不上存在什么情愫，但人有时却被它们的行为所震惊，甚至感极泣下，其秘密何在呢？我以为：这是由于它们使我们想起作为同类的人的某些勇敢坚韧的行为，因而也就受到感动了。

有人说，古代神话的存在，是人类渴望战胜自然的心理错综曲折的表现。人能够被某些小小动物的生命现象所激动，我想，正是人对于同类中某类行为的崇敬心理错综曲折的表现。

人们平时对于某些人的坚毅、刻苦、勇敢或者智慧存在敬爱之心，看到动物也表现了类似的现象的时候，心里潜藏的东西被掀动了，翻腾到上面来，于是对动物也仿佛有一种重爱之情了。一个对于某种品德丝毫不存在向往之心的人，看到那类现象，却是漠然无动于衷的。一个习于懒惰，丝毫不知道勤奋可贵，或者一个懦弱成性，完全不想培养勇敢品格的人，即使知道一只燕子，正在从事千里壮飞，或者看到一只大雁，居然以胸脯猛烈撞击冰层的时候，哪里会有什么感动可言呢？

　　因此，人对生物的这种奇特感情，说穿了，不过是人对人的感情的升华而已。

　　如果我们不斤斤纠缠于虫鱼鸟兽这些形象之中，就可以透过动物看到人，领会不少人对于坚毅、刻苦、勇敢、智慧这类美德的由衷敬仰。

　　如果说，虫、鱼、鸟、兽有时竟出现了那么令人瞩目的行为，有思想，有感情以至具有信仰的人所能够发挥的作用，所能够使人受到的震撼也就可想而知。读历史，有时固然令人十分痛苦，但是那些志士仁者，名将学人的事迹，却一直使我们的心弦为之颤动，这可以说是学习生活中最愉快的享受。

　　对个人的作用，作出过分夸大的估价，谁都知道是不当的。因为历史归根到底是劳动群众集体所创造的。但是个人的行为只要是顺应历史的潮流，合乎人群的需要，却的确可以发挥异常巨大的作用。我们只要举出几件普通的事情就足够说明了，试想：爱迪生的发明，怎样改变了全世界人类的生活面貌；巴斯德发现了细菌，怎样拯救了千千万万人的生命；琴纳医生发明了种牛痘，竟使猖獗流行于地球上的天花到了当代终归全部趋于消灭；达尔文的发现，怎样使人类认识了自己并使生物学跨进了新的境域……

　　这还仅仅是就自然科学家而言罢了，革命家、政治家、社会科学家、艺术家、大匠，他们所能够发挥的作用，也都不是可以简单估计出来的。

　　历史上常常出现过一些害死了千千万万人的"杀人魔王"，也常常出现过一些拯救了千千万万人的革命家和科学家，把这些简单地归结为"历史规律"在起作用而对个人因素的作用不作充分的估计，是有欠公允的。

一个鲁莽者的一根火柴可以烧毁数千亩山林，一个科学家的毕生辛勤又可以创造数万亩山林。从这样的事情当中，我们可以见到个人能够对整个社会发挥多么坏或者多么好的作用，而且并不是注定非如此不可的。

从前面提到的生物现象，使我想到人类社会中的现象；生命，有的像一个泡沫，有的却可以谱一阕壮歌。对于好些人，只能碌碌无为的生命，在某些人身上，却能够发挥多么巨大的潜能，绽放多么美丽的花朵啊！

一九八七年二月·广州

佳作赏析：

秦牧（1919—1992），广东澄海人，作家。代表作品有散文集《土地》《长河浪花集》等。

每个人的生命都只有一次，有的人碌碌无为终其一生，有的人则开创了轰轰烈烈的事业，甚至影响历史、创造历史。是什么导致了如此巨大的差别呢？是信念、是理想，更是一种坚韧的毅力和精神。正如作者所言，许多动物身上表现出的令人震惊、令人钦佩的行为往往出自它们的本能，而这些行为之所以能引发人们的关注并赋予特定的思想感情，其实是我们对于某些人身上所具有的惊人毅力、精神、行为、智慧所震撼、所感动。而这些优秀的品质和精神也正是我们所应该学习的，因为生命的壮歌等待着我们每一个人去谱写。

槐 花

□［中国］季羡林

自从移家朗润园，每年在春夏之交的时候，我一出门向西走，总是清香飘拂，溢满鼻官。抬眼一看，在流满了绿水的荷塘岸边，在高高低低的土山上面，就能看到成片的洋槐，满树繁花，闪着银光；花朵缀满高树枝头，开上去，开上去，一直开到高空，让我立刻想到新疆天池上看到的白皑皑的万古雪峰。

这种槐树在北方是非常习见的树种。我虽然也陶醉于氤氲的香气中，但却从来没有认真注意过这种花树——惯了。

有一年，也是在这样春夏之交的时候，我陪一位印度朋友参观北大校园。走到槐花树下，他猛然用鼻子吸了吸气，抬头看了看，眼睛瞪得又大又圆。我从前曾看到一幅印度人画的人像，为了夸大印度人眼睛之大，他把眼睛画得扩张到脸庞的外面。这一回我真仿佛看到这一位印度朋友瞪大的眼睛扩张到了面孔以外来了。

"真好看呀！这真是奇迹！"

"什么奇迹呀？"

"你们这样的花树。"

"这有什么了不起呢？我们这里多得很。"

"多得很就不了不起了吗？"

我无言以对，看来辩论下去已经毫无意义了。可是他的话却对我起了作用：我认真注意槐花了，我仿佛第一次见到它，非常陌生，又似曾相识。我在它身上发现了许多新的以前从来没有发现的东西。

在沉思之余，我忽然想到，自己在印度也曾有过类似的情景。我在海得拉巴看到耸入云天的木棉树时，也曾大为惊诧。碗口大的红花挂满枝头，殷红如朝阳，灿烂似晚霞，我不禁大为慨叹：

"真好看呀！简直神奇极了！"

"什么神奇？"

"这木棉花。"

"这有什么神奇呢？我们这里到处都有。"

陪伴我们的印度朋友满脸迷惑不解的神气。我的眼睛瞪得多大，我自己看不到。现在到了中国，在洋槐树下，轮到印度朋友（当然不是同一个人）瞪大眼睛了。

在我们的日常生活中，我们都有这样一个经验：越是看惯了的东西，便越是习焉不察，美丑都难看出。这种现象在心理学上是容易解释的：一定要同客观存在的东西保持一定的距离，才能客观地去观察。难道我们就不能有意识地去改变这种习惯吗？难道我们就不能永远用新的眼光去看待一切事物吗？

我想自己先试一试看，果然有了神奇的效果。我现在再走过荷塘看到槐花，努力在自己的心中制造出第一次见到的幻想，我不再熟视无睹，而是尽情地欣赏。槐花也仿佛是得到了知己，大大小小、高高低低的洋槐，似乎在喃喃自语，又对我讲话。周围的山石树木，仿佛一下子活了起来，一片生机，融融氤氲。荷塘里的绿水仿佛更绿了，槐树上的白花仿佛更白了，人家篱笆里开的红花仿佛更红了。风吹，鸟鸣，都洋溢着无限生气。一切眼前的东西联在一起，汇成了宇宙的大欢畅。

佳作赏析：

季羡林（1911—2009），山东临清人，学者、翻译家、散文家。著有学术论著《中印文化关系史论丛》《印度简史》，译作《迦梨陀娑》《罗摩衍那》，散文集《天竺心影》等。

中国有句古话：境由心生。同样的景物，由于观赏的人心情不同，所能得到的体验也迥然不同。观察其他事物其实也一样。因为观察角度、所持立场的不同，同一样事物不同的人也往往能得出不同甚至是完全相反的结论。关于人生的道路，每个人的选择不同，心境自然也不一样。如果能够换一种思维方式、换一种角度去看待自己的人生道路和选择，我们也会得出不一样的结论。对于大部分普通人而言，平淡地生活可能是一种常态，有一些人看来可能庸庸碌碌，但换一种角度，这又何尝不是一种闲适的幸福呢？

秋色赋

□〔中国〕峻青

时序刚刚过了秋分，就觉得突然增加了一些凉意。早晨到海边去散步，仿佛觉得那蔚蓝的大海，比前更加蓝了一些；天，也比前更加高远了一些。

回头向古陌岭上望去，哦，秋色更浓了。多么可爱的秋色啊！我真不明白，为什么欧阳修作《秋声赋》时，把秋天描写得那么肃杀可怕，凄凉阴沉？在我看来，花木灿烂的春天固然可爱，然而，瓜果遍地的秋色却更加使人欣喜。

秋天，比春天更富有欣欣向荣的景象。

秋天，比春天更富有灿烂绚丽的色彩。

你瞧，西面山洼里那一片柿树，红得是多么好看。简直像一片火似的，红得耀眼。古今多少诗人画家都称道枫叶的颜色，然而，比起柿树来，那枫叶却不知要逊色多少呢。

还有苹果，那驰名中外的红香蕉苹果，也是那么红，那么鲜艳，那么逗人喜爱；大金帅苹果则金光闪闪，闪烁着一片黄澄澄的颜色；山楂树上缀满了一颗颗红玛瑙似的红果；葡萄呢，就更加绚丽多彩，那种叫"水晶"的，长得长长的，绿绿的，晶莹透明，真像是用水晶和玉石雕刻出来似的；而那种叫做红玫瑰的，则紫中带亮，圆润可爱，活像一串串紫色的珍珠……

哦！好一派迷人的秋色啊！

我喜欢这绚丽灿烂的秋色，因为它表示着成熟、昌盛和繁荣，也意味着愉快、欢乐和富强。

啊，多么使人心醉的绚丽灿烂的秋色，多么令人兴奋的欣欣向荣的景象啊！在这里，我们根本看不到欧阳修所描写的那种"其色惨淡，烟霏云敛……其意萧条，山川寂寥"的凄凉景色，更看不到那种"渥然丹者为槁木，黟然黑者为星星"的悲秋情绪。

看到的只是万紫千红的丰收景色和奋发蓬勃的繁荣气象。因为在这里，秋天不是人生易老的象征，而是繁荣昌盛的标志。写到这里，我忽然明白了为什么欧阳修把秋天描写得那么萧杀悲伤，因为他写的不只是时令上的秋天，而且是那个时代，那个社会在作者思想上的反映。我可以大胆地说，如果欧阳修生活在今天的话，那他的《秋声赋》一定会是另外一种内容，另外一种色泽。

我爱秋天。

我爱我们这个时代的秋天。

我愿这大好秋色永驻人间。

佳作赏析：

峻青（1922—1991），山东海阳人，作家。代表作品有《黎明的河边》《海啸》《血衣》等。

没有春天的生机勃勃，没有夏天的热烈奔放，秋天似乎沉稳、低调了许多。然而在这篇文章里，秋天的风景丝毫不逊色于春夏，更重要的是，这是一个收获的季节，成熟的季节。也正是因为成熟，它才显得更加迷人。如果把人的一生比作四季，中年对应着秋天。经过了孩童时期的天真活泼、青年时期的浪漫幻想，人到中年会显得更加务实、沉稳，也正是事业的高峰期，正是出成果、出成绩的阶段。虽然青春的容颜已经不在，但正因为成熟而迷人。

黑夜颂

□ 〔中国〕 贾植芳

我的精神,每每在深夜中最振奋,能一直熬到天亮,我才甜然地去睡;因之,以我惯于黑夜的生活,和对于黑夜的感觉,我真想综结起来,写一本《黑夜的经验》,那么一本小书,想来也颇有点意思的。

真的深夜里,富于一种发现与创造的美,一种精神力,只有在黑夜里,才能得到充分的发挥和锻炼。就因此,我对黑夜的感觉是庄严和神圣的,在艰苦恐惧中充满一种抵抗的作战的欢乐。往往能完成许多出乎意料的工作,而且这工作完成得犀快和精美,也很完善和奇出。

先是,黑夜降临了,忧郁的黄昏已去,你在一个孤寂的斗室内,心情有点彷徨地踱着,一边吸着廉价的纸烟,仿佛面对着一个讨厌的客人似的不快,你用纸烟来安慰自己解放自己。渐渐地窗外一切嘈杂的声音安静了,你的嘴喉也被尼古丁弄得辣而苦,甚至失去感触的能力,你的情绪,也就从彷徨里走了出来,黑夜的序幕阶段从此完结,你会先安静地坐下来,觉得像走到广野一样地开朗,和无限的包容力。从这个基点,你就变得和一个大兵团的指挥官一样，沉静地运用自己的兵力，作展开的部署和运动，你会不觉地把手伸到烟盒里取出一支烟，而划亮一根火柴，（这种有光有声有色的综合艺术，使你的情绪变得轻快和欣悦）于是，你闭了眼吸烟，面部的肌肉也就渐渐地随了烟气的迷漫开始变化和紧张，而你已沉入一个单一的内心世界，开始了战斗。烟快吸尽了，你也睁开了眼，如果对面有一幅镜子的话，你会发现在烟雾缭绕中，你的脸部肌肉已充满了精神力的坚定和一致，你的睁开的眼睛，也必然已洗去一切的不安苦恼和忧郁，变得光亮而闪烁。你整个人，仿佛是站在阵头的一个将军，充满了神奇的战胜一切的力量。从此，你将要开始你的工作，于是，笔尖和纸激急地作战，你把自己埋在工作的潮浪里，忘了一切。黑夜这时加浓了，窗外已没有一丝的亮光，黑暗封闭了一切，冻结了一切，一切归他掌握和支配。你的工作速力也愈充沛，仿佛在战斗激烈俄顷的兵士情绪，为了就到的胜利战果，忘记死亡和负伤。外面风起来了，风头而且这样锐利，屋里的气温往下低，你的工作情绪已然受到打扰，你开始不安地皱眉了；但是黑暗它还不甘心的，它除了以本身沉重的色调吞没你，他还指挥野马似的夜风，作为尖兵来攻击活在它的压治下的有生物。屋子越来越冷了，你的工作情绪开始迟钝，减弱，你忽然又坚强地啃着嘴唇，眉头松开了，表示你已不再屈曲地忍受，而是拿出坚毅的意志，抵抗侵略者。一直到屋里完全变得冰冷，电灯光已然惨白得像一张死于野战的兵士的脸，这里你就进入另一种激情，你或许有一点疲倦，或许有一点昂奋，（这叫做不承认失败的情绪，）或许对于这种景况，发生了一种恐惧退缩的心理，使你想放弃了未竟的工作，逃到床铺上去，在无知的睡眠中来逃避向你加紧攻击的黑暗和寒冷的袭击，这就是一个关键了。你或许会为这个决定，站起来低了头在屋内来回踱步，你脸上已然带了疲倦和困惑的闪光，像一个陷在战场混乱中的兵士。但是你还没向敌人伸起手缴掉的武器，踱过一会，你的体内发散出新的活力，你获得了体力的温暖，相对的寒冷的力量减低，这样，动荡的局面安定了，你会抓起一支烟，闭了眼睛狠狠地吸去，这正是更激烈的战斗前的短短的沉寂，而你，已完全是一种悲烈的战士心情了。烟很快地会吸完，你也会马上毫不犹豫地重新做起你的工作，你的昂扬的精神力，和战士的单一的感受，会使你的写作工作分外地迅快，也分外地新鲜，有你所想不到的字句神奇地跳跃到纸上。而你也皱着眉也啃着唇，表示了你的忍耐和抗争。这样的时间，总有好几个钟头，你也会因为厉害的寒冷侵袭，挥动脚踩踩地板，或搓搓手，舒一口气，但你决不会再站起来在地上踱步子，而且很可能你在这工作狂热的中间，除过专心看着面前的纸，不再浪费地看窗外（都是黑暗的大本营）或周围一眼，渐渐地远处的鸡啼叫了，这隐约的声音，带给你一种胜利的喜悦，你的工作就做得更快更好，风也似乎停止了，滞重的黑暗在悄悄地退却，一直到群鸡乱啼，窗子也渐渐露出白色的时候，屋里也增加了一种清新的气氛，你的工作，也多半就近乎完结的阶段，你的困积久浸在寒冷里的身子也忽然抖擞着，这时映在对面镜子内的你的脸孔，已变得又青又瘦，但是仍旧显得坚定和单一，心里却为喜悦全部占领，只觉得黑夜已尽，太阳马上就要出来了，这一种快活的"历史心情"。你有了经过长期艰苦剧烈的战斗后，终至得到胜利的兵士的骄傲。而和黑夜一同逝去的烦躁，不安，恐惧和退缩，也变成可笑的史实。黎明终于堂堂地莅临，清晨的风予你以友爱的抚慰，你觉得清新和振奋。而当太阳的第一道光线照耀到你憔悴的脸上时，这憔悴的脸上却布满健康的笑纹，才感到黑夜对我们的考验的伟大！

因此，你甚至衷心地感谢黑夜的锻炼的赐予，它使你可以完成巨大的工作，使你变得伟大！

一九四六年三月一日夜，写

佳作赏析：

贾植芳（1916—2008），山西襄汾人，作家、学者。著有《人生赋》《热力》《我的朋友们》等。

夜晚的黑暗在一般人眼里是负面的，它往往代表着孤独、寂寞、恐惧甚至死亡。而这篇文章则对黑暗作了热情的歌颂，为什么呢？因为在作者看来，黑暗的夜晚虽然孤独，但却是极为安静的，没有人打扰。这时的心可以彻底安静下来，全身心地投入到工作中去。文章用生动的笔触记录了作者通宵写作的状态，虽然灯光昏暗，虽然寒气逼人，但这丝毫挡不住作者的激情。长夜漫漫，却正是作者出工作成果的好时段，这也是作者歌颂黑暗的原因所在。其实事情往往就是如此，逆境往往更能激发一个人的潜力、激情，锻炼人的意志，从这个意义上讲，人生中的"黑暗"阶段也一样值得歌颂。

论时间

近来常常想到时间。

时间很玄妙：无涯无际，无始无终，无穷无尽。绵绵岁月，悠悠历史，皆由时间组成。时间涵盖宇宙太空，主宰天地万物。牛顿有时间绝对永恒之说，爱因斯坦则有相对论的时间观念，都很能激发想象力。这是科学家思考的命题，姑且不论。

时间让人感到神秘莫测，17世纪法国思想家伏尔泰说过，时间是个谜：最长又最短，最快又最慢，最能分割又最宽广，最不受重视又最宝贵，渺小与伟大都在时间中诞生，等等。这一串充满哲理的话，在我们平常的人生中倒也常有体会。抗战八年，"文革"十年，身临其境，常觉时间过得慢，感到那段时间真长。事过境迁，又觉得时间过得真快。人生几何，从混沌到清醒，竟用去大半辈子的时间。现在生活渐趋小康，国门敞开，"与国际接轨"，改革开放近二十年，仿佛又是转瞬之间。快或慢，长或短，分割或宽广，渺小或伟大，最终是留不住时间。"子在川上曰：'逝者如斯夫，不舍昼夜！'"古人慨叹时间流逝的惆怅和无奈，依然引起今人的共鸣。

时间也真是不可捉摸：无形无影，无声无息，无光无色。然而，时间却又无处不在，无往而不在。随手掇拾几个生活细节，例如撕去的日历，飘落的秋叶，老人的白发，美女眼角的鱼尾纹，诸如此类，都显示时间的印痕。

时间对每个人都是公正的。人人不断拥有时间。人人又不断丧失时间。历史无情，岁月不饶人。老人是去日苦长，来日苦短。年轻人的时间当然比老人富有得多，经得起透支和挥霍。不过，正如老年是从青年过来的。青年的未来必然是老年。这个道理很简单，或长或短，任何人的时间都是有限的。

说实话，我很羡慕今天的青年。上班的人们，有了双休日，一个星期多了一天属于自己的时间。一周间整整两天完全自己支配，何等幸福，可做多少自己想做的事！回想往昔的年代，即使是不搞政治运动的日子，也很少有自己的时间。50年代一个长时期，我放弃许多星期天，放弃许多难得的节假日，只是为了关在斗室里悄悄伏案笔耕，却也须警惕有人虎视眈眈，横加指责业余写作"是名利思想作怪"云云。这种责难，今天显得很遥远，听起来近乎荒诞，当代走红的青年作家知道的恐怕不多了。

最大的浪费是时间的浪费。浪费人的时间，蹉跎年华，虚掷生命，是个人的损失。如果浪费国家和民族的时间，长期无谓地消耗，造成历史倒退，是亿万人民的损失。时间孕育机遇，机遇来自时间。大有大的机遇，小有小的机遇。赢得时间，接受挑战，为民造福，没有不能创造的奇迹。马克思有一句耐人寻味的名言："时间是人类发展的空间。"在无限浩瀚的时空里，人类的想象力和创造力是永远无穷无尽的。

佳作赏析：

何为（1922—2011），浙江定海人，散文家、剧作家。有散文集《织锦集》《临窗集》《北海道之旅》等。

这是一篇从哲理高度谈论时间的佳作。时间从何开始？在哪里结束？还是无始无终？这一古老的哲学命题千百年来一直困扰着人们。宏观意义上的时间有几分神秘，显得不可捉摸，而具体到每个人身上，则是十分形象直观的。头上的白发、脸上的皱纹，无不是岁月留下的痕迹，显现着时光的流逝。因此，珍惜时间不仅是必要的，而且是必需的。利用有限的时间，抓住稍纵即逝的机遇，做出有价值的事情，这才是完整而有意义的人生。

秋韵

□［中国］宗璞

京华秋色，最先想到的总是香山红叶。曾记得满山如火如荼的壮观，在太阳下，那红色似乎在跳动，像火焰一样。二三友人，骑着小驴，笑语与"嘚嘚"蹄声相和，循着弯曲小道，在山里穿行。秋的丰富和幽静调和得匀匀的，向每个毛孔渗进来。后来驴没有了，路平坦得多了，可以痛快地一直走到半山。如果走的是双清这一边，一段山路后，上几个陡台阶，眼前会出现大片金黄，那是几棵大树，现在想来，应是银杏吧。满树茂密的叶子都黄透了，从树梢披散到地，黄得那样滋润，好像把秋天的丰收集聚在那里了，让人觉得，这才是秋天的基调。

今年秋到香山，人也到香山。满路车辆与行人，如同电影散场，或要举行大规模代表会。只好改道万安山，去寻秋意。山麓有一片黄栌，不甚茂密。法海寺废墟前石阶两旁，有两片暗红，也很寥落。废墟上有顺治年间的残碑，刻有"不得砍伐、不得放牧"的字样。乱草丛中，断石横卧，枯树枝头，露出灰蓝的天和不甚明亮的太阳。这似乎很有萧索气象了。然而，这不是我要寻找的秋的韵致。

有人说，该到圆明园去，西洋楼西北的一片树林，这时大概正染着红、黄两种富丽的颜色。可对我来说，不断地寻秋是太奢侈了，不能支出这时间，且待来年吧。家人说：来年人更多，你骑车的本领更差，也还是无由寻找到的。那就待来生吧，我说。大家一笑。

其实，我是注重今世的。清晨照例散步，便是为了寻健康，没有什么浪漫色彩。这一天，秋已深了，披着斜风细雨，照例走到临湖轩下的小湖旁，忽然觉得景色这般奇妙，似乎我从未到过这里。

小湖南面有一座小山，山与湖之间是一排高大的银杏树。几天不见，竟变成一座屏障，遮住了山，映进了水。扇形叶子落了一地，铺满了绕湖的小径。似乎这屏障向四周渗透，无限地扩大了。循路走去，湖东侧一片鲜红跳进眼帘。这样耀眼的红叶！不是黄栌，黄栌的红较暗；不是枫叶，枫叶的红较深。这红叶着了雨，远看鲜亮极了；近看时，是对称的长形叶子，地下也有不少，成了薄薄一层红毡。在小片鲜红和高大的金屏障之间，还有深浅不同的绿，深浅不同的褐、棕等丰富的颜色环抱着澄明的秋水。冷冷的几滴秋雨，更给整个景色添了几分朦胧，似乎除了眼前这一切，还有别的蕴藏。

这是我要寻的秋的韵致了吗？秋天是有成绩的人生，绚烂多彩而肃穆庄严，似朦胧而实清明，充满了大彻大悟的味道。

秋去冬来之时，意外地收到一份讣告，是父亲的一位哲学友人故去了。讣告上除生卒年月外，只有一首遗诗，译出来是这等模样：

不要推却友爱，

不要延迟欢乐。

现在不悟，

便永迷惑。

在这里，

一切都有了着落。

我要寻找的秋韵，原来便在现在，在这里，在心头。

佳作赏析：

宗璞（1928—），女，原籍河南省唐河县，生于北京。著有长篇小说《南渡记》《东藏记》等，散文集《铁箫人语》《三松堂漫记》《风庐缀墨》等。

这是一篇韵味十足、意境悠远的文章。作者去香山赏秋色而不得，却在自己每天早上散步的小山小湖中感悟到了秋天的韵味。秋韵是什么呢？"是有成绩的人生，绚烂多彩而肃穆庄严，似朦胧而实清明，充满了大彻大悟的味道。"作者悟到了什么呢？友爱和欢乐一旦推却，可能就永远失去了。人要注重今世，活在当下。

枫叶如丹

□〔中国〕袁鹰

春天，绿的世界。秋天，丹的天地。

绿，是播种者的颜色，是开拓者的颜色。人们说它是希望，是青春，是生命。这是至理名言。

到夏季，绿得更浓，更深，更密。生命在充实，在丰富。生命，在蝉鸣蛙噪中翕动，在炽热和郁闷中成长，在暴风骤雨中经受考验。

于是，凉风起天末，秋天到了。万山红遍，枫叶如丹。丹，是成熟的颜色，是果实的颜色，是收获者的颜色，又是孕育着新的生命的颜色。

撒种，发芽，吐叶，开花，结实。

孕育，诞生，长大，挫折，成熟。

天地万物，人间万事，无一不贯穿这个共同的过程。而且，自然与人世，处处相通。

今年五月，曾访问澳大利亚。五月在南半球，正是深秋。草木，是金黄色的；树林，是金黄色的。

一天，在新南威尔士州青山山谷一位陶瓷美术家 R 先生家作客。到时天色已晚，看不清周遭景色，仿佛是一座林中木屋。次日清晨起床，整个青山全在静憩中。走到院里，迎面是株枫树，红艳艳的枫叶，挂满一树，铺满一地。

我回屋取了相机，把镜头试了又试，总觉得缺少些什么。若是画家，会描绘出一幅绚烂的油画。可我又不是。再望望那株枫树，竟如一位凄苦的老人在晨风中垂头无语。

这时，木屋门开了，一个八九岁的女孩蹦了出来。她是 R 先生的外孙女莉贝卡，他们全家的宝贝。小莉贝卡见我凝视枫树，就跑到树下，捡起两片红叶，来回地跳跃，哼只有她自己懂的曲调。

最初的一缕朝阳投进山谷，照到红艳艳的枫叶上，照到莉贝卡金色的头发上。就在这一刹那间，我揿动快门，留下一张自己很满意、朋友们也都喜欢的照片。后来有位澳大利亚朋友为那张照片起了个题目：秋之生命。

也就在那一刹那间，我恍然明白：枫叶如丹，也许由于跳跃的、欢乐的生命，也许它本身正是有丰富内涵的生命，才更使人感到真、善、美，感到它的真正价值，而且感受得那么真切。北京香山红叶（是黄栌树，并非枫树），自然能使人心旷神怡；若是没有那满山流水般的游人，没有树林中鸣声上下的小鸟，也许又会使人感到寂寞了。

枫叶如丹，显示长久的生命力。"霜叶红于二月花"，经历了这个境界，才是真正的成熟，真正的美。

一九八三年九月

佳作赏析：

袁鹰（1924—），江苏淮安人，作家。作品有《第一个火花》《红河南北》《第十个春天》等。

秋天不仅是成熟的季节，也是每一个生命显示自己魅力和内涵的时节。能在万物肃杀的秋风下昂然挺立，显示勃勃生机，这不是一般的生命所能做到的，而在这时节能够傲然独立的事物，预示着它不一般的生命力，也显现着它成熟的美。这种美充满内涵、充满从容、充满风骨。

梦幻中的蓝色

□[中国] 肖复兴

听约翰·斯特劳斯的《蓝色的多瑙河》，让我想起莫奈的那幅有名的油画，莫奈把伦敦的雾画成了红色。

伦敦的雾是红色的吗？

多瑙河是蓝色的吗？

约翰·斯特劳斯的传记作者、奥地利著名的音乐学家普拉维先生写作《圆舞曲之王》中转引 1935 年的一次调查统计："一年之中维也纳附近的多瑙河有 6 天呈棕色，55 天为土黄色，38 天为浑绿色，49 天为浅绿色，47 天为草绿色，24 天为铜绿色，109 天为宝石绿色，37 天为深绿色……"

普拉维说："但是多瑙河从未呈现过蓝色。"

但是，自从 1867 年约翰·斯特劳斯创作出这支圆舞曲之后，多瑙河一年四季就都是蓝色的了。这支圆舞曲引子拉出的小提琴轻微微颤音的开始，流淌出来微微泛起的波浪的多瑙河就是蓝色的了。这蓝色的多瑙河便一直流淌到今天，乃至以后无穷的岁月。

如今的世界上，谁不知道约翰·斯特劳斯呢？谁又不知道这支圆舞曲《蓝色的多瑙河》呢？不说别的，仅说一年一次的维也纳音乐会，蓝色的多瑙河从那金色大厅里肆意流淌到世界多少角落里呀！

可以说，世界上没有任何一条河流如多瑙河那样蔚蓝，那样尽人所知，那样滋润人心田。在电影《在公元 2001 年》中，一艘驶向未来的宇宙飞船遨游太空的时候，影片响起的也是这支《蓝色的多瑙河》圆舞曲。蓝色的多瑙河，成为了一种象征，一种意象，一种无须翻译即可彼此沟通心灵的语言。

多瑙河的蓝色，不是多瑙河自己的蓝色，不是维也纳的蓝色，不是匈牙利诗人贝克的蓝色（因为据说这支圆舞曲的名字约翰·斯特劳斯是根据贝克的诗，"在美丽的蓝色多瑙河河畔，有我宁静幽美的家园"给予他的灵感。）……而是约翰·斯特劳斯的蓝色。

但是，多瑙河的这种蓝色，也不是约翰·斯特劳斯眼中真正的蓝色。多瑙河在他眼睛中的颜色是浑浊昏黄的，因为那时多瑙河经常洪水泛滥，汹涌而来的多瑙河之水曾经毫不留情地扑窗而入流入他的家中，迫使他不得不在一个晚上举家迁移。多瑙河这可怕的浑浊昏黄深刻地留在他童年的记忆中。

他却把多瑙河化为灿烂的音符，写得这样蔚蓝，这样透明，这样欢快，这样尽情地流淌到世界各地。

这是只有约翰·斯特劳斯的蓝色。是他想象中的蓝色。是他音乐中的蓝色。是他心灵中的蓝色。是他梦幻中的蓝色……

每个人都有他自己所喜爱所憧憬的色彩。这种色彩，和他眼中的色彩，和现实中的色彩，是绝不一样的。正因为不一样，才填充或弥补了人对现实的遗憾、失望、不满足乃至厌恶；才激发或慰藉了人对未来的希望、补偿、渴求乃至献身的愿望和想象。

这种色彩，在诗人便是诗，在画家便是画，在音乐家便是旋律，在我们普通凡人便是梦。

于是，莫奈才把伦敦的雾画成了红色。

于是，约翰·斯特劳斯才把多瑙河谱成了蓝色。

同样的多瑙河，雷哈尔创作的圆舞曲叫做《灰色的多瑙河》。

只不过，人们很少知道雷哈尔的《灰色的多瑙河》。在全世界，不管人们见过没见过多瑙河，多瑙河在人们的心中都是蓝色的。这就是音乐的力量，是约翰·斯特劳斯的力量。

真正的艺术，是超越现实的；真正的艺术，不是为了给现实留影，也不是为了给现实化妆，而是给现实一个对比，一个理想。

在普拉维的传记中，有一幅 1867 年约翰·斯特劳斯初次征服巴黎，在巴黎那一年举办世界博览会上演出的照片。《蓝色的多瑙河》就是从那里出名而流向世界各地的。在美丽轩豁、鲜花盛开、浓荫如盖的马尔斯广场，那一样美丽如鲜花盛开的《蓝色的多瑙河》乐曲荡漾的时候，该是多么令人沉醉！普拉维说：正是从那以后"圆舞曲《蓝色的多瑙河》成为约翰·斯特劳斯作品中最动人心弦的乐章，而且成了维也纳的音乐象征"。普拉维又说："维也纳人甚至开始热爱起他们那条可憎而又可怕的多瑙河，而且把她看成蓝色的了。"一首乐曲，可以迅速将一条河流的形象和色彩改变，这是上帝都不会有的力量，确实是只有艺术才会具有鬼斧神工的力量。

在同一本书中，普拉维写到约翰·斯特劳斯这支《蓝色的多瑙河》和我们中国的关系："1973 年，当维也纳交响乐团首次访华演出，该团指挥维利·博斯科夫斯基在北京首都体育馆指挥演奏《蓝色的多瑙河》圆舞曲时，一万八千名观众似乎抱有同感，他们情不自禁地欢呼起来。然而，这首圆舞曲在北京看来很危险，以致半年以后在音乐领域里的阶级斗争过程中被禁止演奏。因为它是'1848 年欧洲革命失败后写的，给人制作和平的幻想'。"

普拉维为了他这本传记真是费尽了心血，连中国这样一段历史都弄得很清楚。他写得很对。那时，残酷的政治吞噬了艺术，自然望不见多瑙河的蔚蓝色彩；那时，正是红海洋铺天盖地，红色是唯一的时尚色彩。

但是，普拉维现在没有到过中国，他如果能来就会看到，在中国哪怕一个小小的城市都可以买到约翰·斯特劳斯的音乐磁带，在中国哪怕一个小小的县城都可以听到约翰·斯特劳斯的美妙旋律，《蓝色的多瑙河》在中国的土地上尽情流淌。它在世界各地都是蓝色的，怎么可以偏偏在中国变成灰色的呢？人为力量再强，也无法同艺术的力量抗衡。人为的力量，可以一时把多瑙河变成灰色；艺术的力量，却把多瑙河的蓝色化为永恒。

艺术，改变着我们这个世界，约翰·斯特劳斯让我们这个世界即使一时难以走近却可以向往那一片透明的蔚蓝色。

佳作赏析：

肖复兴（1947—），北京人，作家。著有长篇小说、中篇小说集、报告文学集多部，有《肖复兴自选集》三卷出版。

艺术的本质是什么？它和现实生活又是什么关系？这篇《梦幻中的蓝色》用生动而经典的事例为我们作了解答。现实中从来没有出现过蓝色河水的多瑙河在音乐家约翰·斯特劳斯的作品中变成了"蓝色"，根本就不存在的"蓝色多瑙河"经由这首曲子传遍了全世界。我们经常说：艺术来源于生活，但高于生活。而肖复兴对此作了生动的注解："真正的艺术，是超越现实的；真正的艺术，不是为了给现实留影，也不是为了给现实化妆，而是给现实一个对比，一个理想。"理想的色彩在我们普通人这里只能是一个梦，而艺术家们却能凭借其特殊的才能将这个梦变成"现实"：在诗人便是诗，在画家便是画，在音乐家便是旋律。

精神的三间小屋

□〔中国〕毕淑敏

　　面对那句——人的心灵，应该比大地、海洋和天空都更为博大的名言，自惭自秽。我们难以拥有那样雄浑的襟怀，不知累积至哪种广袤，需如何积攒每一粒泥土，每一朵浪花，每一朵云霓?

　　甚至那句恨不能人人皆知的中国古话——宰相肚里能撑船，也让我们在敬仰之余，不知所措。也许因为我们不过是小小的草民，即便怀有效仿的渴望，也终是可望而不可即，便以位卑宽宥了自己。

　　两句关于人的心灵的描述，不约而同地使用了空间的概念。人的肢体活动，需要空间。人的心灵活动，也需要空间。那容心之所，该有怎样的面积和布置?

　　人们常常说，安居才能乐业。如今的城里人一见面，就问，你是住两居室还是三居室啊? ……喔，两居室窄巴点，三居室虽说也不富余，也算小康了。

　　身体活动的空间是可以计量的，心灵活动的疆域，是否也有个基本达标的数值？

有一颗大心，才盛得下喜怒，输得出力量。于是，宜选月冷风清竹木潇潇之处，为自己的精神修建三间小屋。

第一间，盛着我们的爱和恨。对父母的尊爱，对伴侣的情爱，对子女的疼爱，对朋友的关爱，对万物的慈爱，对生命的珍爱……对丑恶的仇恨，对污浊的厌烦，对虚伪的憎恶，对卑劣的蔑视……这些复杂对立的情感，林林总总，会将这间小屋挤得满满，间不容发。你的一生，经历过的所有悲欢离合喜怒哀乐，仿佛以木石制作的古老乐器，铺陈在精神小屋的几案上，一任岁月飘逝，在某一个金戈铁血之夜，它们会无师自通，与天地呼应，铮铮作响。假若爱比恨多，小屋就光明温暖，像一座金色池塘，有红色的鲤鱼游弋，那是你的大福气。假如恨比爱多，小屋就阴风惨惨，厉鬼出没，你的精神悲戚压抑，形销骨立。如果想重温祥和，就得净手焚香，洒扫庭院。销毁你的精神垃圾，重塑你的精神天花板，让一束圣洁的阳光，从天窗洒入。

无论一生遭受多少困厄欺诈，请依然相信人类的光明大于暗影。哪怕是只多一个百分点呢，也是希望永恒在前。所以，在布置我们的精神空间时，给爱留下足够的容量。

第二间小屋，盛放我们的事业。

一个人从 25 岁开始做工，直到 60 岁退休，他要在工作岗位上度过整整 35 年的时光。按一日工作 8 小时，一周工作 5 天，每年就要为你的职业付出 2000 个小时。倘若一直干到退休，那就是 70000 个小时。在这个庞大的数字面前，相信大多数人都会始于惊骇终于沉思。假如你所从事的工作，是你的爱好，这 70000 个小时，将是怎样快活和充满创意的时光！假如你不喜欢它，漫长的 70000 个小时，足以让花容磨损日月无光，每一天都如同穿着淋湿的衬衣，针芒在身。

我不晓得一下子就找对了行业的人，能占多大比例？从大多数人谈到工作时乏味麻木的表情推算，估计这样的幸运儿不多。不要轻觑了事业对精神的濡养或反之的腐蚀作用，它以深远的力度和广度，挟持着我们的精神，以成为它麾下持久的人质。

适合你的事业，白桦林不靠天赐，主要靠自我寻找。这不但因为相宜的事业，并非像雨后的菌子一样，俯拾即是，而且因为我们对自身的认识，也是抽丝剥茧，需要水落石出的流程。你很难预知，将在18岁还是40岁甚至更沧桑的时分，才真正触摸到倾心的爱好。当我们太年轻的时候，因为尚无法真正独立，受种种条件的制约，那附着在事业外壳上的金钱地位，或是其他显赫的光环，也许会灼晃了我们的眼睛。当我们有了足够的定力，将事业之外的赘生物一一剥除，露出它单纯可爱的本质时，可能已耗费半生。然费时弥久，精神的小屋，也定需住进你所爱好的事业。否则，鸠占鹊巢，李代桃僵，那屋内必是鸡飞狗跳，不得安宁。

我们的事业，是我们的田野。我们背负着它，播种着，耕耘着，收获着，欣喜地走向生命的远方。规划自己的事业生涯，使事业和人生，呈现缤纷和谐相得益彰的局面，是第二间精神小屋坚固优雅的要诀。

第三间，安放我们自身。

这好像是一个怪异的说法。我们自己的精神住所，不住着自己，又住着谁呢？

可它又确是我们常常犯下的重大失误——在我们的小屋里，住着所有我们认识的人，唯独没有我们自己。我们把自己的头脑，变成他人思想汽车驰骋的高速公路，却不给自己的思维，留下一条细细羊肠小道。我们把自己的头脑，变成搜罗最新信息网络八面来风的集装箱，却不给自己的发现，留下一个小小的储藏盒。我们说出的话，无论声音多么嘹亮，都是别的喉咙嘟囔过的。我们发表的意见，无论多么周全，都是别的手指圈画过的。我们把世界万物保管得好好，偏偏弄丢了开启自己的钥匙。在自己独居的房屋里，找不到自己曾经生存的证据。

如果真是那样，我们的精神小屋，不必等待地震和潮汐，在微风中就悄无声息地坍塌了。它纸糊的墙壁化为灰烬，白雪的顶棚变作泥泞，露水的地面成了沼泽，江米纸的窗棂破裂，露出惨淡而真实的世界。你的精神，孤独地在风雨中飘零。

三间小屋，说大不大，说小不小。非常世界，建立精神的栖息地，是智慧生灵的义务，每人都有如此的权利。我们可以不美丽，但我们健康。我们可以不伟大，但我们庄严。我们可以不完满，但我们努力。我们可以不永恒，但我们真诚。

当我们把自己的精神小屋建筑得美观结实、储物丰富之后，不妨扩大疆域，增修新舍，矗立我们的精神大厦，开拓我们的精神旷野。因为，精神的宇宙，是如此地辽阔啊。

佳作赏析：

毕淑敏（1952—），女，山东文登人，作家。著有《昆仑殇》《阿里》《补天石》等。

人的生活可以分为两部分：一部分是物质生活，另一部分则是精神生活。物质世界比较直观，而精神世界则相对模糊一些，至少很难类比和衡量。而这篇文章则以形象的比喻为我们的精神生活作了分类：每个人都有三间"小屋"，分别盛着爱与恨、事业、自己。当这三间"小屋"都被充实以后，再去建造自己的精神大厦就相对容易多了。心的大小也是可以"衡量"的。

造 心

□〔中国〕毕淑敏

　　蜜蜂会造蜂巢。蚂蚁会造蚁穴。人会造房屋，机器，造美丽的艺术品和动听的歌。但是，对于我们最重要最宝贵的东西——自己的心，谁是它的建造者?

　　孔雀绚丽的羽毛，是大自然物竞天择造出。白杨笔直刺向碧宇，是密集的群体和高远的阳光造出。清香的花草和缤纷的落英，是植物吸引异性繁衍后代的本能造出。卓尔不群坚忍顽强的性格，是禀赋的优异和生活的历练造出。

　　我们的心，是长久地不知不觉地以自己的双手，塑造而成。

　　造心先得有材料。有的心是用钢铁造的，沉黑无比。有的心是用冰雪造的，高洁酷寒。有的心是用丝绸造的，柔滑飘逸。有的心是用玻璃造的，晶莹脆薄。有的心是用竹子造的，锋利多刺。有的心是用木头造的，安稳麻木。有的心是用红土造的，粗糙朴素。有的心是用黄连造的，苦楚不堪。有的心是用垃圾造的，面目可憎。有的心是用谎言造的，百孔千疮。有的心是用尸骸造的，腐恶熏天。有的心是用眼镜蛇唾液造的，剧毒凶残。

造心要有手艺。一只灵巧的心，缝制得如同金丝荷包。一罐古朴的心，淳厚得好似百年老酒。一枚机敏的心，感应快捷电光石火。一颗潦草的心，门可罗雀疏可走马。一摊胡乱堆就的心，乏善可陈杂乱无章。一片编织荆棘的心，暗设机关处处陷阱。一道半是细腻半是马虎的心，好似白蚁蛀咬的断堤。一朵绣花枕头内里虚空的心，是假冒伪劣心界的水货。

造心需要时间。少则一分一秒，多则一世一生。片刻而成的大智大勇之心，未必就不玲珑。久拖不决的谨小慎微之心，未必就很精致。有的人，小小年纪，就竣工一颗完整坚实之心。有的人，须发皆白，还在心的地基挖土打桩。有的人，半途而废不了了之，把半成品的心扔在荒野。有的人，成百里半九十，丢下不曾结尾的工程。有的人，精雕细刻一辈子，临终还在打磨心的剔透。有的人，粗制滥造一辈子，人未远行，心已灶冷坑灰。

心的边疆，可以造得很大很大。像延展性最好的金箔，铺设整个宇宙，把日月包涵。没有一片乌云，可以覆盖心灵辽阔的疆域。没有哪次地震火山，可以彻底颠覆心灵的宏伟建筑。没有任何风暴，可以冻结心灵深处喷涌的温泉。没有某种天灾人祸，可以在秋天，让心的田野颗粒无收。

心的规模，也可能缩得很小很小，只能容纳一个家，一个人，一粒芝麻，一滴病毒。一丝雨，就把它淹没了。一缕风，就把它粉碎了。一句流言，就让它痛不欲生。一个阴谋，就置它万劫不复。

心可以很硬，超过人世间已知的任何一款金属。心可以很软，如泣如诉如绢如帛。心可以很韧，千百次的折损委屈，依旧平整如初。心可以很脆，一个不小心，顿时香消玉碎。

造心的时候，可以有很多讲究和设计。

比如预埋下一处心灵的生长点，像一株植物，具有自动修复、自我养护的神奇功能。心受了创伤，它会挺身而出，引导心的休养生息，在最短的时间内，使心整旧如新。

比如高高竖起心灵的避雷针，以便在危急时刻，将毁灭性的灾难导入地下，耐心等待雨过天晴。

比如添加防震防爆的性能，在心灵遭受短时间高强度的残酷打击下，举重若轻，镇定地维持蓬勃稳定。

比如……

优等的心，不必华丽，但必须坚固。因为人生有太多的压榨和当头一击，会与独行的心灵，在暗夜狭路相逢。如果没有精心的特别设计，简陋的心，很易横遭伤害一蹶不振，也许从此破罐破摔，再无生机。没有自我康复本领的心灵，是不设防的大门。一汪小伤，便漏尽全身膏血。一星火药，烧毁绵延的城堡。

心为血之海，那里汇聚着每个人的品格智慧精力情操，心的质量就是人的质量。有一颗仁慈之心，会爱世界爱人爱生活，爱自身也爱大家。有一颗自强之心，会勤学苦练百折不挠，宠辱不惊大智若愚。有一颗尊严之心，会珍惜自然善待万物。有一颗流量充沛羽翼丰满的心，会乘上幻想的航天飞机，抚摸月亮的肩膀。

造心是一项艰难漫长的工程，工期也许耗时一生。通常是母亲的手，在最初心灵的模型上，留下永不消退的指纹。所以普天下为人父母者，要珍视这一份特别庄重的义务与责任。

当以我手塑我心的时候，一定要找好样板，郑重设计，万不可草率行事。造心当然免不了失败，也很可能会推倒重来。不必气馁，但也不可过于大意。因为心灵的本质，是一种缓慢而精细的物体，太多的揉搓，会破坏它的灵性与感动。

造好的心，如同造好的船。当它下水远航时，蓝天在头上飘荡，海鸥在前面飞翔，那是一个神圣的时刻。会有台风，会有巨涛。但一颗美好的心，即使巨轮沉没，它的颗粒也会在海浪中，无畏而快乐地燃烧。

佳作赏析：

用形象的比喻和拟人化手法来描述人类的精神世界，这是毕淑敏所擅长的题材。这篇《造心》集中体现了她的这一特点。"造心"其实就是提高自己的道德水平和素养，培养在苦难中奋勇前进的毅力和勇气，培养关心和善待他人的仁慈之心，培养豁达的心态和一身正气。人之所以为人，就是因为我们有一颗与其他生物截然不同的"心"。

闲适：享受生命本身

□〔中国〕周国平

人生有许多出于自然的享受，例如爱情、友谊、欣赏大自然、艺术创造等等，其快乐远非虚名浮利可比，而享受它们也并不需要太多的物质条件。我把这类享受称作对生命本身的享受。

愈是自然的东西，就愈是属于我的生命的本质，愈能牵动我的至深的情感。现代人享受的花样愈来愈多了，但是，我深信人世间最甜美的享受始终是那些最古老的享受。

有钱又有闲当然幸运，倘不能，退而求其次，我宁做有闲的穷人，不做有钱的忙人。我爱闲适胜于爱金钱。金钱终究是身外之物，闲适却使我感到自己是生命的主人。

只有一次的生命是人生最宝贵的财富，但许多人宁愿用它来换取那些次宝贵或不甚宝贵的财富，把全部生命耗费在学问、名声、权力或金钱的积聚上。他们临终时当如此悔叹："我只是使用了生命，而不曾享受生命！"

一个人可以凭聪明、勤劳和运气挣许多钱，但如何花掉这些钱却要靠智慧了。如何花钱比如何挣钱更能见出一个人的品位高下。

耶和华在西奈山向摩西传十诫，第四诫是：星期天必须休息，定为圣日。他甚至下令，凡星期天工作者格杀勿论。有一个人在星期天捡柴，他便吩咐摩西，让信徒们用石头把这个人砸死了。

未免太残忍了。不过，我们不妨把这看作寓言，其寓意是：闲暇和休息也是神圣的。闲暇是生命的自由空间。只是劳作，没有闲暇，人会丧失性灵，忘掉人生之根本。这岂不就是渎神？所以，对于一个人人匆忙赚钱的时代，摩西第四诫是一个必要的警告。当然，工作同样是神圣的。无所作为的懒汉和没头没脑的工作狂乃是远离神圣的两极。创造之后的休息，如同创世后第七日的上帝那样，这时我们最像一个神。

自古以来，一切贤哲都主张过一种简朴的生活，以便不为物役，保持精神的自由。事实上，一个人为维持生存和健康所需要的物品并不多，超乎此的属于奢侈品。它们固然提供享乐，但更强求服务，反而成了一种奴役。

现代人是活得愈来愈复杂了，结果得到许多享乐，却并不幸福，拥有许多方便，却并不自由。那么，在五光十色的现代世界中，让我们记住一个古老的真理：活得简单才能活得自由。

佳作赏析：

周国平（1945—），上海市人，当代学者、作家。著有学术专著《尼采与形而上学》，散文集《守望的距离》《各自的朝圣路》，纪实作品《妞妞：一个父亲的札记》《岁月与性情》等。

物质生活和精神生活是人类生活的两个基本组成部分，哪个更重要一些呢？作者认为精神生活更重要一些，在他看来，爱情、友谊、艺术创造这些出于自然的享受属于生命的本质，享受这些就是在享受生命本身。当一个人的温饱问题得到解决以后，其实就面临着人生道路上的一种选择：是选择继续忙碌挣更多的钱、争取更好的物质生活，还是选择相对闲适的生活呢？当然这两种生活并不是绝对对立的，但有时确实会产生一些矛盾。如何处理、协调这些矛盾，就存在一个取舍的问题。对于物质生活越来越丰富而精神生活却越来越匮乏的当代人而言，"活得简单才能活得自由"确实是值得引起我们深思的至理名言。

经营生命

□ [中国] 申力雯

我第一次感悟生命，那是十年前的一个冬天。

许多人，从那间屋里接出了妈妈，我拉开车门，连忙用我的羽绒大衣和羊绒围巾把车座及靠背铺得温暖舒服。我叫了一声"妈——"那声音在风中抖动一下，旋即撕扯断了，只见两位工人师傅戴着手套机械而利索地把妈妈推进了汽车后备箱里。在寒风中我茫然了，一个面对的真实的残酷令我僵硬，尽管我来时原本是知道的。

人的生命竟如此难以把握，昨天晚上妈妈还对我说，"待我出院要买一盆大朵的黄菊花"。只过了一夜，妈妈就走了，走得急切仓促，生命原本那样没有耐性，匆匆滑落像一颗飘落红尘的尘埃。我木然地坐在汽车里，妈妈在汽车后备箱里颠簸，我的心骤然荒凉而麻木，像是历经沧桑的老人。

窗外的世界依然精彩，依然喧哗，依然热闹，天还蓝，太阳还灿烂，它们对一个突然离去的人完全无动于衷，街上的人流五颜六色，他们大步流星地向前奔着，他们在奔钱、奔名、奔利、奔一切可以抓到手的好东西。车流在鸣叫中涌动，无论是奔驰、宝马、桑塔纳、夏利还是"小面"，它们急赤白脸地向前冲着，像是争先恐后地抢一张巨额彩票。这时，我对众生突然产生一种莫名的悲悯，悟得原来大家在同一人生舞台上扮演着不同的角色：有人是达官显贵，有人是平民百姓，彼此的不同仅在于角色的不同，但实质是一样的，那就是可怜可叹的演员，在生命的过程中充满了同样的焦虑、痛苦与渴求。人们手里抓着、肩上扛着、头上顶着、腰上拽着各种装满财富的布袋，他们上气不接下气地往前奔着，沉重而辛苦却一刻也不肯放松。更令人惊异的是大家奔向的目标是共同的也是唯一的，终点一到所有的装满金银财宝的布袋都统统地掉下了。

人们不同的主要是不同的人生阶段，各自不同的感受。年轻人由于人生的终点于他们遥远而缥缈，他们以为拥有的是生命的永恒。中年人辛苦奔劳、野心冲动，生活把他们历练得粗砺而务实。老年人因已看到了不远的地方就是归宿，他们或悲哀或恐惧或无奈，当然也有人能超越红尘而归于平淡自然。

生命是什么？生命就是捧在手里的水，从我们拥有生命那一刻起，我们的十指无论怎样拼命地靠拢，怎样小心翼翼，水还是一点一滴地渗漏，这是挡不住的丧失。

生命又是一笔上帝给每个人放在银行里的储蓄。究竟它有多少？没有人在生前知道，但有一点是真实的，我们都在一天天地消费它，直到有一天生命出现了赤字。生命是不确定的，我们唯有分分秒秒地把握，把每一个日子都当成一个快乐而充实的节日。

人生有不同的地段，青春正如王府井大街这块黄金地段，不仅要开拓，同时也要学会节俭含蓄。青春是经不起挥霍的，它不仅太少太贵而且又薄又脆。青春是回眸醉心的一瞬。

中年的发展基础是稳定，中年的大禁在于夸张生命，中年的市场时而会出现假冒青春的品牌，这不仅滑稽而且悲哀。中年的品牌，品质只能是中年。中年的误区是比较，人与人之间是没有可比性的，重要的是建设内心的自信凝重与安详。中年的明智在于干自己想干的，干自己能干的，只要干得好，干什么都好。

人生最难耐的是老年，一个女人从姑娘到媳妇到老太太，这意味着一个女人的路已走到尽头。男人也是如此。不过一个女人的老年比男人的老年要好过得多，当女人退回到家庭的王国她会依然自信与快乐。而男人往往无所适从，因为他们太看重社会舞台。这时一种可怕的心理补偿及返老还童的心态油然产生，如果这种心态过于强烈，就不仅荒唐而且有损健康，"冬行春令实属不祥"，优雅庄严的老化是老年自爱的选择。

老年人你们手捧的水及银行里的储蓄都所剩不多，你要节俭生命开支，要小心翼翼关照自己的身体，要尽力收敛你的阳光，让它尽量温暖自己，唯恐不及，能够健康、自理、自得其乐的老人是幸福的。

老年人最富裕的就是时间，让日子悠悠地过吧，慢慢地会澄清出一种醇香，岁月筛下的是生命的真情，这时，展现在你眼前的是生命的全景图，清新明朗。所有的秘密都已揭开，所有的乌云密布的日子都已云淡风轻。

佳作赏析：

申力雯（1968—），北京人，作家。有作品《京城闲妇》《女性三原色》等。

生命是什么？文章的作者给了我们答案："生命就是捧在手里的水，从我们拥有生命那一刻起，我们的十指无论怎样拼命地靠拢，怎样小心翼翼，水还是一点一滴地渗漏，这是挡不住的丧失。"换句话说，从我们呱呱落地的那一刻起，生命的水就已经开始渗漏了。尽管青年、中年、老年不同年龄段的人有着不同的心态和行为，但最终都要驶向同一个终点。功名利禄也好，事业钱财也罢，最好看得淡一些，用心经营自己的生命，享受高质量的人生，这也许才是最好的选择。

丑石

□〔中国〕贾平凹

我常常遗憾我家门前的那块丑石呢：它黑黝黝地卧在那里，牛似的模样；谁也不知道是什么时候留在这里的，谁也不去理会它。只是麦收时节，门前摊了麦子，奶奶总是要说：这块丑石，多碍地面哟，多时把它搬走吧。

于是，伯父家盖房，想以它垒山墙，但苦于它极不规则，没棱角儿，也没平面儿；用錾破开吧，又懒得花那么大气力，因为河滩并不甚远，随便去捎一块回来，哪一块也比它强。房盖起来，压铺台阶，伯父也没有看上它。有一年，来了一个石匠，为我家洗一台石磨，奶奶又说：用这块丑石吧，省得从远处搬动。石匠看了看，摇着头，嫌它石质太细，也不采用。

它不像汉白玉那样的细腻，可以凿下刻字雕花，也不像大青石那样的光滑，可以供来浣纱捶布；它静静地卧在那里，院边的槐荫没有庇覆它，花儿也不再在它身边生长。荒草便繁衍出来，枝蔓上下，慢慢地，竟锈上了绿苔、黑斑。我们这些做孩子的，也讨厌起它来，曾合伙要搬走它，但力气又不足；虽时时咒骂它，嫌弃它，也无可奈何，只好任它留在那里去了。

稍稍能安慰我们的，是在那石上有一个不大不小的坑凹儿，雨天就盛满了水。常常雨过三天了，地上已经干燥，那石凹里水儿还有，鸡儿便去那里渴饮。每每到了十五的夜晚，我们盼着满月出来，就爬到其上，翘望天边；奶奶总是要骂的，害怕我们摔下来。果然那一次就摔了下来，磕破了我的膝盖呢。

人都骂它是丑石，它真是丑得不能再丑的丑石了。

终有一日，村子里来了一个天文学家。他在我家门前路过，突然发现了这块石头，眼光立即就拉直了。他再没有走去，就住了下来；以后又来了好些人，说这是一块陨石，从天上落下来已经有二三百年了，是一件了不起的东西。不久便来了车，小心翼翼地将它运走了。

这使我们都很惊奇！这又怪又丑的石头，原来是天上的呢！它补过天，在天上发过热，闪过光，我们的先祖或许仰望过它，它给了他们光明，向往，憧憬；而它落下来了，在污土里，荒草里，一躺就是几百年了！

奶奶说："真看不出！它那么不一般，却怎么连墙也垒不成，台阶也垒不成呢？"

"它是太丑了。"天文学家说。

"真的，是太丑了。"

"可这正是它的美！"天文学家说，"它是以丑为美的。"

"以丑为美？"

"是的，丑到极处，便是美到极处。正因为它不是一般的顽石，当然不能去做墙，做台阶，不能去雕刻，捶布。它不是做这些玩意儿的，所以常常就遭到一般世俗的讥讽。"

奶奶脸红了，我也脸红了。

我感到自己的可耻，也感到了丑石的伟大；我甚至怨恨它这么多年竟会默默地忍受着这一切，而我又立即深深地感到它那种不屈于误解、寂寞的生存的伟大。

佳作赏析：

  贾平凹（1952—），陕西商洛人，作家。代表作有长篇小说《商州》《浮躁》《废都》《秦腔》等。

  贾平凹的这篇文章用直白、朴实的语言将一块看似平淡实则离奇的"丑石"的际遇娓娓道来。文章没有曲折离奇的情节，但却能引起我们心灵上的震撼和共鸣，因为它包含着极深的人生道理。从众人眼中的"丑到极处"到"美到极处"，这块"丑石"身上又何尝没有我们所熟悉的身影？大多数人都是平凡的，既没有倾国倾城之貌，也缺少显赫的家庭背景，但我们不必为此自卑，因为一个人真正的动人之处并不在于外表和出身，而是来自内在的涵养以及人格的魅力。我们每个人体内都蕴藏着一股巨大的潜能，只要我们充分发挥自己的能力，就会有一番作为和成就，就会拥有美丽、完满的人生。

人生感悟（节选）

□ ［中国］贾平凹

一

盛夏人皮是破竹篓，出汗淋漓如漏。老母坐不住家，一日数次下楼去寻老太太们闲聊，倒不嫌热。我也以写书避暑。（坐桌前以唾液沾双乳上，便有凉风通体。此秘诀你可试试，不要与玩麻将者说。）写书宜写闲情书。能闲聊是真知己，闲情书易成美文。但母亲没喝水习惯，怕她上火，劝多喝水，她说口里不要，肚里也不要。我和妹妹都是能喝水的，来家的那些朋友，也无一不能喝。今早忽然醒悟，蹲机关的人上了班都是一支烟，一杯水，一张报的。母亲则是从来没有工作过！

来时不必带土产，有便车捎些西瓜给母亲即可。切切。

二

我倒不信你能江郎才尽，瞧照片上，腰又大了一圈，那里边装什么？文坛上有人是晨鸡暮犬，他们出于职责，当可闻鸡而起，听吠安睡，有人则是老鼠磨牙，咬你的箱子磨他的牙罢了。前年你写那部书一成功，我就知道你要坏了人缘的，现在果然是，但麻将桌上连坐五庄，必然要得罪人，输家是有资格发脾气，也可以欠账，也可以骂人。只担心你那口疮，治得如何？口要善待才是，除了吃饭，除了在领导面前说"是"外，将来那些人还要请你去谈创作经验啊！

<h2 style="text-align:center">五</h2>

儿女小时可以打，如拍打衣服上土，稍大了就是皮球，越打越蹦得高。我大学毕了业，先父还踢我一脚，待到后来一日，他吸烟，也递我一支，我才知道我从此不挨打了。但有人说父子如兄弟，如同志，那倒又过分，因为儿女的秉性是永远不崇拜父母的。我女儿看三流电视剧也伤心落泪，读我的书却总认为是她看着我写的，不是真的。让他去吧，龙种或许生跳蚤，丑猪或许美麒麟，只需叮咛"吃喝嫖赌不能抽（大烟），坑蒙拐骗不能偷（东西）"就罢了。窑炉只管烧瓷罐到社会上去，你能管得着去作油罐还是尿罐？老江说组织一次南山游的，又不见了动静，如果南山去不成，三月十五日午时去豪门菜馆吃海鲜，我做东。

<h2 style="text-align:center">六</h2>

空气装在皮圈里即为轮胎，我如果能手一抓就一把风，掷去砸人，先砸倒那姓曹的！盛世的皇帝寿命都高，因为他为国人谋福利。损人利己者则如通缉的逃犯，惶惶不可终日，岂能身体安康？发不义之财，若不作慈善业消耗，如人只吃饭而不长肛门，终有一日自己把自己憋死。

那只鳖不能让山兄去放生，他会放生到他的肚腹去。

九

能让别人利用，也是好事。研究《红楼梦》可以当博士，画钟馗可以逼鬼，给当官的当秘书可以自己当官。藤蔓多正因着你是乔木。无山不起云，起云山显得更高，若你周围没那些蝇营之辈，你又会是何等面目？朋友都是走了的好。今夜月光满地，刚才开窗我还以为巷口的下水道又堵塞，是水漫淹，就想你若踏水来访多好！我可教你作曲解烦。作曲并不难，"言之不尽歌咏之"，曲就是把说不尽的话从心里起便放慢音节哼出来，记下便可了，如记不下，旁边放录音机来录。学那钢琴就非是一月半月能操作，且十个指头，怎能按得住一百零八个键呢？

十

买书不要买豪华本，豪华本的书那是卖给不读书的人的。读书也不必只读纸做的书，山水可以读，云雨可以读，官场可以读，商界可以读。赌徒和妓女也都是书。只在家读书本，读了书还是读书，无异于整日喝酒，打牌和吸烟土，于社会、家人有什么好处？

得空来吃茶，我前日得明前茶一罐。

佳作赏析：

几分自嘲，几分幽默，几分闲适。人生经验，生活感悟，信手拈来，落笔成文。贾平凹的这篇《人生感悟》并没有太多哲理性的思考，更多是从日常生活入手，将平时的所见、所闻、所思、所想记录下来，文字虽浅，却是实际生活中的经验之谈，足以引发人们的思考。

为自己减刑

□〔中国〕余秋雨

一位朋友几年前进了监狱，有一次我应邀到监狱为犯人们演讲，没有见到他，就请监狱长带给他一张纸条，上面写了一句话："平日都忙，你现在终于获得了学好一门外语的上好机会。"

几年后我接到一个兴高采烈的电话："嘿，我出来了！"我一听是他，便问："外语学好了吗？"他说："我带出来一部六十万字的译稿，准备出版。"

他是刑满释放的，但我相信他是为自己大大地减了刑。茨威格在《象棋的故事》里写了一个被囚禁的人无所事事时度日如年，而获得一本棋谱后日子过得飞快。外语就是我这位朋友的棋谱，轻松地几乎把他的牢狱之灾全然赦免。

真正进监狱的人毕竟不多，但我却由此想到，很多人正恰与我的这位朋友相反，明明没有进监狱却把自己关在心造的监狱里，不肯自我减刑、自我赦免。我见到过一位年轻的公共汽车售票员，一眼就可以看出他非常不喜欢这个职业，懒洋洋地招呼，爱理不理地售票，不时抬手看看手表，然后满目无聊地看着窗外。我想，这辆公共汽车就是这位售票员的监狱，他却不知刑期多久。其实他何不转身把售票当做棋谱和外语，满心欢喜地把自己释放出来呢！

对有的人来说，一个仇人也是一座监狱，那人的一举一动都成了层层铁窗，天天为之而郁闷仇恨、担惊受怕。有人干脆扩而大之，把自己的嫉妒对象也当作了监狱，人家的每项成果都成了自己无法忍受的刑罚，白天黑夜独自煎熬。

听说过去英国人在印度农村抓窃贼时方法十分简单，抓到一个窃贼便在地上画一个圈让他待在里边，抓够了数字便把他们一个个从圈里拉出来排队才押走。这真对得上"画地为牢"这个中国成语了，而我确实相信，世界上最恐怖的监狱并没有铁窗和围墙。

人类的智慧可以在不自由中寻找自由，也可以在自由中设置不自由。环顾四周，多少匆忙的行人，眉眼带着一座座监狱在奔走。老友长谈，苦叹一声，依稀有银铐之音在叹息声中盘旋。

舒一舒眉，为自己减刑吧！除了自己，还有谁能让你恢复自由呢？

佳作赏析：

余秋雨（1946—），浙江省余姚县（今属慈溪市）人，作家、学者。代表作品有《文化苦旅》《山居笔记》《霜冷长河》《行者无疆》等。

人生最大的不幸是什么呢？是失去自由。没有人愿意被关进监狱限制人身自由。那有没有比关进监狱更可怕的事情呢？有的，那就是人的心被关进"监狱"，失去了自由。正如文章开头所提到的例子，一个人即使失去了人身自由，只要他的心还是自由的，还是能够有所进步、有所成就，能够快乐地生存和生活下去；而一旦心失去了自由，即使身体是自由的，也往往只能在痛苦中度过余生。而能为心灵"减刑"的只有我们自己。拆掉心灵的监狱，将自己的心灵解放吧！积极地做事，乐观地生活，这是许多人迫切需要做的事情。

废墟

□ [中国] 余秋雨

　　我诅咒废墟,我又寄情废墟。

　　废墟吞没了我的企盼,我的记忆。片片瓦砾散落在荒草之间,断残的石柱在夕阳下站立,书中的记载,童年的幻想,全在废墟中殒灭。昔日的光荣成了嘲弄,创业的祖辈在寒风中声声咆哮。夜临了,什么没有见过的明月苦笑一下,躲进云层,投给废墟一片阴影。

　　但是,代代层累并不是历史。废墟是毁灭,是葬送,是诀别,是选择。时间的力量,理应在大地上留下痕迹;岁月的巨轮,理应在车道间辗碎凹凸。没有废墟就无所谓昨天,没有昨天就无所谓今天和明天。废墟是课本,让我们把一门地理读成历史;废墟是过程,人生就是从旧的废墟出发,走向新的废墟。营造之初就想到它今后的凋零,因此废墟是归宿;更新的营造以废墟为基地,因此废墟是起点。废墟是进化的长链。

　　一位朋友告诉我,一次,他走进一个著名的废墟,才一抬头,已是满目眼泪。这眼泪的成分非常复杂。是憎恨,是失落,又不完全是。废墟表现出固执，活像一个残疾了的悲剧英雄。废墟昭示着沧桑，让人偷窥到民族步履的蹒跚。废墟是垂死老人发出的指令，使你不能不动容。

废墟有一种形式美，把拨离大地的美转化为皈附大地的美。再过多少年，它还会化为泥土，完全融入大地。将融未融的阶段，便是废墟。母亲微笑着怂恿过儿子们的创造，又微笑着收纳了这种创造。母亲怕儿子们过于劳累，怕世界上过于拥塞。看到过秋天的飘飘黄叶吗？母亲怕它们冷，收入怀抱。没有黄叶就没有秋天，废墟就是建筑的黄叶。

人们说，黄叶的意义在于哺育春天。我说，黄叶本身也是美。

两位朋友在我面前争论。一位说，他最喜欢在疏星残月的夜间，在废墟间独行，或吟诗，或高唱，直到东方泛白；另一位说，有了对晨曦的期待，这种夜游便失之于矫揉。他的习惯，是趁着残月的微光，找一条小路悄然走回。

我呢，我比他们年长，已没有如许豪情和精力。我只怕，人们把所有的废墟都统统刷新、修缮和重建。

不能设想，古罗马的角斗场需要重建，庞贝古城需要重建，柬埔寨的吴哥窟需要重建，玛雅文化遗址需要重建。

这就像不能设想，远年的古铜器需要抛光，出土的断戟需要镀镍，宋版图书需要上塑，马王堆的汉代老太需要植皮丰胸、重施浓妆。

只要历史不阻断，时间不倒退，一切都会衰老。老就老了吧，安详地交给世界一副慈祥美。假饰天真是最残酷的自我糟践。没有皱纹的祖母是可怕的，没有白发的老者是让人遗憾的。没有废墟的人生太累了，没有废墟的大地太挤了，掩盖废墟的举动大伪诈了。

还历史以真实，还生命以过程。

——这就是人类的大明智。

当然，并非所有的废墟都值得留存。否则地球将会伤痕斑斑。废墟是古代派往现代的使节，经过历史君王的挑剔和筛选。废墟是祖辈曾经发动过的壮举，会聚着当时当地的力量和精粹。碎成粉的遗址也不是废墟，废墟中应有历史最强劲的韧带。废墟能提供破读的可能，废墟散发着让人流连盘桓的磁力。是的，废墟是一个磁场，一极古代，一极现代，心灵的罗盘在这里感应强烈。失去了磁力就失去了废墟的生命，它很快就会被人们淘汰。

并非所有的修缮都属于荒唐。小心翼翼地清理，不露痕迹地加固，再苦心设计，让它既保持原貌又便于观看。这种劳作，是对废墟的恩惠，全部劳作的终点，是使它更成为一个名副其实的废墟，一个人人都愿意凭吊的废墟。修缮，总意味着一定程度的损失。把损坏降到最低度，是一切真正的废墟修缮家的凤愿。也并非所有的重建都需要否定。如果连废墟也没有了，重建一个来实现现代人吞古纳今的宏志，那又何妨。但是，那只是现代建筑家的古典风格，沿用一个古名，出于幽默。黄鹤楼重建了，可以装电梯；阿房宫若重建，可以作宾馆；滕王阁若重建，可以辟商场。这与历史，干系不大。如果既有废墟，又要重建，那么，我建议，千万保留废墟，傍邻重建。在废墟上开推土机，让人心痛。

不管是修缮还是重建，对废墟来说，要义在于保存。圆明园废墟是北京城最有历史感的文化遗迹之一，如果把它完全铲平，造一座崭新的圆明园，多么得不偿失。大清王朝不见了，熊熊火光不见了，民族的郁忿不见了，历史的感悟不见了，抹去了昨夜的故事，去收拾前夜的残梦。但是，收拾来的又不是前夜残梦，只是今日的游戏。

中国历来缺少废墟文化。废墟二字，在中文中让人心惊肉跳。

或者是冬烘气十足地怀古，或者是实用主义地趋时。怀古者只想以古代今，趋时者只想以今灭古。结果，两相杀伐，两败俱伤，既斫伤了历史，又砍折了现代。鲜血淋淋，伤痕累累，偌大一个民族，"前不见古人，后不见来者，念天地之悠悠，独怆然而涕下"。

在中国人心中留下一些空隙吧！让古代留几个脚印在现代，让现代心平气和地逼视着古代。废墟不值得羞愧，废墟不必要遮盖，我们太擅长遮盖。

中国历史充满了悲剧，但中国人怕看真正的悲剧。最终都有一个大团圆，以博得情绪的安慰，心理的满足。唯有屈原不想大团圆，杜甫不想大团圆，曹雪芹不想大团圆，孔尚任不想大团圆，鲁迅不想大团圆，白先勇不想大团圆。他们保存了废墟，净化了悲剧，于是也就出现了一种真正深沉的文学。

没有悲剧就没有悲壮，没有悲壮就没有崇高。雪峰是伟大的，因为满坡掩埋着登山者的遗体；大海是伟大的，因为处处漂浮着船楫的残骸；登月是伟大的，因为有"挑战者号"的陨落；人生是伟大的，因为有白发，有诀别，有无可奈何的失落。古希腊傍海而居，无数向往彼岸的勇士在狂波间前仆后继，于是有了光耀百世的希腊悲剧。

诚恳坦然地承认奋斗后的失败，成功后的失落，我们只会更沉着。中国人若要变得大气，不能再把所有的废墟驱逐。

废墟的留存，是现代人文明的象征。

废墟，辉映着现代人的自信。

废墟不会阻遏街市，妨碍前进。现代人目光深邃，知道自己站在历史的第几级台阶。他不会妄想自己脚下是一个拔地而起的高台。因此，他乐于看看身前身后的所有台阶。

是现代的历史哲学点化了废墟，而历史哲学也需要寻找素材。只有在现代的喧嚣中，废墟的宁静才有力度；只有在现代人的沉思中，废墟才能上升为寓言。

因此，古代的废墟，实在是一种现代构建。

现代，不仅仅是一截时间。现代是宽容，现代是气度，现代是辽阔，现代是浩瀚。

我们，挟带着废墟走向现代。

佳作赏析：

提到废墟，喜欢旅游观光的人们都能从记忆中找到它模糊而又清晰的印象。对于许多人而言，废墟没什么好看的，更没什么好说的，而余秋雨则不然，他将由废墟而顿悟，并由此上升到对人生、文化和历史的深深思索。"废墟是资本，让我们把地理读成历史；废墟是过程，人生就是从旧的废墟出发，走向新的废墟。""废墟有一种形式美，把拨离大地的美转化为皈依大地的美"。这些颇具哲理性的语句在文章中随处可见。我们该以怎样的心态去认识废墟，以怎样的角度去发掘废墟呢？"还历史以真实，还生命以过程"。"中国人若要变得大气，不能把所有的废墟驱逐"。文章在叙事的同时，不断引发人们的疑问和思考，又不断地表达着作者自己的独特观点。文章立意高远，大气磅礴，令人回味无穷。

石缝间的生命

□ ［中国］ 林希

石缝间倔强的生命，常使我感动得潸然泪下。

是那不定的风把那无人采撷的种子撒落到海角天涯。当它们不能再找到泥土，它们便把最后一线生的希望寄托在这一线石缝里。尽管它们也能从阳光分享到温暖，从雨水里得到湿润，而唯有那一切生命赖以生存的土壤却要自己去寻找。它们面对着的现实该是多么严峻。

于是，大自然出现了惊人的奇迹，不毛的石缝间丛生出倔强的生命。

或者只就是一簇一簇无名的野草，春绿秋黄，岁岁枯荣。它们没有条件生长宽阔的叶子，因为它们寻找不到足以使草叶变得肥厚的营养，它们有的只是三两片长长的细瘦的薄叶，那细微的叶脉告知你生存该是多么艰难；更有的，它们就在一簇一簇瘦叶下又自己生长出根须，只为了少向母体吮吸一点乳汁，便自去寻找那不易被觉察到的石缝。这就是生命。如果这是一种本能，那么它正说明生命的本能是多么尊贵，生命有权自认为辉煌壮丽，生机竟是这样地不可扼制。

或者就是一团一团小小的山花，大多又都是那苦苦的蒲公英。它们的茎叶里涌动着苦味的乳白色的浆汁，它们的根须在春天被人们挖去做野菜。而石缝间的蒲公英，却远不似田野上的同宗生长得那样茁壮。它们因山风的凶狂而不能长成高高的躯干，它们因山石的贫瘠而不能拥有众多的叶片，它们的茎显得坚韧而苍老，它们的叶因枯萎而失去光泽；只有它们的根竟似那柔韧而又强固的筋条，似那柔中有刚的藤蔓，深埋在石缝间狭隘的间隙里；它们已经不能再去为人们做佐餐的鲜嫩的野菜，却默默地为攀登山路的人准备了一个可靠的抓手。生命就是这样地被环境规定着，又被环境改变着，适者生存的规律尽管无情，但一切的适者都是战胜环境的强者，生命现象告诉你，生命就是拼搏。

如果石缝间只有这些小花小草，也许还只能引起人们的哀怜；而最为令人赞叹的，就在那石岩的缝隙间，还生长着参天的松柏，雄伟苍劲，巍峨挺拔。它们使高山有了灵气，使一切的生命在它们的面前显得苍白逊色。它们的躯干就是这样顽强地从石缝间生长出来，扭曲地、旋转地，每一寸树衣上都结着伤疤。向上，向上，向上是多么地艰难。每生长一寸都要经过几度寒暑，几度春秋。然而它们终于长成了高树，伸展开了繁茂的枝干，团簇着永不凋落的针叶。它们耸立在悬崖断壁上，耸立在高山峻岭的峰巅，只有那盘结在石崖上的树根在无声地向你述说，它们的生长是一次多么艰苦的拼搏。那粗如巨蟒，细如草蛇的树根，盘根错节，从一个石缝间扎进去，又从另一个石缝间钻出来，于是沿着无情的青石，它们延伸过去，像犀利的鹰爪抓住了它栖身的岩石。有时，一株松柏，它的根须竟要爬满半壁山崖，似把累累的山石用一根粗粗的缆绳紧紧地缚住，由此，它们才能迎击狂风暴雨的侵袭，它们才终于在不属于自己的生存空间为自己占有了一片天地。

如果一切的生命都不屑于去石缝间寻求立足的天地，那么，世界上就会有一大片一大片的大地方成为永远的死寂，飞鸟无处栖身，一切借花草树木赖以生存的生命就要绝迹，那里便会沦为永无开化之日的永远的黑暗。如果一切的生命都只贪恋于黑黝黝的沃土，它们又如何完备自己驾驭环境的能力，又如何使自己在一代一代的繁衍中变得愈加坚强呢？世界就是如此奇妙。试想，那石缝间的野草，一旦将它们的草籽撒落到肥沃的大地上，它们一定会比未经过风雨考验的娇嫩的种子具有更为旺盛的生机，长得更显繁茂；试想，那石缝间的蒲公英，一旦它们的种子，撑着团团的絮伞，随风飘向湿润的乡野，它们一定会比其他的花卉生长得茁壮，更能经暑耐寒；至于那顽强的松柏，它本来就是生命的崇高体现，是毅力和意志最完美的象征，它给一切的生命以鼓舞，以榜样。

愿一切生命不致因飘落在石缝间而凄凄艾艾。愿一切生命都敢于去寻求最艰苦的环境。生命正是要在最困厄的境遇中发现自己，认识自己，从而才能锤炼自己，成长自己，直到最后完成自己，升华自己。

石缝间顽强的生命，它既是生物学的，又是哲学的，是生物学和哲学的统一。它又是美学的，作为一种美学现象，它展现给你的不仅是装点荒山枯岭的层层葱绿，它更向你揭示出美的、壮丽的心灵世界。

石缝间顽强的生命，它是具有如此震慑人们心灵的情感力量，它使我们赖以生存的这个星球变得神奇辉煌。

一九八三年

佳作赏析：

林希（1935—），生于天津，福建厦门人，作家。作品有诗集《无名河》等。

人的一生难免会有这样那样的挫折和困苦，有的人在艰难困苦面前垂头丧气甚至自暴自弃，向困难低头。如果联想到那些在石缝间顽强生存甚至茁壮成长的花草、大树，我们又有什么可抱怨的呢？又有什么理由向困难低头呢？正如文章所言，"生命正是要在最困厄的境遇中发现自己，认识自己，从而才能锤炼自己，成长自己，直到最后完成自己，升华自己。"在被石缝间顽强的生命所震撼、所感动的同时，我们更应该学习它们在逆境中永不低头的精神。人生路上的困难和险阻，那是锤炼我们意志、毅力的"试金石"，是促使我们成熟、成长的"良师益友"。

从一个微笑开始

□ [中国] 刘心武

又是一年春柳绿。

春光烂漫，心里却丝丝忧郁绞缠，问依依垂柳，怎么办？

不要害怕开始，生活总把我们送到起点，勇敢些，请现出一个微笑，迎上前！

一些固有的格局打破了，现出一些个陌生的局面，对面是何人？周遭何冷然？心慌慌，真想退回到从前，但是日历不能倒翻。当一个人在自己的屋里，无妨对镜沉思，从现出一个微笑开始，让自信、自爱、自持从外向内，在心头凝结为坦然。

是的，眼前将会有更多的变故，更多的失落，更多的背叛，也会有更多的疑惑，更多的烦恼，更多的辛酸；但是我们带着心中的微笑，穿过世事的云烟，就可以学着应变，努力耕耘，收获果实，并提升认知，强健心弦，迎向幸福的彼岸。

地球上的生灵中，唯有人会微笑，群体的微笑构筑和平，他人的微笑导致理解，自我的微笑则是心灵的净化剂。忘记微笑是一种严重的生命疾患，一个不会微笑的人可能拥有名誉、地位和金钱，却一定不会有内心的宁静和真正的幸福，他的生命中必有隐蔽的遗憾。

我们往往因成功而狂喜不已，或往往因挫折而痛不欲生，当然，开怀大笑与号啕大哭都是生命的自然悸动，然而我们千万不要将微笑遗忘，唯有微笑能使我们享受到生命底蕴的醇味，超越悲欢。

他人的微笑，真伪难辨，但即使虚伪的微笑，也不必怒目相视，仍可报之以一粲；即使是阴冷的奸笑，也无妨还之以笑颜。微笑战斗，强似哀兵必胜，那微笑是给予对手的饱含怜悯的批判。

微笑无须学习，生而俱会，然而微笑的能力却有可能退化。倘若一个人完全丧失了微笑的心绪，那么，他应该像防癌一样，赶快采取措施，甚至对镜自视，把心底的温柔、顾眷、自惜、自信丝丝缕缕拣拾回来。从一个最淡的微笑开始，重构自己灵魂的免疫系统，再次将胸臆拓宽。微笑吧！在每一个清晨，向着天边第一缕阳光；在每一个春天，面对着地上第一针新草；在每一个起点，遥望着也许还看不到的地平线……

相信吧，从一个微笑开始，那就离成功很近，离幸福不远！

佳作赏析：

刘心武（1942—），四川省成都市人，作家。有短篇小说《班主任》，长篇小说《钟鼓楼》，中篇小说《如意》，散文集《凡尔赛喷泉》等。

微笑是人的本性，有各种各样的笑，微笑是最美的一种。这种笑不是大悲大喜过后的情感表达，而是从内心深处自发而出。清晨迎来新的一天，阳光中的微笑，给生命带来好的情绪。一个人最难保持的就是始终挂在脸上的微笑，这不是长期刻苦训练而来，却是从生命中发出的热爱。这种微笑，离成功很近，离幸福不远，时刻感染着别人。

白 发

□ [中国] 冯骥才

人生入秋，便开始被友人指着脑袋说："呀，你怎么也有白发了？"

听罢笑而不答。偶尔笑答一句："因为头发里的色素都跑到稿纸上去了。"

就这样，嘻嘻哈哈、糊里糊涂地翻过了生命的山脊，开始渐渐下坡来。或者再努力，往上登一登。

对镜看白发，有时也会认真起来：这白发中的第一根是何时出现的？为了什么？思绪往往会超越时空，一下子回到了少年时——那次同母亲聊天，母亲背窗而坐，窗子敞着，微风无声地轻轻掀动母亲的头发，忽见母亲的一根头发被吹立起来，在夕照里竟然银亮银亮，是一根白发！这根细细的白发在风里柔弱摇曳，却不肯倒下，好似对我召唤。我第一次看见母亲的白发，第一次强烈地感受到母亲也会老，这是多可怕的事啊！我禁不住过去扑在母亲怀里。母亲不知出了什么事，问我，用力想托我起来，我却紧紧抱住母亲，好似生怕她离去……事后，我一直没有告诉母亲这究竟为了什么。最浓烈的感情难以表达出来，最脆弱的感情只能珍藏在自己心里。如今，母亲已是满头白发，但初见她白发的感受却深刻难忘。那种人生感，那种凄然，那种无可奈何，正像我们无法把地上的落叶抛回树枝上去……

当妻子把一小酒盅染发剂和一支扁头油画笔拿到我面前，叫我帮她染发，我心里一动：怎么，我们这一代生命的森林也开始落叶了？我瞥一眼她的头发，笑道："不过两三根白头发，也要这样小题大做？"可是待我用手指撩开她的头发，我惊讶了，在这黑黑的头发里怎么会埋藏这么多的白发！我竟如此粗心大意，至今才发现才看到。也正是由于这样多的白发，才迫使她动用这遮掩青春衰退的颜色。可是她明明一头乌黑而清香的秀发呀，究竟怎样一根根悄悄变白的？是在我不停歇的忙忙碌碌中、侃侃而谈中，还是在不舍昼夜的埋头写作中？是那些年在大地震后寄人篱下的茹苦含辛的生活所致？是为了我那次重病内心焦虑而催白的？还是那件事……几乎伤透了她的心，一夜间骤然生出这么多白发？

黑发如同绿草，白发犹如枯草；黑发像绿草那样散发着生命诱人的气息，白发却像枯草那样晃动着刺目的、凄凉的、枯竭的颜色。我怎样做才能还给她一如当年那一头美丽的黑发？我急于把她所有变白的头发染黑。她却说："你是不是把染发剂滴在我头顶上了？"

我一怔，赶忙用眼皮噙住泪水，不叫它再滴落下来。

一次，我把剩下的染发剂交给她，请她也给我的头发染一染。这一染，居然年轻许多！谁说时光难返，谁说青春难再，就这样我也加入了用染发剂追回岁月的行列。谁知染发是件愈来愈艰难的事情。不仅日日增多的白发需要加工，而且这时才知道，白发并不是由黑发变的，它们是从走向衰老的生命深处滋生出来的。当染过的头发看上去一片乌黑青黛，它们的根部又齐刷刷冒出一茬雪白。任你怎样去染，去遮盖，它还是茬茬涌现。人生的秋天和大自然的春天一样顽强。挡不住的白发啊！开始时精心细染，不肯漏掉一根。但事情忙起来，没有闲暇染发，只好任由它花白。染又麻烦，不染难看，渐而成了负担。

这日，邻家一位老者来访。这老者阅历深，博学，又健朗，鹤发童颜，很有神采。他进屋，正坐在阳光里。一个画面令我震惊——他不单头发通白，连胡须眉毛也一概全白；在强光的照耀下，蓬松柔和，光明透彻，亮如银丝，竟没有一根灰黑色，真是美极了！我禁不住说，将来我也修炼出您这一头漂亮潇洒的白发就好了，现在的我，染和不染，成了两难。老者听了，朗声大笑，然后对我说："小老弟，你挺明白的人，怎么在白发面前糊涂了？孩童有稚嫩的美，青年有健旺的美，你有中年成熟的美，我有老来冲淡自如的美。这就像大自然的四季——春天葱茏，夏天繁盛，秋天斑斓，冬天纯净。各有各的美感，各有各的优势，谁也不必羡慕谁，更不能模仿谁，模仿必累，勉强更累。人的事，生而尽其动，死而尽其静。听其自然，对！所谓听其自然，就是到什么季节享受什么季节。哎，我这话不知对你有没有用，小老弟？"

我听罢，顿觉地阔天宽，心情快活。摆一摆脑袋，头上花发来回一晃，宛如摇动一片秋光中的芦花。

佳作赏析：

冯骥才（1942—），浙江慈溪人，作家。著有小说《义和拳》《三寸金莲》，散文集《珍珠鸟》等。

岁月无痕也有痕，中老年人头上的白发就是最明显的证明。面对这一自然规律，每个人有着不同的想法和作为。有的人进行遮盖，把白发染成黑发；而有的人则顺其自然。冯骥才的文章记录了自己看到母亲、妻子头上白发时的感受，感受到了岁月的流逝，后来也学起妻子染发。直到听到满头白发的邻居说出了"听其自然，到什么季节享受什么季节"这一既通俗又深邃的话，使作者心中豁然开朗，不再为自己的白发发愁。其实人生就是这样，领悟了，心中的症结解开了，就什么事都没有了。

水墨文字

□ [中国] 冯骥才

一

兀自飞行的鸟儿常常会令我感动。

在绵绵细雨中的峨眉山谷，我看见过一只黑色的孤鸟。它用力扇动着又湿又沉的翅膀，拨开浓重的雨雾和叠积的烟霭，艰难却直线地飞行着。我想，它这样飞，一定有着非同寻常的目的。它是一只迟归的鸟儿？迷途的鸟儿？它为了保护巢中的雏鸟还是寻觅丢失的伙伴？它扇动的翅膀，缓慢、有力、富于节奏，好像慢镜头里的飞鸟。它身体疲惫而内心顽强。它像一个昂扬而闪亮的音符在低调的旋律中穿行。

我心里忽然涌出一些片断的感觉，一种类似的感觉；那种身体劳顿不堪而内心的火犹然熊熊不息的感觉。

后来我把这只鸟，画在我的一幅画中。

所以我说，绘画是借用最自然的事物来表达最人为的内涵。这也正是文人画的首要的本性。

二

画又是画家作画时的心电图。画中的线全是一种心迹。因为，唯有线条才是直抒胸臆的。

心有柔情，线则缠绵；心有怒气，线也发狂。心境如水时，一条线从笔尖轻轻吐出，如茧吐丝。又如一串清幽的音色流出短笛。可是你有情勃发，似风骤至，不用你去想怎样运腕操笔，一时间，线条里的情感、力度乃至速度全发生了变化。

为此，我最爱画树画枝。

在画家眼里树枝全是线条；在文人眼里，树枝无不带着情感。

树枝千姿万态，皆能依情而变。树枝可仰，可俯，可疏，可繁，可急，可倚；唯此，它或轩昂，或忧郁，或激奋，或适然，或坚韧，或依恋……我画一大片木叶凋零而倾倒于泥泞中的树木时，竟然落下泪来。而每一笔斜拖而下的长长的线，都是这种伤感的一次宣泄与加深。以至我竟不知最初缘何动笔？

至于画中的树，我常常把它们当做一个个人物。它们或是一大片肃然站在那里，庄重而阴沉，气势逼人；或是七零八落，有姿有态，各不相同，带着各自不同的心情。有一次，我从画面的森林中发现一棵婆娑而轻盈的小白桦树。它娇小，宁静，含蓄；那叶子稀少的树冠是薄薄的衣衫。作画时我并没有着意地刻画它。但此时，它仿佛从森林中走出来了。我忽然很想把一直藏在心里的一个少女写出来。

三

绘画如同文学一样，作品完成后往往与最初的想象全然不同。作品只是创作过程的结果。而这个过程却充满快感，其乐无穷。这快感包括抒发、宣泄、发现、深化与升华。

绘画比起文学有更多的变数。因为，吸水性极强的宣纸与含着或浓或淡水墨的毛笔接触时，充满了意外与偶然。它在控制之中显露光彩，在控制之外却会现出神奇。在笔锋扫过之地方，本应该浮现出一片沉睡在晨雾中的远滩，可是感觉上却像阳光下摇曳的亮闪闪的荻花，或是一抹在空中散布的闲云？有时笔中的水墨过多过浓，天上的云向下流散，压向大地山川，慢慢地将山顶峰尖黑压压地吞没。它叫我感受到，这是天空对大地惊人的爱！但在动笔之前，并无如此的想象。到底是什么，把我们曾经有过的感受唤起与激发？

是绘画的偶然性。

然而，绘画的偶然必须与我们的心灵碰撞才会转化为一种独特的画面。

绘画过程中总是充满了不断的偶然，忽而出现，忽而消失。就像我们写作中那些想象的明灭，都是一种偶然。感受这种偶然是我们的心灵。将这种偶然变为必然的，是我们敏感又敏锐的心灵。

因为我们是写作人。我们有着过于敏感的内心。我们的心还积攒着庞杂无穷的人生感受。我们无意中的记忆远远多于有意的记忆。我们深藏心中人生的积累永远大于写在稿纸上的有限的素材。但这些记忆无形地拥满心中，日积月累，重重叠叠，谁知道哪一片意外形态的水墨，会勾出一串曾经牵肠挂肚的昨天？然而，一旦我们捕捉到一个千载难逢的偶然，绘画的工作就是抓住它不放，将它定格。然后去确定它、加强它、深化它。一句话：艺术就是将瞬间化为永恒。

四

纯画家的作画对象是人；文人（也就是写作人）的作画对象主要是自己。面对自己和满足自己。写作人作画首先是一种自言自语；自我陶醉和自我感动。

因此，写作人的绘画追求精神与情感的感染力；纯画家的绘画崇尚视觉与审美的冲击力。

纯画家追求技术效果和形式感，写作人则把绘画作为一种心灵工具。

五

一阵急雨沙沙有声落在纸上。那是我洒落在纸上的水墨。江中的小舟很快被这阵雨雾所遮翳。只有桅杆似隐似现。不能叫这雨过密过紧，吞没一切。于是，一支蘸足清水的羊毫大笔挥去，如一阵风，掀起雨幕的一角，将另一只扁舟清晰地显露出来，连那个头顶竹笠、伫立船头的艄公也看得分外真切。一种混沌中片刻的清明，昏沉里瞬息的清醒。可是，跟着我又将一阵急雨似淋漓的水墨洒落纸上，将这扁舟的船尾遮蔽起来，只留下这瞬息显现的船头与艄公。

我作画的过程就像我上边文字所叙述的过程。我追求这个过程的一切最终都保留在画面上，并在画面上能够体验到，这就是可叙述性。

写作的叙述是线性的，过程性的，一字一句，不断加入细节，逐步深化。

这里，我的《树后边是太阳》正是这样：大雪后的山野一片洁白，绝无人迹。如果没有阳光，一定寒冽又寂寥。然而，太阳并非没有隐遁，它就在树林的后边。虽然看不见它灿烂夺目的本身，但它无比强烈的光芒却穿过树干与枝丫，照射过来，巨大的树影无际无涯地展开。一下子铺满了辽阔的雪原。

于是，一种文学性质需要说明白。就是我这里所说的叙述性，它不属于诗，而属于散文。那么绘画的可叙述也就是绘画的散文化。

六

最能寄情寓意的是大自然的事物。

比如前边所说树枝的线条可以直接抒发情绪。

再比如，这种种情绪还可以注入流水。无论它激扬、倾泻、奔流，还是流淌、潺缓、波澜不惊，全是一时的心绪。一泻万里如同浩荡的胸襟，骤然的狂波好像突变的心境，细碎的涟漪中夹杂着多少放不下的愁思？

至于光，它能使一切事物变得充满生命感。哪怕是逆光中的炊烟。一切逆光的树叶都胜于艳丽的花。这原因，恐怕还是因为一切生命都受惠于太阳。生命的一切物质含着阳光的因子。比如我们迎着太阳闭上眼，便会发现被太阳照透的眼皮里那种血色，通红透明，其美无比。

还有秋天的事物。一年四季里，唯有秋天是写不尽也画不尽的。春之萌动与锐气，夏之蓬勃与繁华，冬之萧瑟与寂寥，其实也都包括在秋天里。秋天的前一半衔接着夏天，后一半融入冬天。它本身又是大自然最丰饶的成熟期。故此，秋的本质是矛盾又斑斓，无望与超逸，繁华与短促，伤感与自足。

写作人的心境总是百感交集的。比起单纯的情境，他们一定更喜欢唯秋天才有的萧疏的静寂，温柔的激荡，甜蜜的忧伤，以及放达又优美的苦涩。

能够把一切人生的苦楚都化为一种美的只有艺术。

在秋天里，我喜欢芦花。这种在荒滩野水中开放的花，是大自然开得最迟的野花。它银白的花有如人老了的白发。它象征着大自然一轮生命的衰老吗？如果没有染发剂，人间一定处处皆芦花。它生在细细的苇秆的上端，在日渐寒冽的风里不停地摇曳。然而，从来没有一根芦苇荻花是被寒风吹倒吹落的！还有，在漫长的夏天里，它从不开花。任凭人们漠视它，把它当做大自然的芸芸众生，当做水边普普通通的野草。它却不在乎人们怎么看它，一直要等到百木凋零的深秋，才喷放出那穗样的毛茸茸的花来。没有任何花朵与它争艳。不，本来它的天性就是与世无争的。它无限地轻柔，也无限地洒脱。虽然它不停在风中摇动，但每一个姿态都自在，随意，绝不矫情，也不搔首弄姿。尤其在阳光的照耀下，它那么夺目和圣洁！我敢说，没有一种花能比它更飘洒、自由、多情，以及这般极致地美！也没有一种花比它更坚韧与顽强。它从不取悦于人，也从不凋谢摧折。直到河水封冻，它依然挺立在荒野上。它最终是被寒风一点点撕碎的。

在这永无定态的花穗与飘逸自由的茎叶中，我能获得多少人生的启示与人生的共鸣？

七

绘画的语言是可视的。

绘画的语言有两种：一是形式的，一是技术的。中国人叫做笔墨，现代人叫做水墨。

我更看重笔墨这种语言。

笔作用于纸，无论轻重缓急，墨作用于纸，无论浓淡湿枯——都是心情使然。

笔的老辣是心灵的枯涩，墨的溶化是情感的舒展。笔的清淡是一种怀想，墨的浓重是一种撞击。故此，再好的肌理美如果不能碰响心里事物，我也会将它拒之于画外。

文学表达含混的事物，需要准确与清晰的语言；绘画表达含混的事物，却需要同样含混的笔墨。含混是一种视觉美，也是我们常在的一种心境。它暧昧、未明、无尽、嗫嚅，富于想象。如果写作人作画，便一定会醉心般地身陷其中。

八

我习惯写散文时，放一些与文章同种气质的音乐做背景。

那天，我在写一只搁浅于湖边的弃船在苦苦期待着潮汐。忽然，耳边听到潮汐之声骤起。当然这是音乐之声。是拉赫马尼诺夫的音乐吧！我看到一排排长长的深色的潮水迎面而来，它们卷着雪白的浪花，来自天边，其速何疾！一排涌过，一排上来。向这搁浅的小船愈来愈近。雨点般的水点溅在干枯的船板上。扬起的浪头像伸过来的透明而急切的手。音乐的旋律一层层如潮地拍打在我的心上。我紧张地捏着笔杆，心里激动不已，却不知该怎么写。

突然，我一推书桌，去到画室。我知道现在绘画已经是我最好的方式了。

我把白宣纸像月光一样铺在画案上，满满地刷上清水。然后，用一支水墨大笔来回几笔，黑色神奇地洇开，顿时乌云满纸。跟着大笔落入水盂，笔中的余墨在盂中的清水里像烟一样地散开。我将一笔极淡的花青又窄又长地抹上去，让阴云之间留下一隙天空。随即另操起一支兼毫的长锋，重墨枯笔，捻动笔管，在乌云压迫下画出一排排翻滚而来的潮汐……笔中的水墨不时地飞溅到桌上手背上，笔杆碰在盆子碟子上叮当有声。我已经进入绘画之中了。

待我画完这幅《久待》，面对画面，尚觉满意，但总觉还有什么东西深藏画中。沉默的画面是无法把这东西"说"出来的。我着意地去想，不觉拿起钢笔，顺手把一句话写在稿纸上：

"人生的大部分时间就像钓者那样守着一种美丽的空想。"跟着，我就写了下去：

"期望没有句号。"

"美好的人生是始终坚守着最初的理想。"

"真正的爱情是始终恪守着最初的誓言。"

"爱比被爱幸福。"

于是，我又返回到文学中来。

我经常往返在文学与绘画之间，然而这是一种甜蜜的往返。

佳作赏析：

各种艺术虽然表现形式不同但却是相通的。冯骥才既是作家，又是画家，他以自己的切身体会将写作与绘画这两种不同艺术形式的共同点、不同点生动地记录下来，往返于文学与绘画之间，实是难得。绘画和写作一样，都能够反映现实生活，但更高于现实生活——艺术作品折射出的往往是人们的特定情绪、情感、理想。欣赏艺术作品是一种享受，而沉浸于艺术创作更是快乐无穷，正如文章结尾所说，那是"一种甜蜜的往返"。现实世界往往比较残酷，但不要紧，因为我们还有另一个世界——美妙的艺术，幸福的幻想。

瞬息与永恒的舞蹈

□ [中国] 张抗抗

那盆昙花养了整整六年，仍是一点动静没有。

我想我对它已是失掉希望和耐心了。时常想起六年前那个辉煌的夏夜，邻家那株高大壮硕的绿色植物，几乎在一瞬间变得银装素裹，像一位羞涩的新娘披上了圣洁的婚纱——从它宽大颀长的叶片上，同时开出了十几朵雪白的昙花。它们像是从神秘幽冥的高山绝顶上飘然而来的仙鹤，偶尔降落在凡尘之上，都市的喧嚣在那一刻戛然消散，连树的呼吸都终止了。

邻居请我去，是为了给她和她的昙花合影。第二天一早，我得到了一只小小的花盆，里面栽着两片刚扦插上的昙花叶，书签似的挺拔着。它是那盆昙花的孩子，刚做完新娘接着就做了母亲。年复一年，它无声无息地蛰伏着，枝条一日日蓬勃，却始终连一丝开花的意思都没有。葫芦形的叶片极不规则地四处招摇扩张，长长短短地说不出个形状，占去好大一块空间。窗台上放不下了，怜它好歹是个生命，不忍丢弃，只好把它请到阳台上去，找一个遮光避风的角落安置了，只在给别的盆花浇水时，捎带着用剩水敷衍它一下。

心里早已断了盼它开花的念想，饥一餐饱一顿地，任其自生自灭。

六年后一个夏天的傍晚。后来觉得，那个傍晚确实显得有些邪门。除了浇花，平日我其实很少到阳台上去。可那天就好像有谁在阳台上一次次地叫我，那个奇怪的声音始终在我耳边回荡，弄得我心神不定。我从房间走到阳台，又从阳台走回房间，如此反复了三回。我第三次走上阳台时，竟然顺手又去给冬青浇水，然后弯下腰为冬青掰下了一片黄叶。我这样做的时候，忽然有一团鹅黄色的绒球，从冬青根部的墙角边"钻"出来，闪入了我的视线。我几乎被那团鸡蛋大小的绒球吓了一大跳——它像一个充满弹性的橄榄，贴地翘首，身后有一根绿色的长茎，连接着那盆昙花的叶片。绒球锥形的尖嘴急切地向外伸展着，像是即刻要开口说话……

那不是绒球，而是一枝花苞——昙花的花苞，千真万确。

我愣愣地望着这位似乎由天而降的不速之客，不知道该拿它怎么办。

后来我用全身力气，轻轻将花盆移出墙角，慌慌张张又小心翼翼地把它搬到了房间里。然后屏息静气、睁大眼睛纵览整株花树——是的，上上下下，它只有绝无仅有的这一个花蕾。也许因为只其一个，花苞显得硕大而饱满。

那个蹊跷的傍晚，这盆唯有一个花苞的昙花，由于无人知道，更难预测它将在哪一天的什么时辰开放，那蛇头似弯拱的花茎，在斜阳下笼罩着一层诡秘的光晕。

我想这几天我就是不吃不睡，也要守着它开花的那个时刻。

昙花入室，大概是下午六点左右。它就放在房间中央的茶几上，我每隔几分钟便回头望它一眼，每次看它，我都觉得那个花苞似乎正在一点点膨胀起来，原先绷紧的外层苞衣变得柔和而润泽，像一位初登舞台的少女，正在缓缓地抖开"她"的裙衫。昙花是真的要开了么？也许那只是一种期待和错觉，但我却又分明听见了从花苞深处传来的极轻微又极空灵的窸窣声，像一场盛会前柔曼的前奏曲，弥漫在黄昏的空气里……

天色一点点暗下来。那一枝鹅黄色的花苞渐渐变得明亮，是那种晶莹而透明的纯白色。白色越来越醇厚，像一片雨后的浓云，在眼前伫立不去。晚七点多钟的时候，它忽然战栗了一下，战栗得那么强烈，以至于整盆花树都震动起来。就在那个瞬间里，闭合的花苞无声地裂开了一个圆形的缺口，喷吐出一股浓郁的香气，四散溅溢。它的花蕊是金黄色的，沾满了细密的颗粒，每一粒花粉都在传递着温馨呢喃的低语。那橄榄形的花苞渐渐变得蓬松而圆融，原先紧紧裹挟着花瓣的丝丝淡黄色的针状须茎，如同刺猬的毛发一根根耸立起来，然后慢慢向后仰去。在昙花整个开启的过程中，它们就像一把白色小伞的一根根精巧刚劲的伞骨，用尽了千百个日夜积蓄的气力，牵引着、支撑着那把小伞渐渐地舒张开来……

现在它终于完完全全绽开了。像一朵硕大的舌匙状白菊，又像一朵冰清玉洁的雪莲；不，应该说它更像一位美妙绝伦的白衣少女，赤着脚从云中翩然而至。从音乐奏响的那一刻起，"她"便欣喜地抖开了素洁的衣裙，开始那一场舒缓而优雅的舞蹈。"她"知道这是自己一生中唯一的一次、也是最后一次公开演出，自然之神给予"她"的时间实在太少，"她"的公演必须在严格的时限中一次完成，"她"没有机会失误，更不允许失败。于是"她"虽初次登台，却是每一个动作都娴熟完美，昙花于千年岁月中修炼的道行，已给"她"注入了一个优秀舞者的遗传基因。然而由于生命之短促，使得"她"婀娜轻柔的舞姿带有一种动人心魄的凄美。花瓣背后那金色的须毛，像华丽的流苏一般，从"她"白色的裙边四周纷纷垂落下来……

那时是晚九点多钟，这一场动人心弦的舞蹈，持续了两个多小时。"她"一边舞着，一边将自己身体内多年存储的精华，慷慨地挥洒、耗散殆尽，就像是一位从容不迫地走向刑场的侠女。那是"她"一生中最辉煌的时刻，但辉煌仅有一瞬，死亡即将接踵而至；"她"的辉煌亦即死亡，"她"是在死亡的阴影下到达辉煌的。那是一种壮烈而凄婉之美，令观者触目惊心又怅然若失。"昙花一现"几乎改变了时间惯常的节律——等待开花的焦虑，使得时间在那一刻曾变得无限漫长；目睹生命凋敝的无奈，时间又忽而变得如此短暂；唯其因为昙花没有果实，花落花谢，身后是无尽的寂寞与孤独，"她"的死亡便成为一种不可延续的生命，成为无从寄托的、真正濒临绝望的死亡形式……

盛开的昙花就那么静静地悬在枝头，像一帧被定格的胶片。

但昙花的舞蹈并未就此结束。

那个奇妙的夏夜，白衣少女以"她"那骄傲而忧伤的姿态，默默等待着死亡的临近。在我见过的奇花异草之中，似乎没有一种鲜花，是以这样的方式告别的。那个瞬间，我比亲眼见到它开花的那一刻，更是惊讶得无言以对——

"她"忽然又颤动了一下，张开的手臂，渐渐向心口合抱；"她"用修长的指尖梳理着金发般的须毛，又将白色的裙衫一片片收拢；然后垂下"她"白皙的脖颈，向泥土缓缓地匍匐下去。"她"平静而庄严地做完这全套动作，大约用了三个小时——那是舞蹈的尾声中最后复位的表演。昙花的开放是舞蹈，闭合自然也是舞蹈。片片花瓣根根须毛，从张开到闭合，每一个动作都一丝不苟。"她"用轻盈舒缓的舞姿最后一次阐释艺术和生命的真谛。如果死亡不可抗拒，为什么不能让死亡变得美丽？如果死亡必不可免，为什么不能让死亡变得神圣？"她"定是为自己选择了安乐死那种没有痛苦的死亡方式，所以在最后的极限到来之前，"她"来得及为自己更衣梳洗，用端庄而整洁的仪态，微笑着迎接死亡；"她"由于珍惜生命而加倍地珍惜死亡，赋予永别以再生的意味。"她"不会像那些落英缤纷的花树，将花瓣的残骸凄凉地抛洒一地；"她"要在入殓前将自己的容颜复归原状，一如生前的娇媚和高贵……

世上也许唯有花期最短的昙花，具有此等视死如归的气度。

至夜半时分，昙花盛开时舒展的花瓣已完整地收拢，重新闭合成一枝橄榄形的花苞，只是略略显得有些疲倦，细长的花茎软软地低垂下来，在玻璃台板下衬出一个白色的影子，像浮游在湖上的天鹅倒影。那花苞的白色，比先前要浅淡些，残留在空气中的香味，已将它乳白色的浆汁吸尽。因而花苞更像是一枝不死的果实，将花的魂留在了里头；而支撑着昙花花瓣那伞骨似的一根根须毛，此刻却已奇迹般地空翻转身，一百八十度大回环，把那个沉甸甸的花苞，重新牢牢地裹在了掌心。犹如开屏后的孔雀，丝丝入扣地将锦缎似的羽毛一并收好。

它看上去像睡着了，宁静而安详，没有凋敝没有萎谢、没有痛苦没有哀愁；它是一个不死的灵魂，昨夜来的时候是什么样子，现在还是什么样子。很多天以后我拿到了那天晚上留下的摄影照片，它在开花前和开花后的模样，几乎没有什么不同。不生不灭，不开不谢——就好像这一个活生生的花苞，从来都没有开放过，或许很快就会再开一次。它始终含苞待放，始终无悔无怨；只等那个属于它的时辰一到，它睁眼就会醒来。

我很久很久地陪伴着它，陪伴着昙花走完了从生到死，生命流逝的全部旅程。"昙花一现"那个带有贬义的古老词语，在这个夏夜里变成一种正在逝去的遥远回声。我们总是渴望长久和永生，我们恐惧死亡和消解；但那也许是对生命的一种误读——许多时候，生命的价值并不以时间为计。

我明白那个傍晚的阳台，昙花为什么一次次固执地呼唤我了。那最后的舞蹈中，我是唯一一位幸运的伴舞者。它离去以后，我将用清水和阳光守候那绿色的舞台，等待它明年再度巡回。

佳作赏析：

张抗抗（1950—），浙江杭州人，女作家。著有短篇小说集《夏》，中篇小说集《北极光》，长篇小说《情爱画廊》，散文集《橄榄》《地球人对话》等。

优美的文字，诗化的意境，拟人化的修辞，深刻的哲理，构成了这篇美文。作者讲述了自己养昙花的经过，生动记录了昙花由开放到凋谢的全过程——昙花唯一的一次开放被描绘成一位舞者的第一次也是最后一次公开演出，动作是那么娴熟，态度是那么一丝不苟。作者由此联想到生命的死亡——如果死亡不可抗拒，为什么不能让死亡变得美丽？如果死亡必不可免，为什么不能让死亡变得神圣？尊严而无痛苦地离去，实在是人生中的重大话题之一，这篇文章能够给我们带来不一样的启示，值得深思。

没有山水的日子是枯燥乏味的日子。这样的日子，便使我常常想起天台的山水。

整日里面对飞扬的尘土，喧嚣的市声，人世的纷扰，便无法不厌倦，无法不怀念清丽灵秀的山水，何况天台山水之美之奇遍拟天下名山犹见名山有不及处。清朝有个学者叫潘耒的，跑了不少地方，还为此做了文章，题目叫做《游天台山记》，说是"台山能有诸山之美，诸山不能尽台山之奇。故游台山，不游诸山可也；游诸山，不游台山不可也"。———这一番感慨不是故作惊人之语，而是以他"足迹半天下"的游历为根据的。而在我的眼中，华顶的高旷，幽溪的苍凉，螺溪的峭陡，明岩的诡异，桃源的隽永，赤城的秀丽……各有一种风情和神采。还有一石横空两龙争鏊的石梁飞瀑，比之"飞流直下三千尺"的庐山瀑布与有"天下第一瀑"之称的雁荡大龙湫，却另有一种雄奇巧妙的意境。游石梁时，曾与国清寺允观法师邂逅，煮茶论及天下山水，他说："出奇无穷，探索无尽者，恐怕只有天台山水了。"我暗自揣度，他说的就是山水之境界了！

禅家有妙语。说是：先是见山是山，见水是水；再是见山不是山，见水不是水；后来又是见山是山，见水是水。

因此，我想起，在这个世界上，在人的一生中，有许许多多的境界，都是需要用心灵默默地体验的。

比如爱情。"衣带渐宽终不悔，为伊消得人憔悴"是一种境界；"昨夜西风凋碧树，独上高楼，望尽天涯路"是一种境界；"蓦然回首，那人却在，灯火阑珊处"又是一种境界。为爱，为希望，我们甘愿为之付出代价而历尽磨难。诗人敏感的心灵，创造了诗也创造了永恒的爱情。

比如人生，唐代的国清寺里有两个诗僧，一个叫寒山，一名拾得，一前一后，走在月光中林木摇曳的石桥上，开始了这样一问一答：

寒山问：世间谤我欺我辱我笑我轻我贱我恶我骗我，如何处治？

拾得答：只是忍他让他由他避他耐他敬他不要理他，你且看他！

红尘如网。为人处世，做到了这样一个境界，心如月光一样空明，和密密的林子一起可以遮挡多少人世的烦恼与纷扰。

各人有各自的人生，各自的人生有各人的境界。

遗憾是一种境界，苦难是一种境界，"横眉冷对千夫指"更是一种境界，孤独、超脱、静守、陶醉也都是境界……

此时，走在国清寺那条幽深而没有市声喧嚣的林荫路上。一轮明月，几缕清风。大山默默不语，松涛和蔼地抚摸，东、西两涧的水似一张琴弹奏着一种淡泊的宁静。心，渐渐变得透明，而且平和，仿佛被融入那片乳白色的光流和直如天籁的和声里。人生在世，想透了真是什么都不奇怪，心就会泰然安然。得失苦乐算不了什么，那些小名小利的争斗，那些热病般的狭隘虚假，那些世俗冲击下的种种诱惑，是多么地微不足道……

山水，是大自然为人类专门创造的一部过滤带或是清洗机。人，一旦进入山水，过滤了私心与杂念，荣辱可以皆忘，同时清洗了应该清洗的东西，比如，浮躁，烦忧，苦恼，不平……

没有山水的人生是黯淡的，疏远山水的人思想是驳杂的。所以，我常常愿望，走近山水，亲近山水，在月光下，孤独地或是与人一起漫步，就像寒山和拾得那样，也像那个孤独的散步者卢梭那样，"只有在忘掉自己时才更韵味无穷地进行默思和遐想"……感受着山水的感受，以一种宁静、博大和忍耐，换取一个和平的心境，然后面对生活，走进人生的另一种境界。探索无尽的山水境界，也是人的境界。

佳作赏析：

刘长春（1951— ），浙江台州人，作家。作品有散文集《旅途》《山水境界》《天中山笔记》等。

当人们流连于大自然的山水之间，自然会别有一番感受。然而根据外在和内在条件的不同，每个人的感受却也不尽相同：有的见山是山，见水是水；有的见山不是山，见水不是水。与山水类似，人世间的所见所闻，人生路上的所思所想、情绪感情，根据每个人心中境界的不同，感受不同，相应的反应也不同。而当人们的心性被尘世间的纷纷扰扰所蒙蔽、所遮挡时，走近山水，亲近山水，"清洗"心性，回归自然，再面对生活时，则又是另一重境界了。

生命的追问

□ [中国] 张海迪

生命是什么?

对于这个问题,不同的人会作出不同的回答。

有人说,生命就是有机体具有自我繁殖和复制的能力,能从自然界摄取维持这种能力所必需的养料。也有人说,生命除了具有维持在自然界新陈代谢的能力之外,还具有适应自然界的变化,对自然界进行适应性改造,促进自身进化的能力。在自然界里,生命以它丰富多彩的存在形态,精细微妙的组织结构,宏大完整的生存体系,构成了自然界精美壮观、无与伦比的景象。无数微生物潜藏在自然界的一切角落;形形色色的植物给大地、海洋,以致冰峰雪岭披上了色彩斑斓、绚丽多姿的外衣;数不清的千奇百态的动物,又为壮丽辉煌的自然景色增添了奔腾跃动的雄健和飞翔遨游的旖旎;还有人类,这自然造化中最神奇、最伟大、最美丽的创造,不仅使自然界生命的完美达到了巅峰,而且,还给生命赋予了崇高、尊严、博大和无限的创造力,那就是人的智慧。

自从有了朦胧的意识以来，人类就开始了对生命意义的探索。许许多多绚丽奇妙的远古神话，寄托着人类祖先对于生命伟力的想象和希冀，以及敬若神明般的崇拜。基督教《创世纪》的故事，只不过是人类早期对于生命繁衍能力的敬仰和畏惧的复杂情感的反映。古往今来的诗人，用尽一切最优美的词句，赞颂生命的美丽。从生命的孕育，婴儿的降生，孩子的成长，青春的勃发，爱情的萌动，到人的衰老死亡。这一壮丽的过程凝聚着诗人对生命的敬畏和对生命意义的崇高感。而艺术家则用手中的画笔和刻刀，无所顾忌地展现人的形体的美丽，深入刻画人的情感——这内心深处所表现出来的最细腻，最精致，最微妙的美的流露……

人类用自己的力量和智慧，创建了无数辉煌的业绩，运动场上一个又一个世界纪录的刷新，科技领域一项又一项发明创造的诞生，展现了人类生命力与美的无穷魅力。人类飞出地球的壮举和探索外星生命的尝试，表明人类生命具有藐视一切极限的气魄，生命力量和智慧的扩展是无限的。

每当我感慨人类这些辉煌成就的时候，我常常被一个问题困扰，人类的生命是完美无缺的吗？当人们尽情展现人类壮丽的生命的时候，又不得不面对这样一个现实，人类生命并非完美无缺，事实上，健全与残缺一起，才构成了人类生命的全部。

生命体从开始孕育诞生以来，就潜藏着不完整与不完美的种种危险，残缺是自有生命以来就伴随着自然界的，也是自人类诞生以来就一直伴随着人类的。当生命还孕育在母体之内时，就已经受到遗传、疾病和外界环境的影响，潜在着残缺的危险性。当人出生之后，这些因素因为他失去了母体的保护而变得更加直接和明显，残疾的危险性就更大了。因此，生命的美从来就是残缺的。

人们对真理的认识总是不断深化的，同样，人们对生命意义的认识也经历了艰难和曲折。当人们在赞美人类伟大的创造力的时候，或许不能忽略这样一个事实，人类创造的物质和精神文明，是人类整体共同努力的结果，其中包括生命的残缺者。中国古代最早的神话里描写了一位残疾勇士——刑天，他与天帝争权，战败后被人砍掉了头，但他却以两乳为目，以脐当口，继续搏斗。在中国历史上还真实地记载着一些卓有成就的残疾人，春秋时的史学家左丘明，战国的军事家孙膑，西汉的文学家司马迁，晋时的医学家皇甫谧，唐朝的鉴真和尚，宋代的大将杨信……在世界历史上也有很多杰出的残疾人，比如荷马，塞万提斯，拜伦，欧拉，凡·高，爱迪生，罗斯福，惠特曼……

前些时，我读了几本史蒂芬·霍金的书。霍金这个名字几年前对于大多数中国人来说还是很生疏的，自从去年他的《时间简史》和《时间之箭》等著作在我国出版之后，他对于我们已经不再陌生。或许人们会认为，一个思想深邃、知识渊博的理论物理学家，一个企图向我们描述时间和宇宙的起源和它们末日的大预言家，一个向我们预言了宇宙深处某个看不见的天体——黑洞的睿智学者，一定是个目光炯炯、精神饱满、体力充沛的人。但是，这位英国剑桥大学的著名学者，却是个患有脊髓侧索硬化症，已经完全失去了行动自由和生活自理能力的人，甚至连说话也只有他的秘书才能听懂。而正是这样一个严重残疾的人，用他的意志、毅力和智慧，顽强地在深奥的天体物理学领域里探索着，他那无懈可击的计算，精确的推论，常常与实验观察数据惊人地吻合，这使他的理论建立在科学的基础之上，也使他本人成为国际上有影响力的学者。

探索未知的领域，始终是人类永不疲倦的目标之一，也是人类认识自然、认识自己的有力手段，在这方面，一个残疾人却走在了许许多多身心健康者的前列。霍金以不屈的意志坚持理论研究，举行借助于计算机的演讲会，还出版了多部科普著作。霍金的成功，在于他懂得如何发挥自己生命的潜力，身体残疾了，头脑还能工作，他充分利用思维能力，让它发挥出能量，在未知的领域里深入地钻研下去。

人类的进步，就在于生命这种可贵的探索精神，不屈不挠的勇气和超乎想象的智慧。

我还想提到一个鲜为人知的人，最近我在《德国》杂志上见到了他。他就是德国探险家约享·哈森迈尔。哈森迈尔七岁时在父亲的书柜里发现了一本《与珊瑚和鲨鱼做伴》的书，他入了迷。十年以后，他开始了洞穴探险的生涯。后来，他发现了二百多个洞穴和洞穴的延伸，并受法国政府的委托在地中海进行了水下探险。不幸的是，有一次他受美国电视公司委托在奥地利的沃尔夫冈湖底拍摄时遇险，身体高位截瘫。但是，哈森迈尔没有放弃生命，没有放弃探索生命意义的理想。他在朋友的帮助下，制造了一艘只能坐一个人的"洞穴号"潜水艇，开始孤身一人在地下千米深处、罕有生命踪迹的洞穴、暗河和湖泊里漫游。为探寻人们未曾到过的领域，他充满热情地工作着。

这是怎样的一种生命力啊！一个对事业执著热爱的人，即使是残缺的生命，也能爆发出令人难以置信的勇气和力量。没有霍金，人们对黑洞的认识也许还要推迟很多年，没有哈森迈尔，地层深处的很多奥秘也许还是未知的。夜晚，我们仰望满天繁星，当流星在天空划过一道美丽的弧线，我们不会想到，有一个只能用头脑工作的人，正在为揭开宇宙的奥秘而沉思；阳光明媚的日子，当我们泛舟湖上，在碧波清风中流连的时候，我们也不会想到，在幽深的湖底探寻的是一个身体截瘫的人。但是，他们的残疾之躯同样展现着生命的活力，他们的思想同样闪现着智慧的光芒。人的生命的潜力是多么巨大，残疾带给人的痛苦也许远远超过其他困境带给人的痛苦，我想，残疾人甘愿忍受痛苦，展示自己生命力量的欲望，或许是健全人所难以想象的。

活着就要创造，就要探索，即使肢体已经残疾，思想的火花也决不停止迸发。这就是生命，这也是许多诗人和艺术家在他们的作品里还没有表现出来的生命的美丽。

佳作赏析：

张海迪（1955—），山东文登人，作家。著有《生命的追问》《绝顶》《轮椅上的梦》等。

一个人生命的本质是什么？关于这个问题，不同学科有着不一样的视角。自然科学更关注人体本身，而社会科学则更关注人的社会属性。实际上，人区别于动物的最重要标志就是他们拥有智慧。人类的进步除了需要有智慧，还要有探索未知的精神和不屈不挠奋勇前进的勇气，这里面不仅有身心健全的人的贡献，还有肢体残疾人士的心血和汗水。作者引用了大量古今中外残疾人士的事例证明了这一点：司马迁、鉴真、霍金……在文章结尾，身为残疾人士的作者发出了这样的宣言：活着就要创造，就要探索，即使肢体已经残疾，思想的火花也决不停止迸发。面对这些生命不息、前行不止的残疾人士，身心健全的我们又该作何感想呢？是否该向自己的生命追问一下呢？

白色的鸟 蓝色的湖
——写给 T.S
□ [中国] 张海迪

最早知道你的名字是读了你的小说《我的遥远的清平湾》。那时我并不知道你也坐在轮椅上，后来还是听于蓝阿姨说你的腿有病，于蓝阿姨希望我写一部电影，她说你就在写电影，她说你很有才气，是陕西回来的知青。我没问你是什么病，我不愿问起别人的病。我只以为你受了风寒，就像我们下乡那个地方的人，风湿性关节炎是常见病。我曾经用针灸给很多老乡治好了关节炎。所以我想你也许很快就会好起来。后来，我又陆续读到了你的一些作品，还有一些思想片断。也正是在这期间，我知道了你的病情——你也是因为脊髓病而截瘫的。我只觉得心重重地往下一沉，我说不出那种感觉，但我懂得你承受着多么巨大的痛苦。

好多年，我一直没有见过你，一次去北京开会，会议名单上有你的名字，而你没到会。但我有一种预感，总有一天我会见到你。几年后，在中国作协第五次全国代表大会上，我见到了你。此前我甚至不知道你的模样。那天，我在餐厅一边吃饭，一边和朋友们闲聊，忽然听见身后有人叫我的名字，声音轻轻的，但很浑厚。回过头，我看见了你，我一眼就知道那是你了——因为轮椅。我们握手互相问候。T.S，知道吗？你比我想象得要高大健康。你的笑容温和而朴实，一副可信赖的兄长的样子。那一会儿我不知道跟你说了些什么，因为一些印象急速地闪过我的脑际，我说不清那些印象来自何处，但它们仿佛又是我熟悉的：陕北的黄土高坡，九曲十八弯的黄河，头扎羊肚毛巾的放羊老汉，灰头土脸憨笑的娃娃们，还有窑洞，窗花，石磨……然后我看见你躺在担架上，被人们七手八脚抬下火车，又匆匆地送往医院……

　　T.S，我不知道你第一次面对神经外科医生的心情。我经历过很多次神经外科检查，从小就习惯了身边围满医生，看他们翻弄病历夹，听他们低声讨论我的病情。我没有恐慌惧怕。我一开始就没有害怕，因为我那时还不懂得脊髓病对我意味着什么。医生用红色的小橡皮槌轻轻敲我的胳膊敲我的腿，把棉棒头扯得毛茸茸的，用它仔细地在我的胸前划来划去，然后再用大头针试探着扎来扎去，医生不停地问，这儿知道吗？这儿呢？我总是不耐烦，却又不得不回答：不知道，不知道……我的身体从系第二颗纽扣以下的地方就没有知觉了，永远也没有了，留下的只有想象，有时我猜，想象或许比真实更美丽，假如真是这样，我宁愿在想象中生活。

　　T.S，你患病时十九岁了，我想那比我童年时患病要痛苦得多。十九岁已有丰富的思想，面对的现实更加残酷，学会适应残疾后的生活是漫长而痛苦的过程。而我患病时还不懂得痛苦，更不懂得什么是残疾，只以为如同患了百日咳、猩红热。我们很多人小时候都得过这样的病，住进医院，打针吃药，出院时又是活蹦乱跳的了。直到几年后，在一个寒冷的冬天，我妈妈背我走出了北京中苏友谊医院的大门，那一次我偷偷地哭了，我知道我的病再也治不好了。一路上我不停地用冻红的手背擦着泪水，我不敢抽泣，我怕妈妈听见我哭，我知道她比我更难过……一片灰蒙蒙的天空，那是我二十一岁的天空，我做了最后一次脊椎手术，在病房里平躺了一个月之后，人们用担架抬着我出了医院的大门，空中飘飞着凌乱的雪花，眼前一片灰暗的迷茫，我觉得自己正向深深的海沟沉落……那个冬天，我怎么也没有想到整整二十年后，我会与这么多作家一起开会。我只记得那是我度过的最艰难的一个冬天，我心灰意冷地躺了很久，终于有一天能够坐起来，忍着手术后的创痛，重新开始料理自己的生活，开始学习德语，日子枯燥又单调，心灵却渐渐像蓝色的湖一般宁静了。

印象仿佛一片片落叶在我的眼前飘飘闪闪，重重叠叠……

那天大会选举作协全委会，人们在清点人数，我坐在会场的过道上，我的轮椅显得很孤独。我不由把两只手绞在一起，我常常把手紧紧绞在一起，有时指甲会在手心嵌出印记。T.S，其实我很怕出现在大庭广众面前，长期以来，我一直很难消除内心一种说不清的怯懦。小时候有一度我很怕见人，一到人多的地方我就会紧张，脸色就变得苍白。尽管我渴望和人们在一起，而一旦走进人群，我又是那样脆弱，有时我甚至怀疑那个脆弱的人是不是叫海迪。记得我第一次参加共青团的代表大会，会议主持人宣布：全体起立，奏国歌。随着一阵椅子的轰响，成百上千的人站起来。那一刻我有些不知所措，整个会场里只有我依然坐着。我能觉出我在微微发抖，我镇定自己，勇敢点儿，我对自己说。我让冥想中的自己站立起来，跟人们一起高唱：起来，不愿做奴隶的人们……过去一些苏联电影里，常有人们站着唱歌的情景。我那时很向往长大后与布尔什维克站在一起庄严肃穆地唱歌……

过道里不时有一阵凉风，那是十二月的天气，外面已经天寒地冻。虽然会场里是温暖的，可我还是有点发抖。我害怕冬天，我常常会冷得发抖，我的腿因为血流不畅有时像冰冷的石柱。我的目光掠过会场，无意间我看见了你。你也坐在过道上，你坐得伟岸挺拔，你的表情沉稳平静。我觉得紧缩的心猛然放松了，几乎凝固的血液又开始流动。看着你，我不由问自己：你究竟惧怕什么呢？

物质世界的一切客观存在，不会成为残疾者难以逾越的终极障碍，而精神世界的存在中，却处处有无形的障碍。每当我以开放的心境面对世界，企图哪怕一时疏忽，忘却残疾，也常常不能如愿。障碍有时成为真正的屏障，成为一张无处不在的网。只有精神的解放，才能挣脱这张网，获得自由。

　　T.S，那次见到你之后，我读了你的长篇小说《务虚笔记》，我的心被它撼动了。近年来，我已很少能被一本书感动。我有时甚至怀疑，是我对文学冷漠了吗？我常常毫无热情与渴望地翻着一些平淡的书，有时就放下，重新拿起翻过多少遍的充满真情的旧书，与那些早已熟悉的人物会面，他们仿佛是我永不厌倦的朋友，每次见面都会给我新的感受。我们的心其实是渴望被感动的。

　　我被你书中的人物C感动了，这并不是因为C的残疾，而是C为争取自己的生存和爱所做的努力，还有你的笔敢于直面残疾与性的勇气。真的，很多关于C的章节都让我感到惊悸和战栗。性爱，这一人类最基本的权利，对于很多残疾人，却如同荒漠戈壁。他们爱的情感和性的欲望，从来都被传统和偏见排斥在社会的意识之外。你以卓绝的勇气向这不能言说的困惑发起冲击，使C成为揭示人类内心深层奥秘的探索者。有一段时间我不敢读茨威格的作品，他的作品总是撕扯人们的灵魂，其实，你也是。因此，你的很多作品我也不敢再读第二遍，比如《秋天的怀念》《命若琴弦》……纯粹的凄美让我心中一片怅然，总想去一片寂静的山野，独自哭泣。

　　写作是残疾作家的翅膀，我们在飞，时间也在飞。

　　不久前，我又一次见到了你。你看起来有点儿虚弱，穿着厚厚的毛衣，你依旧露出诚挚纯朴的笑容，我能深切地感到你的坚毅。我靠在会议桌边，听你说的一切。你告诉我你的双肾功能都不好，几天就要做一次透析。你卷起毛衣的袖子，让我看你扎满粗大针眼儿的胳膊，几根血管因为反复使用已经被扎坏了，错乱地盘虬着，有的地方还凸起青色的硬结。我难过极了，T.S，你一定很疼，你……哦，我们能帮你做些什么呢？我问你是否有换肾的可能，我说我们那座城市有医院做这种手术效果很好。可你轻轻摇摇头，你说你换肾已经很难了……我感动，就在这样的病痛中你依然顽强执著地写作。在你面前，我忍不住诅咒造物主，而你述说这一切时却是那样平静，仿佛病痛已是很久远的事。

　　你忽然说到安乐死，你说安乐死有必要。

哦，T.S，我不知道那会儿你是否看见了我眼里的泪水。你知道这也是我无数次想过的事。经历了几十年病痛的炼狱，我常常设想逃离它，我设想过很多种我走后又不让亲人和朋友伤心难过的方法，我甚至将某些细节都设想好了。我觉得最好是得一种病，比如肺感染，高烧不止，所有的抗生素都无效了。要不就患心脏病，突然离去……

你还说，你告诉你的爱人，如果你得了脑血栓千万别抢救了。我说我也多少次对我的爱人这样说过。T.S，我觉得对我来说，活着需要有比面对死亡更大的勇气。我早已不惧怕死亡，或许我从来就没惧怕过。死亡给我童年留下的是一个快乐的记忆：那一天幼儿园开饭了，我们吃年糕，阿姨说年糕很黏，吃年糕不能说话，更不能笑，不然就会生病。我问阿姨生病会死吗？会的，阿姨说。我们于是就很安静很严肃地吃年糕。笑一笑真会死吗？我偷偷地笑了一下，我发现我没有死，我快乐地笑起来，我还是没有死！我把自己的发现告诉给同桌的孩子们，他们笑了，后来全班的孩子都笑了，有的男孩子还故意哈哈大笑，我们都为自己没死而欢呼。后来我常想，假如我那时死了就好了，快乐地笑着……

死亡只是一种生命终结的状态。在我眼里死亡是一片绿色地带，也是生命新生的地带，那里下雨，纯净的雨滴滋润着青青芳草……当我再也无法抵抗病魔，我会从容地踏上曾给我美好生命的小路。生命消亡是万古的规律，有生就有死，有死才有生，只是我不愿看见人们在纷纷的春雨中走向墓地……

"人不能两次踏进同一条河流。"古希腊哲学家这样说。这就意味着，人的生命历程始终伴随着世界的永恒变动，承受着形形色色的 forces 和 elements 的挤压。人，这唯一的命题表明，无论健全还是残疾，都经历着时间河流同样的冲刷。在生命赖以生存的世界中，充满着丰富和剧烈的运动。人一旦踏进了这一条河流，也许就要准备以生命的全部力量挑战它的运动，而残疾的生命（古希腊的哲学家们也许是过于自信和疏忽了），在他们的生存中，甚至比健全的生命还要有更大的渴望。

T.S，那天我们还谈到了美国。你说你去了美国，我说去美国路真远，我不知道怎样度过十几个飞行小时，所以我直到现在也没有去。你教我去美国时在哪座城市转机休息，还有在飞机上怎样休息。你说海迪你一定去美国看看，你应该快点儿去，我说我会去的。这世界吸引我的地方很多，不过，T.S，你知道，我最想去的地方不是美国而是古巴。很多年前我就向往古巴，小时候我在一支歌里知道那儿有美丽的哈瓦那，还有一位大胡子领袖卡斯特罗，在武汉我的叔叔还背我上街参加过声援古巴的游行呢。一次我往稀饭里放糖，我妈妈说我吃的是古巴糖。我问古巴在哪儿？古巴远吗？我妈妈说很远，你想象不出有多远。我那时向往很远的地方，因为古巴糖。

好多年过去了，我不再向往古巴糖，但我依然向往古巴，那是因为我读了《老人与海》。我读的是一本被人翻得皱巴巴的英文小说，当时在小小的县城里那本英文小说对我是多么珍贵啊。我试着翻译它，用我仅有的一本英汉小词典。在阅读翻译中，我被迷住了，笔记本上密密麻麻记满了翻译的段落，我喜欢那些海上搏斗的描写，更为老桑地亚哥不屈不挠的精神而感动：过去，他曾证明过一千次，但都落空了，现在，他又要去证明了。每一次都有一个新的开端……我甚至在睡梦里都看见那片海上有一面千疮百孔的帆，它看上去就像一面标志着被打败的旗帜。其实人生可能很少有胜利的归航。起航时他也许正值豆蔻年华，意气风发，在人们渴望和艳羡交织的目光中怀着豪情和梦幻，去探寻理想的王国。沧海茫茫，迎接他的是永无止息的挑战，直至海风吹皱了他青春的面容，浪涛扑灭了他青春的火焰，冰霜染白了他的两鬓，他形容枯槁，嗓音苍老而沙哑，目光浑浊而凝滞，只有他那颗饱经磨砺的心还在不屈地跳动……在平庸的人看来，他也许一无所获，可一个真正的勇士，却以此为自豪——晴空碧海之上那一叶褴褛的帆，那是真正圣洁的美丽，因为它是经历过生死劫难的象征，虽然已经破烂不堪，千补百衲……

T.S，我想我很快就会去美国，总有一天我也会去古巴的。

天上，白色的鸟，甚至雨中也在飞翔。

这是你的长篇小说中的一句话，它久久地感动着我……

　　这是张海迪写给朋友 T.S 的信。两个人同为残疾人，又都是作家，既同病相怜，又有共同语言，能够交流的话题自然很广泛。在这篇文章中，我们看到了截瘫病人巨大的痛苦和生活上的种种不便，感受到了他们的内心世界，读懂了他们关于生死话题的种种心理活动。命运对于每个人而言并不公平，但同时又是公平的，关键看你去怎样面对。在痛苦和困难下低头认输，这是一种态度；乐观面对，迎难而上，这是另一种态度。两位残疾作家虽然生活上有种种不便，但他们仍然拿起笔来写作，用作品来实现自己的人生价值，用作品来弥补自己身体上的缺憾。这种精神，这种意志，值得身心健康的我们学习。

平淡地生活

□〔中国〕苏童

1980 年我考上北师大，9 月初的一天我登上北去的火车，从此离开古老潮湿的苏州城。在经过 20 小时的陌生旅程后，我走出北京站。我记得那天下午明媚的阳光，广场上的人流和 10 路公共汽车的天蓝色站牌。记得当时我的空旷而神秘的心境。

对于我来说，在北京求学的四年是一种真正的开始。我感受到一种自由的气息，我感受到文化的侵袭和世界的浩荡之风。我怀念那时的生活，下了第二节课背着书包走出校门，搭乘 22 路公共汽车到西四，在延吉冷面馆吃一碗价廉物美的朝鲜冷面，然后经过北图、北海，到美术馆看随便什么美展，然后上王府井大街，游逛，再坐车去前门，在某个小影院里看一部拷贝很久的日本电影《泥之河》。

这时候我大量地写诗歌、小说并拼命投寄，终获成功。1983 年的《青春》《青年作家》《飞天》和《星星》杂志初次发表了我的作品。我非常惧怕和憎恨退稿，而且怕被同学知道，因此当时的信件都是由一位北京的女同学转交的，她很理解我，以她的方式一直鼓励支持我。我至今仍然感激她。

大学毕业时我选择去南京工作，选择这个陌生的城市在当时是莫名其妙的，但事实证明当初的选择是对的，我一直喜欢我的居留之地，说不清是什么原因。我在南京艺术学院工作了一年半时间，当辅导员，当得太马虎随意，受到上司的白眼和歧视，这也不奇怪。因祸得福，后来经朋友的引荐，谋得了我所喜爱的工作，在《钟山》杂志当了一名编辑。至此我的生活就初步安定了。

1987年我幸福地结了婚。我的妻子是我中学时的同学，她从前经常在台上表演一些西藏舞、送军粮之类的舞蹈，舞姿很好看。我对她说我是从那时候爱上她的，她不相信。1989年2月，我的女儿天米隆重诞生。我对她的爱深得自己都不好意思，其实世界上何止我一个人有一个可爱漂亮的女儿？不说也罢，至此，我的生活要被她们分割去一半，理该如此，也没有什么舍不得的。

就这样平淡地生活。

我现在蜗居在南京一座破旧的小楼里，读书、写作、会客，与朋友搓麻将，没有任何野心，没有任何艳遇。这样的生活天经地义，心情平静，生活平静，我的作品也变得平静。唯一让我焦虑的是我辛劳了一辈子的母亲，她患了重症住在医院病房里。

其他还有什么？没有什么可说的了。

佳作赏析：

苏童（1963—），江苏省苏州人，作家。著有《园艺》《红粉》《妻妾成群》《已婚男人》《离婚指南》等。

短短一篇文字，没有任何修饰，只有平实的叙述。上学、工作、结婚、女儿出生、读书、写作、会客、打麻将，作者这几十年的人生被浓缩，一切都那么水到渠成，一切都那么波澜不惊。可能在一些人看来，这样的人生未免太平淡无味了，但换另一个角度，这种平平淡淡的生活不恰恰是最真实的吗？毕竟那些跌宕起伏如戏剧般的生活更多存在于艺术作品的虚构和想象中，现实生活可能就是一条直线——从出生到死去。平淡中见闲适，平淡中见真滋味。

不要急

□ ［中国］苏童

多年以前在我们那条街上曾经发生过一起令人唏嘘的车祸，死于车祸的是一个初为人父的男子。据说是婴儿的尿布在那个阴雨天都用完了，而头天洗的尿布都在工厂的锅炉房烘烤着，婴儿的母亲让做父亲的去工厂取那些尿布来救急。这件事情使年轻的父母心急火燎的，那男子的自行车骑得飞快，结果被一辆卡车撞了。

后来事故现场的目击者都说，他的自行车确实骑得太快了，他赶路太急了。

想起这个不幸的故事完全是缘于最近流行的一句话：不要太急哦！我第一次听到这句话是在牌桌上，我打牌一直没什么风度，输多了就很急躁。那位朋友相反，输得越多人越轻松，而且妙语连珠，从来不急，是真正那种好牌风的人。有一次他像是对自己也像是对我们说，不要太急了。他的声音使热闹的骂声沸腾的牌桌突然安静下来，然后我们听见那位朋友说，最近流行这句话，这句话真好。

这确实是一句好话，是不多见的具有劝世意义的流行话语。不知怎么，又想起另一个好脾气的朋友。有一次他的孩子发高烧，他的妻子急得手忙脚乱，光着脚抱起孩子就往医院冲，而那位朋友一如既往地穿戴整齐才尾随妻儿而去。事后他妻子指责他，他说，再怎么急也不至于光着脚出门呀！他妻子便一时无言以对。

我想人的性情通达至此，生活便是另一种坦荡的境界了。那两位朋友对于危机的处理方法出于天生的性情，其实也是一种对生活的态度。他们不肯受制于危机的打压，他们用理性控制着自己生活中的每一个细节，如此，危机便仅仅成为正常生活的一个部分了。

不要太急了。对于大多数人来说，这是金玉良言，但做起来却不容易。急躁不是美德，却几乎是我们共有的思维和行为方式。每一次急躁都有其自然而然的理由，正如你的小宝贝没有尿布换了，而尿不湿这种新产品还没有面世；正如你在牌桌上大输特输，而你口袋里的筹码却不多了；正如你的孩子高烧四十度，病因却不详。你有理由着急，但是我们却总是容易忘记这个常识：急有什么用？

不要太急了，说得是嘛，我们急了这么多年，生活中该有的有了，不该有的还是没有，急出什么名堂来了？一着急说不定就像那个不幸的父亲，为了尿布而葬送了自己的性命。我不提倡市侩哲学，但我一直认为为了生命献出生命是值得的，为了尿布献出生命却是很可惜的。

佳作赏析：

生活中有许多这样那样的事情，该以一种什么样的态度处事呢？作者提出："不要急。"因为急中容易出错，急中容易失态，甚至像文章中所说，可能发生意想不到的危险。最关键的是，你着半天急往往于事无补。毕竟是在和平年代，即使真的有急事，也往往是一些小事，基本没有生死攸关的紧急情况，所以遇到事情，还是淡然一些、超脱一些，冷静地去面对、去处理。这不仅仅是一个修养问题，而且也是一种颇为妥当的处世原则。

想念地坛

□ ［中国］史铁生

想念地坛，主要是想念它的安静。

坐在那园子里，坐在不管它的哪一个角落，任何地方，喧嚣都在远处。近旁只有荒藤老树，只有栖居了鸟儿的废殿颓檐，长满了野草的残墙断壁，暮鸦吵闹着归来，雨燕盘桓吟唱，风过檐铃，雨落空林，蜂飞蝶舞，草动虫鸣……四季的歌咏此起彼伏从不间断。地坛的安静并非无声。

有一天大雾迷漫，世界缩小到只剩了园中的一棵老树。有一天春光浩荡，草地上的野花铺铺展展开得让人心惊。有一天漫天飞雪，园中堆银砌玉，有如一座晶莹的迷宫。有一天大雨滂沱，忽而云开，太阳轰轰烈烈，满天满地都是它的威光。数不尽的那些日子里，那些年月，地坛应该记得，有一个人，摇了轮椅，一次次走来，逃也似的投靠这一处静地。

一进园门，心便安稳。有一条界线似的，迈过它，只要一迈过它便有清纯之气扑来，悠远，浑厚。于是时间也似放慢了速度，就好比电影中的慢镜，人便不那么慌张了，可以放下心来把你的每一个动作都看看清楚，每一丝风飞叶动，每一缕愤懑和妄想，盼念与惶茫，总之把你所有的心绪都看看明白。

因而地坛的安静，也不是与世隔离。

那安静，如今想来，是由于四周和心中的荒旷。一个无措的灵魂，不期而至竟仿佛走回到生命的起点。

记得我在那园中成年累月地走，在那儿呆坐，张望，暗自地祈求或怨叹，在那儿睡了又醒，醒了看几页书……然后在那儿想："好吧好吧，我看你还能怎样！"这念头不觉出声，如空谷回音。

谁？谁还能怎样？我，我自己。

我常看那个轮椅上的人，和轮椅下他的影子，心说我怎么会是他呢？怎么会和他一块坐在了这儿？我仔细看他，看他究竟有什么倒霉的特点，或还将有什么不幸的征兆，想看看他终于怎样去死，赴死之途莫非还有绝路？那日何日？我记得忽然我有了一种放弃的心情，仿佛我已经消失，已经不在，唯一缕轻魂在园中游荡，刹那间清风朗月，如沐慈悲。于是乎我听见了那恒久而辽阔的安静。恒久，辽阔，但非死寂，那中间确有如林语堂所说的，一种"温柔的声音，同时也是强迫的声音"。

我记得于是我铺开一张纸，觉得确乎有些什么东西最好是写下来。那日何日？但我一直记得那份忽临的轻松和快慰，也不考虑词句，也不过问技巧，也不以为能拿它去派什么用场，只是写，只是看有些路单靠腿（轮椅）去走明显是不够的。写，真是个办法，是条条绝路之后的一条路。

只是多年以后我才在书上读到了一种说法：写作的零度。

《写作的零度》，其汉译本实在是有些磕磕绊绊，一些段落只好猜读，或难免还有误解。我不是学者，读不了罗兰·巴特的法文原著应当不算是玩忽职守。是这题目先就吸引了我，这五个字，已经契合了我的心意。在我想，写作的零度即生命的起点，写作由之出发的地方即生命之固有的疑难，写作之终极的寻求，即灵魂最初的眺望。譬如那一条蛇的诱惑，以及自古而今对生命意义的不息询问。譬如那两片无花果叶的遮蔽，以及人类以爱情的名义、自古而今的相互寻找。譬如上帝对亚当和夏娃的惩罚，以及万千心魂自古而今所祈盼着的团圆。

"写作的零度"，当然不是说清高到不必理睬纷繁的实际生活，洁癖到把变迁的历史虚无得干净，只在形而上寻求生命的解答。不是的。但生活的谜面变化多端，谜底却似亘古不变，缤纷错乱的现实之网终难免编织进四顾迷茫，从而编织到形而上的询问。人太容易在实际中走失，驻足于路上的奇观美景而忘了原本是要去哪儿，倘此时灵机一闪，笑遇荒诞，恍然间记起了比如说罗伯—格里耶的"去年在马里昂巴"，比如说贝克特的"等待戈多"，那便是回归了"零度"，重新过问生命的意义。零度，这个词真用得好，我愿意它不期然地还有着如下两种意思：一是说生命本无意义，零嘛，本来什么都没有；二是说，可平白无故地生命它来了，是何用意？虚位以待，来向你要求意义。一个生命的诞生，便是一次对意义的要求。荒诞感，正是这样的要求。所以要看重荒诞，要善待它。不信等着瞧，无论何时何地，必都是荒诞领你回到最初的眺望，逼迫你去看那生命固有的疑难。

否则，写作，你寻的是什么根？倘只是炫耀祖宗的光荣，弃心魂一向的困惑于不问，岂不还是阿Q的传统？倘写作变成潇洒，变成了身份或地位的投资，它就不要嘲笑喧嚣，它已经加入喧嚣。尤其，写作要是爱上了比赛、擂台和排名榜，它就更何必谴责什么"霸权"？它自己已经是了。我大致看懂了排名的用意：时不时地抛出一份名单，把大家排比得就像是梁山泊的一百零八将，被排者争风吃醋，排者乘机拿走的是权力。可以玩味的是，这排名之妙，商界倒比文坛还要醒悟得晚些。

这又让我想起我曾经写过的那个可怕的孩子。那个矮小瘦弱的孩子，他凭什么让人害怕？他有一种天赋的诡诈——只要把周围的孩子经常地排一排座次，他凭空地就有了权力。"我第一跟谁好，第二跟谁好……第十跟谁好"和"我不跟谁好"，于是，欣欣者欣欣地追随他，苦闷者苦闷着还是去追随他。我记得，那是我很长一段童年时光中恐惧的来源，是我的一次写作的零度。生命的恐惧或疑难，在原本干干净净的眺望中忽而向我要求着计谋；我记得我的第一计谋，是阿谀。但恐惧并未因此消散，疑难却因此更加疑难。我还记得我抱着那只用于阿谀的破足球，抱着我破碎的计谋，在夕阳和晚风中回家的情景……那又是一次写作的零度。零度，并不只有一次。每当你立于生命固有的疑难，立于灵魂一向的祈盼，你就回到了零度。一次次回到那儿正如一次次走进地坛，一次次投靠安静，走回到生命的起点，重新看看，你到底是要去哪儿？是否已经偏离亚当和夏娃相互寻找的方向？

想念地坛，就是不断地回望零度。放弃强力，当然还有阿谀。现在可真是反了！——面要面霸，居要豪居，海鲜称帝，狗肉称王，人呢？名人，强人，人物。可你看地坛，它早已放弃昔日荣华，一天天在风雨中放弃，五百年，安静了；安静得草木葳蕤，生机盎然。土地，要你气熏烟蒸地去恭维它吗？万物，是你雕栏玉砌就可以挟持的？疯话。再看那些老柏树，历无数春秋寒暑依旧镇定自若，不为流光掠影所迷。我曾注意过它们的坚强，但在想念里，我看见万物的美德更在于柔弱。"坚强"，你想吧，希特勒也会赞成。世间的语汇，可有什么会是强梁所拒？只有"柔弱"。柔弱是爱者的独信。柔弱不是软弱，软弱通常都装扮得强大，走到台前骂人，退回幕后出汗。柔弱，是信者仰慕神恩的心情，静聆神命的姿态。想想看，倘那老柏树无风自摇岂不可怕？要是野草长得比树还高，八成是发生了核泄漏——听说切尔诺贝利附近有这现象。

我曾写过"设若有一位园神"这样的话，现在想，就是那些老柏树吧；千百年中，它们看风看雨，看日行月走人世更迭，浓荫中惟供奉了所有的记忆，随时提醒着你悠远的梦想。

但要是"爱"也喧嚣，"美"也招摇，"真诚"沦为一句时髦的广告，那怎么办？惟柔弱是爱的识别，正如放弃是喧嚣的解剖。人一活脱便要嚣张，天生的这么一种动物。这动物适合在地坛放养些时日——我是说当年的地坛。

回望地坛，回望它的安静，想念中坐在不管它的哪一个角落，重新铺开一张纸吧。写，真是个办法，油然地通向着安静。写，这形式，注定是个人的，容易撞见诚实，容易被诚实揪住不放，容易在市场之外遭遇心中的阴暗，在自以为是时回归零度。把一切污浊、畸形、歧路，重新放回到那儿去检查，勿使伪劣的心魂流布。

有人跟我说，曾去地坛找我，或看了那一篇《我与地坛》去那儿寻找安静。可一来呢，我搬家搬得离地坛远了，不常去了。二来我偶尔请朋友开车送我去看它，发现它早已面目全非。我想，那就不必再去地坛寻找安静，莫如在安静中寻找地坛。恰如庄生梦蝶，当年我在地坛里挥霍光阴，曾屡屡地有过怀疑：我在地坛吗？还是地坛在我？现在我看虚空中也有一条界线，靠想念去迈过它，只要一迈过它便有清纯之气扑面而来。我已不在地坛，地坛在我。

佳作赏析：

史铁生（1951—2010），河北涿县人，作家。著有小说《我的遥远的清平湾》，散文集《自言自语》《我与地坛》《务虚笔记》等。

这是一篇充满哲理性和悠远意境的文章。作者身有残疾，居在喧嚣的大都市之中多有不便，而地坛这个既空旷又安静的地方就成为了他经常去的地方，久而久之，地坛成为他的精神家园。因为安静，人的心性也安静下来，作者的思维开始天马行空，深入思考人生、写作。不管人生多么轰轰烈烈，终归要回到最初的起点：安静地待在那里；如果想要真正地写出好作品，也要抛弃那些世俗功利的种种念头，回归安静的心态。在地坛，作者找到了真正的自我。

一只特立独行的猪

□〔中国〕王小波

插队的时候，我喂过猪，也放过牛。假如没有人来管，这两种动物也完全知道该怎样生活。它们会自由自在地闲逛，饥则食渴则饮，春天来临时还要谈谈爱情；这样一来，它们的生活层次很低，完全乏善可陈。人来了以后，给它们的生活做出了安排：每一头牛和每一口猪的生活都有了主题。就它们中的大多数而言，这种生活主题是很悲惨的：前者的主题是干活，后者的主题是长肉。我不认为这有什么可抱怨的，因为我当时的生活也不见得丰富了多少，除了八个样板戏，也没有什么消遣。有极少数的猪和牛，它们的生活另有安排。以猪为例，种猪和母猪除了吃，还有别的事可干。就我所见，它们对这些安排也不大喜欢。种猪的任务是交配，换言之，我们的政策准许它当个花花公子。但是疲惫的种猪往往摆出一种肉猪（肉猪是阉过的）才有的正人君子架势，死活不肯跳到母猪背上去。母猪的任务是生崽儿，但有些母猪却要把猪崽儿吃掉。总的来说，人的安排使猪痛苦不堪。但它们还是接受了：猪总是猪啊。

对生活做种种设置是人特有的品性。不光是设置动物，也设置自己。我们知道，在古希腊有个斯巴达，那里的生活被设置得了无生趣，其目的就是要使男人成为亡命战士，使女人成为生育机器，前者像些斗鸡，后者像些母猪。这两类动物是很特别的，但我以为，它们肯定不喜欢自己的生活。但不喜欢又能怎么样？人也好，动物也罢，都很难改变自己的命运。

以下谈到的一只猪有些与众不同。我喂猪时，它已经有四五岁了，从名分上说，它是肉猪，但长得又黑又瘦，两眼炯炯有光。这家伙像山羊一样敏捷，一米高的猪栏一跳就过；它还能跳上猪圈的房顶，这一点又像是猫——所以它总是到处游逛，根本就不在圈里待着。所有喂过猪的知青都把它当宠儿来对待，它也是我的宠儿——因为它只对知青好，容许他们走到三米之内，要是别的人，它早就跑了。它是公的，原本该劁掉。不过你去试试看，哪怕你把劁猪刀藏在身后，它也能嗅出来，朝你瞪大眼睛，嗷嗷地吼起来。我总是用细米糠熬的粥喂它，等它吃够了以后，才把糠兑到野草里喂别的猪。其他猪看了嫉妒，一起嚷起来。这时候整个猪场一片鬼哭狼嚎，但我和它都不在乎。吃饱了以后，它就跳上房顶去晒太阳，或者模仿各种声音。它会学汽车响、拖拉机响，学得都很像；有时整天不见踪影，我估计它到附近的村寨里找母猪去了。我们这里也有母猪，都关在圈里，被过度的生育搞得走了形，又脏又臭，它对它们不感兴趣；村寨里的母猪好看一些。它有很多精彩的事迹，但我喂猪的时间短，知道得有限，索性就不写了。总而言之，所有喂过猪的知青都喜欢它，喜欢它特立独行的派头儿，还说它活得潇洒。但老乡们就不这么浪漫，他们说，这猪不正经。领导则痛恨它，这一点以后还要谈到。我对它则不止是喜欢——我尊敬它，常常不顾自己虚长十几岁这一现实，把它叫做"猪兄"。如前所述，这位猪兄会模仿各种声音。我想它也学过人说话，但没有学会——假如学会了，我们就可以做倾心之谈。但这不能怪它。人和猪的音色差得太远了。

后来，猪兄学会了汽笛叫，这个本领给它招来了麻烦。我们那里有座糖厂，中午要鸣一次汽笛，让工人换班。我们队下地干活时，听见这次汽笛响就收工回来。我的猪兄每天上午十点钟总要跳到房上学汽笛，地里的人听见它叫就回来——这可比糖厂鸣笛早了一个半小时。坦白地说，这不能全怪猪兄，它毕竟不是锅炉，叫起来和汽笛还有些区别，但老乡们却硬说听不出来。领导上因此开了一个会，把它定成了破坏春耕的坏分子，要对它采取专政手段——会议的精神我已经知道了，但我不为它担忧——因为假如专政是指绳索和杀猪刀的话，那是一点门都没有的。以前的领导也不是没试过，一百人也逮不住它。狗也没用：猪兄跑起来像颗鱼雷，能把狗撞出一丈开外。谁知这回是动了真格的，指导员带了二十几个人，手拿五四式手枪；副指导员带了十几人，手持看青的火枪，分两路在猪场外的空地上兜捕它。这就使我陷入了内心的矛盾：按我和它的交情，我该舞起两把杀猪刀冲出去，和它并肩战斗，但我又觉得这样做太过惊世骇俗——它毕竟是只猪啊；还有一个理由，我不敢对抗领导，我怀疑这才是问题之所在。总之，我在一边看着。猪兄的镇定使我佩服之极：它很冷静地躲在手枪和火枪的连线之内，任凭人喊狗咬，不离那条线。这样，拿手枪的人开火就会把拿火枪的打死，反之亦然；两头同时开火，两头都会被打死。至于它，因为目标小，多半没事。就这样连兜了几个圈子，它找到了一个空子，一头撞出去了；跑得潇洒至极。以后我在甘蔗地里还见过它一次，它长出了獠牙，还认识我，但已不容我走近了。这种冷淡使我痛心，但我也赞成它对心怀叵测的人保持距离。

我已经四十岁了，除了这只猪，还没见过谁敢于如此无视对生活的设置。相反，我倒见过很多想要设置别人生活的人，还有对被设置的生活安之若素的人。因为这个缘故，我一直怀念这只特立独行的猪。

佳作赏析：

王小波（1952—1997），北京人，当代作家。代表作品有《黄金时代》《白银时代》《黑铁时代》等。

每个人的人生道路、人生选择不仅受到个人意志、思想的左右，同时也受到外界的影响甚至决定，因为每个人都是社会中的一员。那么对于社会因素的影响甚至决定，我们每个人又该如何作出选择呢？王小波的这篇文章或许能给我们一些思考。毫无疑问，文章中猪的世界其实是在影射人的世界，"对生活做种种设置是人特有的品性。不光是设置动物，也设置自己。"我们总是生活在很多的规则之下，或是某些人给我们的道路作了安排，而《一只特立独行的猪》告诉人们，要潇洒快活地生活，随心去过生活，就应要有勇气去挣脱一些不必要的束缚，坚持自己的想法。墨守成规，安于被"设置"的，往往一事无成，只能过着平庸的生活终其一生。

竹 思

□ 〔中国〕高洪波

竹文化是中国特有的文化，假如我们判断不错的话，竹文化应是与儒文化相得益彰的一种文化。在竹子身上，儒生们或看到气质、风骨，或看到虚心、谦虚，《岁寒三友图》是这方面最突出的典型，松竹梅从此成为屡屡出现在各种器皿上的图案。

中国文人中与竹子最亲近的当属蜀人苏轼，他的名言"宁可食无肉，不可居无竹。无肉令人瘦，无竹使人俗"，道破了苏东坡酷好竹子的心态，而他策竹杖的风姿，也从此凝固为一种"何妨从容且徐行"的造型，如果没有竹林衬映在苏东坡的身边，他迷人的魅力会大大削减。

蜀南竹海，地处宜宾，有翠竹数百亩，依山而立，起伏若海，规模亦如一片波涛汹涌的大海，尤其是在高处鸟瞰，当云雾袭来之际，那种海的气势更扑面而来，耳畔似有涛声响起，如果此时有舟楫随绿浪起伏，注定是件毫不奇怪的事。

潜入竹海，同时也沉入绿海，呼吸着有淡淡清香的空气，感觉到绿色的氧气正源源地输入到自己的肺叶里，像清洁剂般清洗着因都市废气而吃力开合的肺，你几乎能够瞬间感到这种大自然珍贵的赐予。甜丝丝的滋味通过喉头气管，流向四肢百骸，流向大脑及每一根血管和神经，而满眼充盈饱满的绿色，让你快意沉浮，直若化身为一尾鱼儿，沿着印满青苔的小径，管自游向竹林深处。

竹海中的竹子，以粗大的楠竹为主，也有苦竹、慈竹、龟甲竹及人面竹。与一位竹海作家闲聊，才知道竹子也分公母，母竹产笋，公竹则无。再细问，才知道每根竹子的每一层竹节都由最初的一根竹枝生出，这竹枝若分出岔的，便是母竹，不分岔的，则为公竹。

就是这么一点区分，简单，却又有大学问。记得若干年前去安徽，在出产砀山梨的一处集市上，我无意中也获得了类似的知识：梨如人类，亦分公母。母梨形大，且多汁甜美，公梨则逊色得多。

竹子与梨子岂止分雌雄，甚至还可能有自己的声音。近读《参考消息》，英国《泰晤士报》一篇题为《细听植物心声》的文章引起了我的兴趣，该文的副题更妙：采花花朵哭泣，摘瓜黄瓜尖叫。而且这项由波恩大学应用物理研究所完成的科研成果证明：如果配备合适的窃听装置，他们就能够区分健康与染病的蔬菜。同时波恩大学的科学家们认为，植物不仅仅互相交流痛苦与疼痛，就像人们在医院候诊室等候看病一样，它们还互相提醒面临的危险。

杜甫曾云："感时花溅泪，恨别鸟惊心。"这两句诗无意引证了千年之后波恩大学科学家们的研究：人是大自然的一个特殊器官，越伟大越杰出的诗人越是如此，他们在倾听自己内心世界时也能倾听天籁，否则何来这千年之后的巧合？

蜀南竹海里的竹子，蓬勃旺盛到肆无忌惮的地步，坦荡地在竹子部落里快乐成长，较之城市庭院里那些盆景般缩在墙角里的同类，委实幸运和幸福得多。

当然，它们承受的关注甚至诗意的爱抚也少得多，这就是自由的代价。

竹海里的竹子们，肯定是有着自己的声音的，公竹和母竹会互相倾吐爱情；嫩绿的竹笋则会呼唤雨水和阳光；竹叶会在竹枝上迎风摇曳，把大粒的露珠调皮地抖落；土层下的竹根们会串门问好，甚至会互相提醒：跟头打声招呼，别忙着开花。

竹子一开花，就意味着生命的终结。

竹海里听竹，一种人生的雅趣，也是机缘。是绿染灵魂绿透身心的一种洗濯，此刻，当炎夏渐渐袭来时节，写下"竹思"两字，权当做一剂清凉解暑散吧……

佳作赏析：

高洪波（1951—），内蒙古开鲁人，作家。作品有散文集《搜鼠记》《本来面目》等。

竹子作为中国南方常见的植物之一，因其被赋予或风骨或谦虚等拟人化的情感而受到历代文人墨客的喜爱，许多人借竹子咏志言情。而要真正感受竹子的魅力，最好还是到成片的竹林里去，在那里可以呼吸新鲜的空气，可以感受到大自然的气息，可以听到竹子之间的"耳语"，可以陶冶情操、洗涤心灵。

醉 界

□ [中国] 高洪波

酒场上的怪事很多，顶有意思的是凡喝酒的人十有十个不愿醉，总是七谦八让九捣鬼，能少喝绝不多饮。常说酒场如战场，于是正面佯攻侧面迂回兵不厌诈虚虚实实，想着法子把对手灌醉。

醉了的人呢，极少有乖乖吐出过"醉"字的，对这类人侯宝林先生的相声里有过极逼真的描绘，不说也罢。

醉酒有几种醉法，有文醉武醉，还有真醉假醉，似醉非醉；再往深处说呢，有喜醉悲醉忧醉愁醉无奈醉，加上狂醉疯醉和酒不醉人人自醉，总之，醉酒里面有大学问。

李白斗酒诗百篇，自然是典型的文醉；武松醉打蒋门神，当是出类拔萃的武醉。林教头风雪山神庙，把个酒葫芦挑在枪尖上，属似醉非醉里面的无奈醉，依他的酒量，恐怕五个酒葫芦也不够他醉的。

杨贵妃独宿空房，拿皇帝丈夫的风流脾气没法子，借酒浇愁，醉成海棠花，这应归入忧愁醉类。至于狂醉疯醉喜醉悲醉，总之是代代豪杰逃不脱的干系，仍然不说它了。

醉酒的人，其实大不惬意。十八岁时我初醉人生，足足睡了三天，起来后头重脚轻，在云南一座军营里寂寞地思乡，心里委屈得不行。我是被退伍的老兵们灌醉的，半斤白酒下肚，心里明镜似的，可舌头就是不听使唤，脚后跟也像被人剁去了一半，于是只好亲吻母亲般的大地，同时让胃里旅行的一堆东西重见天日，那一阵喷射状的呕吐，极像脑震荡的症状。严格说来，这首次醉酒是一次灵魂的脑震荡，它使我摆脱了少年人的稚气，吐尽了学生娃的怯懦，从此成为一名真正的军人。

以后仍有多次醉酒，在撒尼山寨、苦聪村庄，我为木薯酒的清香诱惑，遂沉醉不起；在傣家竹楼，景颇木屋，我被醇香的米酒吸引，曾烂醉如泥。一九七七年的春节在贵州开阳征兵，正值醉酒狂欢的正月，走村串寨，翻山越岭，酒乡的醉意之浓烈，醉情之厚重，足足让我醉思绵绵，至今难以消散。

我在贵州学会了划拳，一种典型的中国特色的智力游戏，划拳为我的醉酒增添了许多有声有色的诗的氛围。或者说，它们本身就是绝妙的诗，是酒徒祖先们集体创作、率意吟哦而又传诸后世后代不朽的杰作。赢拳时的自豪与输拳时的沮丧，其实质绝不亚于任何一场心灵的角逐。划拳的效应是酒不醉人人自醉，醉在划拳的吆喝声与手势里。

似乎扯远了，还是聊醉。

古人对醉是下过工夫研究的，读明人曹臣的《舌华录》，记载过皇甫嵩一段"醉论"，他声称："凡醉各有所宜，醉花宜昼，袭其光也；醉雪宜夜，清其思也；醉得意宜喝，宣其和也；醉将离宜击钵，壮其神也；醉文人宜谨节奏，畏其侮也；醉俊人宜益觥盂加旗帜，助其烈也；醉楼宜暑，资其清也；醉水宜秋，泛其爽也。"可以说是深得醉中之三昧的高论。

但我想这位皇甫君在醉的质量上没有细说，人生难得几回醉，说的正是这一点。当代著名诗人郭小川曾在大森林中与伐木工人痛饮，朗声吟道："豪情，美酒，自古长相随。"醉得痛快，醉得洒脱，醉的质量当数上乘。可谓当代诗坛第一醉！

惜小川早逝，酒歌难唱，醉也就成为一种难得的奢望了。当然，有酒，有诗，有生活，便有醉，这也是历史的必然，"唯愿长醉不愿醒"，我指的是一种心灵的沉醉，微悟与清纯的诗句给人以美的熏陶。好在有了几位诗友新创办的刊物《中国诗酒》，我理想中的醉界，当指日可达。

于是再浮一大白。

佳作赏析：

中国是酒文化大国，自古以来关于酒的文学作品数不胜数。而这篇文章则对于饮酒过度的情形——"醉"作了专门论述。不同社会阶层的人，不同文化背景的人，不同酒量的人，酒醉之后情形大不相同，但都已被酒打败，沉湎其中而不能自拔。其实人世间类似酒这样令人沉湎其中而不能自拔的事物很多，又何尝只有酒呢？名、利、色、钱、权，多少人醉在其中而不知呢？人生苦短，对任何一种事物的追求都不可过于执著和极端，适当地"醉"一下未尝不可，乐在其中；如果醉生梦死，恐怕就过犹不及甚至惹祸上身了。享"醉"之乐而不沉湎其中，这也是人生难得的一种境界。

假如鱼也生有翅膀

□［中国］迟子建

秋天不知不觉地来了。若梅湾的花坛有些枯萎了。树叶微微黄了。一个秋雨初霁的黄昏，老人坐在花坛前拉着《惊禅》，只觉眼前有一片温暖的亮色升起，他睁开双眼，见有许多双眼睛在打量他。这其中，只有一双眼睛是湿漉漉的满含善意和温情的惊禅式的目光，那是老黑所牵着的猴子的目光！老人喜极而泣，更加动情地拉着曲子。一曲终了，他取出裤袋里的小剪刀，剪断琴弦，长叹一声，颓然倒在散发着一股寒秋之气的花坛旁。老黑和围观者走上前去，一试他的鼻息，知道他已无人间之气了。大家窃窃私语着：这是谁家的老人？他叫什么？住在哪里，该通知谁来为他收尸？

寒露来了，秋风猛烈了。一个深秋的黄昏，落叶满天飞，老黑领着猴子经过若梅湾，突然一阵狂风袭来，将一个行人的帽子刮了下来。那帽子是灰色的，同已故老人脚畔放过的帽子几乎一模一样。猴子首先停了下来，老黑也停了下来。他们看见那帽子像只灰鸽子一样在半空中扑棱棱地飞，待狂风飞逝后，这帽子落在已经荒芜的花坛前，帽里向外露着。老黑叹息了一声，正欲领着猴子离开，只见它突然把一只胳膊伸进老黑的裤袋，从中掏出一把钱来，飞快地跑到那个帽兜前。

老黑见猴子直了一下身子，将钱投入帽兜里。当猴子返身回来的时候，一枚金黄色的落叶也在帽兜上方摇摇欲坠着。老黑想，除了钱之外，帽兜里就要有一片落叶了。

在没有人类之前，这世界上普遍存在的是动物植物，是花鸟虫鱼、山川草木、飞禽走兽。鱼在水底游，它们的世界总是晶莹透明的。飞鸟在空中感受日光，它们择秀木而栖，把动人的鸣叫声传递给在树下奔跑着的鹿。当然，自然界不总是风和日丽的，它也有豺狼虎豹，也有弱肉强食的血淋淋的屠杀。野兔被狼撕扯的哀鸣声与蝴蝶对花朵的亲吻声融会在一起。

我相信动物与植物之间也有语言的交流，只不过人类从诞生之日生就的"智慧"与这种充满灵性的语言有着天然的隔膜，因而无法破译。鱼也会弹琴，它们把水底的卵石作为琴键，用尾巴轻轻地敲击着，水面泛开的涟漪就是那乐声的折射。我想它们也有记录自己语言的方式，也许鸟儿将它们的话语印在了树皮上，不然那上面何至于有斑斑驳驳的沧桑的印痕？也许岩石上的苔藓就是鹿刻在上面的语言，而被海浪冲刷到岸边的五彩贝壳是鱼希望能到岸上来的语言表达方式。

对于这样一些隐秘的、生动的、遥远的、亲切而又陌生、糊涂而又清晰、苍凉而又青春的语言，我们究竟能感知多少呢？在梦境里，与我日常相伴的不是人，而是动物和植物。白日里所企盼的一朵花没开，它在夜里却开得汪洋恣肆、如火如荼。童年时所到过的一处河湾，它在梦里竟然焕发出彩虹一样的妖娆颜色。我在梦里还见过会发光的树、游在水池中的鳌、狂奔的鬣狗和浓云密布的天空。有时也梦见人，这人多半是已作了古的，他们与我娓娓讲述着生活的故事，仿佛他们还活着。我曾想，一个人的一生有一半是在睡眠中虚过的，假如你活了八十岁，有四十年是在做梦的，究竟哪一种生活和画面更是真实的人生呢？

有时我想，梦境也是一种现实，这种现实以风景动物为依托，是一种拟人化的现实，人世间所有的哲理其实都应该产生自它们之中。我们没有理由轻视它，把它们视为虚无。要知道，在梦境中，梦境的情、景、事是现实，而更多梦境的"我们"则只是一具躯壳，是真正的虚无。而且，梦境的语言具有永恒性，只要你有呼吸、有思维，它就无休止地出现，给人带来无穷无尽的联想。它们就像盛筵上酒杯被碰撞后所发出的清脆温暖的响声一样，令人回味无穷。

人类把语言最终变成纸张上的文字，本身就是一个冒险的不负责任的举动，因为纸会衰朽，它承受不了风雨雷电的袭击。如果人类有一天真的消亡了，这样的文字又怎会流传下去呢？所以，我们应该更多地与大自然亲近，与它对话和交流，它们也许会在我们已不在了的时候，把我们心底的话永存下来。

假如鱼也生有翅膀，它便拥有两个世界了：一个是水底的，一个是天上的。天上的鱼在飞翔的时候，也许会这样想，把文字留在水底的卵石上，不如让它们镌刻在空中更好。因为天空是一张多么广大的纸张啊。当水底的鱼哀叹人间已繁华不再时，飞翔的鱼却仍可赞美身下美轮美奂的废墟。

当我七八岁在北极村生活的时候，我认定世界就北极村这么大。当我年长以后到过了许多地方，见到了更多的人和更绚丽的风景之后，我回过头来一想，世界其实还是那么大，它只是一个小小的北极村。

佳作赏析：

迟子建（1964—），黑龙江漠河人，作家。作品有小说集《北极村童话》《向着白夜旅行》，散文集《伤怀之美》等。

这是一篇发人深省的文章。人类之间是有语言和文字进行沟通的，那么动物、植物之间呢？人与动植物之间呢？实际上也是存在"沟通语言"的，只不过这种"语言"并不是写在纸上的，而是其他方式。植物也好，动物也好，与人类在心灵上都是相通的，它们也都有着自己的思想感情和心理活动。

试想如果一条鱼也有了翅膀，那么它就可以脱离周围的环境而自由飞翔，就算周围的一切都变得丑陋不堪，那个有着翅膀的心仍然可以飞翔得很幸福。而没长翅膀的呢？只能在水中哀叹。人也一样，当自己的心是自由的，看到的和感受到的都是那样的美好。

可以预约的雪

□ [中国] 林清玄

东部的朋友来约我到阳明山往金山的阳金公路看秋天的芒花，说是在他生命的印象中，春天东部山谷的野百合与秋季阳金公路的菅芒花，是台湾最美丽的风景。

如今，东部山谷的野百合，因为山地的开发与环境的破坏已经不可再得，只剩下北台湾的菅芒花是唯一可以预约的美景。

他说："就像住在北国的人预约雪景一样，秋天的菅芒花是可以预约的雪呀！"

我答应了朋友的邀约，想到两年前我们也曾经在凉风初起的秋天，与一些朋友到阳明山看芒花。

经过了两年，芒花有如预约，又与我们来人间会面，可是同看芒花的人，因为因缘的变迁离散，早就面目全非了。

一个朋友远离乡土，去到下雪的国度安居。

一个朋友患了幻听，经常在耳边听到幼年的驼铃。

一个朋友竟被稀有的百步蛇咬到，在鬼门关来回走了三趟。

约我看芒花的朋友结束了二十年的婚姻，重过单身汉无拘无束的生活。

我呢！最慈爱的妈妈病故，经历了离婚再婚，又在 45 岁有了第二个孩子。

才短短的两年，如果我们转头一看，回顾四周，两年是足以让所有的人都天旋地转的时间了，即使过着最平凡安稳生活的人，也不可能两年里都没有因缘的离散呀！即使是最无感冷漠的心，也不可能在两年里没有哭笑和波涛呀！

在我们的生命里，到底变是正常的，或者不变是正常的？

那围绕在窗前的溪水，是每一个刹那都在变化的，即使看起来不动的青山，也是随着季节在流变的。我们在心灵深处明知道生命不可能不变，可是在生活中又习惯于安逸不变，这就造成了人生的困局。

我们谁不是在少年时代就渴望这样的人生：爱情圆满，维持恒久。事业成功，平步青云。父母康健，天伦永在。妻贤子孝，家庭和乐。兄弟朋友，义薄云天……这是对于生命"常"的向往，但是在岁月的拖磨，我们逐渐地看见隐藏在"常"的面具中，那闪烁不定的"变"的眼睛。我们仿佛纵身于大浪，虽然紧紧抱住生命的浮木，却一点也没有能力抵挡巨浪，随风波浮沉，也才逐渐了解到因缘的不可思议，生命的大部分都是不可预约的。

我们可以预约明年秋天山上的菅芒花开，但我们怎能预约菅芒花开时，我们的人生有什么变化呢？

我们也许可以预约得更远，例如来生的会面，但我们如何确知，在三生石上的，真是前世相约的精魂呢？

在我们的生命旅途，都曾有过开同学会的经验，也曾有过与十年二十年不见的朋友不期而遇的经验，当我们在两相凝望之时常会大为震惊，那是因为变化之大往往超过我们的预期。我每次在开同学会或与旧友重逢之后，心总会陷入一种可畏惧的茫然，我畏惧于生之流变巨大，也茫然于人之渺小无奈。

思绪随着茫然跌落，想着：如果能回到三十年前多好，生命没有考验，情爱没有风波，生活没有苦难，婚姻没有折磨，只有欢笑、狂歌、顾盼、舞蹈。

可是我也随之转念，真能回到三十年前，又走过三十年，不也是一样的变化，一样的苦难吗？除非我们让时空停格，岁月定影，然而这是完全不可能的。

深深去认识生命里的"常"与"变"，并因而生起悯恕之心，对生命的恒常有祝福之念，对生命的变化有宽容之心。进而对自身因缘的变化不悔不忧，对别人因素的变化无怨无忧，这才是我们人生的课题吧！当然，因缘的"常"不见得是好的，因缘的"变"也不全是坏的，春日温暖的风使野百合绽放，秋天萧飒的风使菅芒花展颜，同是时空流变中美丽的定影、动人的停格，只看站在山头的人能不能全心投入，懂不懂得欣赏了。

在岁月，我们走过了许多春夏秋冬；在人生，我们走过了许多冷暖炎凉。我总相信，在更深更广处，我们一定要维持着美好的心、欣赏的心，就像是春天想到百合、秋天想到芒花，永远保持着预约的希望。

尚未看到芒花的此时，想到车子在米色苍茫的山径蜿蜒而上，芒花与从前的记忆美丽相叠，我的心也随着山路而蜿蜒了。

佳作赏析：

林清玄（1953—），台湾高雄人，作家。著有散文集《莲花开落》《冷月钟笛》《温一壶月光下酒》《菩提系列》等。

人生如梦，世事无常，这一朴素的人生哲理在《可以预约的雪》中得到了实实在在的验证。一群朋友，约定两年后去阳明山一起看芒花。就是人生中几乎一瞬而过的两年时间，结果几个人都或多或少地发生变故，有的甚至有性命之忧了，真有隔世之感。其实不光是人，自然界中的山水也无时无刻不在发生变化。在浩瀚的宇宙中，人是渺小的，生命旅程是无常的，因此，珍惜当下的生活、坦然面对未来可能的变故，是人生的必修课。

一花一世界

□〔中国〕李乐薇

梅 花

每年桃花将谢时，总不忘将她的问候留在地上："敬爱的先我而开的梅花，请接受我的问候和敬意，寒冬在你的坚忍下退却了，梅香之后是春暖，在你面前我是惭愧的——一生享受了太多的温暖。"

梅花深知桃花天生就怕冷，她能对抵挡寒冷怀着敬意享受温暖而有愧疚，就很难得了。梅花的答语是温和的鼓励的："我一样喜欢温暖，娇艳的桃花，只是标准稍有不同，'零度'对我来说，已经够温暖了。"

金盏花

金盏花说，她有一顶漂亮的金冠。"将她所拥有的想象为珍贵的，她所珍贵的她已经具备了。"金盏花活在这个自定的逻辑里，享受着生存的乐趣和本身的优越。花儿们都会鼓舞自己，越小的花越热心自勉，金盏花就是这样。一旦她摇摆着细瘦的身形，顶起一朵金闪闪的小圆花，她会把简单的开花比做美丽的盛典："看哪，我正在加冕哪！"

喇叭花

纯白的百合花对生了黑点的喇叭花说："去美容吧，留着那一窝讨厌的雀斑做什么？"

爱妈妈胜过爱美的喇叭花，对美容不很热心，她宁愿保留少许瑕疵，"留做纪念，这是亲爱的，亲爱的妈妈留给我的遗传。"

荆棘里的小花

美人蕉好心地责备荆棘里的小花，怪她不会选择环境："哎呀，你怎么在这么糟糕的地方来开花呢？"

不愿选择环境，但愿改变环境的小花，小小的抱负使得美人蕉脸红了："如果大家都把这儿看做地狱一样，我不来谁来呀？"

雏 菊

秋海棠关心小小年纪便在野外求生的雏菊："小雏菊，你好吗？野外的环境会不会太苦？"

雏菊瘦得俊俏，小得神气。口齿尤其乖觉："吃苦是应该的，因为我们是年轻的孩子。"

桂 花

好奇的黄蝴蝶花，想揭开笼罩在桂花身上的谜："桂花桂花，你是最小的花，又是最香的花，这是什么缘故？"

桂花细碎，精巧，不成朵。香屑空飘，清沁隽永，一里二里，远近皆香……桂花的答语包含了卡通的趣味："我用香味去占有空间，不是体积。"

蔷 薇

蔷薇经过一番冲淡，柔和了。白蔷薇清纯，黄蔷薇雅致，即使红蔷薇也轻红可人。她以清淡，以甜润，以水彩的风韵，开辟自己的天地，虽和玫瑰貌似而姿采各殊，以便一切属于浓艳的美誉归于玫瑰。

杨 花

凋谢，是花族发光日子里的低音符，杨花在这一刹那努力把调子升起来，升起一节惊喜而浪漫的变奏，突破生命的乐理脱离开谢的形态，表现了落花的变格。落花，落花，杨花谢而不落，甚至采取反方向，回旋而出，凌空而去，飘飘举举，坦坦荡荡，扬起一鼓上升的冲劲，飞去再出发的逸兴以及二度春讯，比开花时节犹多几分美丽和活力！一切的花都是生命的表演者，杨花修正了演出的公式，把高潮大胆转移，开花不是巅峰时期，落花反而是结局，是一个未知……风不止息，花犹在飞……

牵牛花

蓝色的牵牛花是爬藤花中的能手，只要有一个可以攀援的目标，一日一尺十日一丈，转眼间就在一个必须仰望的高度摇曳生姿了……藤蔓交错有如轻快的步履，喇叭式的花唇奏着清新的短歌。前进的速度虽快，态度却自然，悠闲，合着乡村小调的节拍。不管离地面多远，牵牛花总不忘她的起点，即使花开得再高，永远是简单、朴素的蓝，和第一朵一样平凡！

圆仔花

"圆仔花——不知丑。圆仔花——不知丑。"

刚开放的一朵小不点，圆浑浑，红扑扑，全然未经雕凿，一露面就被调侃被讪笑，圆仔花小脸更红了："哎呀，对不起，我急于来美化世界，竟忘了修饰我自己了。"

金银花

月光下，金银花做着均富的小梦，她不惜凋谢，好把她想象中的财富——那重重的花瓣，洒满世界的每一个角落，从东方到西方，从喧闹的地区到寂寞的丛林……

玫瑰花

凤仙有意试探玫瑰："你是否为你的美丽而骄傲？"

玫瑰发现每一种花都有她的美丽，"美丽"并不是花的特殊成就，有了成就尚且不必骄傲，何况没有？俏皮的玫瑰立即反问："你觉得我应该骄傲吗？请借我一些骄傲的细胞。"

柳 絮

生而为花，柳絮觉得还不够好，从母体中脱颖而出，变化生命的面貌，成为独一无二，开先河的飞花，这才合乎柳絮生存的意愿。其他花儿对天空止于仰望或梦想，柳絮视天空为开花的园地。不论什么花各有一枝可栖，柳絮舍枝栖而取自由。风不能支使她，是她选择了风，强风吹不动她，弱风带她不走，她要的是一阵邀舞的音乐风，迎着她引着她随侍左右，风悠悠，花曼曼，共进共退……一到天上，生与死即在她的两端，柳絮在两端之间谱入了富于哲意的三部曲：先是她爱扮演的春城无处不飞花的"飞花"，而后摆脱花空幻而虚荣的形，飘飘若"絮"，终于将她的爱她的意愿与最后的痕迹一起淡化，直至出现了"无"。

菊　花

秋石斛对冷霜中开得比冷更冷，比霜更霜的菊花说："你活得那么有劲，可是为了维持你傲霜的荣誉？"

花们的确给了菊花很多荣誉，那些花称风和日丽是好季节好气候，寒冷风霜就是坏的气候了。菊花不这样想，她凛凛然与秋分庭抗礼，欣欣然与秋融而为一，形成一个秋有菊色，菊有秋色，风格潇洒的第三季！菊花所想和所做的是爱她生长的时光，不是埋怨；表扬她生长的季节气候之美，而非逃避。菊花就是这样难得的好花，并且要她的下一代也这样——有花应有的忍耐和风标。菊花只傲霜，对朋友一点不傲："不，亲爱的秋石斛，我耐霜耐寒，是为了留下好的品种！"

栀子花

栀子花开起来不遗余力，全心全意地将颜色、芳香、身段一齐奉献。一番盛开便玉体膨胀，失去腰围，她变得粗俗不堪看了吗？请听她爽利的口风，听她庄谐并用的解释："假如忘我是一种美，我的痴肥就是双重的美丽。"

榆　花

榆花的处境十分尴尬，虽名为花，实际上常被忽略，吸引力远不及她的叶和荚——片片串串，美如钱币。圆的可喜，成串的诱惑落在地上，连风都要抢一把。

"花永远是主角！"好些花永远不改这个对自己有利的观点，不满于榆花的沉默。"榆花啊榆花，你看到过有花屈居配角的吗？"榆花偏巧没有"角色"的观念，"主角""配角"对她同样陌生，容颜淡性情也淡的榆花，只好淡然一笑："和钱帛并列，无论谁都会处于次要的地位啊。"

水　仙

岸上的大理花问水仙："水用什么方式赢得了你的爱？"

水仙几乎羞于说明，她爱的条件太简单，要真正"被爱"，她就无条件投降了，水仙还是羞怯地说了："很古老很传统的方式——水总是让我时时看到我在她心中的地位。"

定沙花

遍布海边的马鞍藤，又名定沙花。样子很像牵牛花，有两种颜色，知足的白，微喜的淡红。海风不时对定沙花耳语："谁来赞美？谁来赞美？海滨如此寂寞，你偏开花在寂寞中？"在海滨开花是很苦的，但是定沙花是不怕苦的花。她忙着张开宽广的胸怀，忙着安定躺在她怀中的流沙。起初定沙花听到沙子一颗颗流动的声音，直到沙子们感到不停地流动，只有散失，永远是孤单的个体，于是逐渐聚合——逐渐安定——无声地投入团结的温暖。这分定而后静的美，奇妙无比！定沙花等待的就是这个，为什么花一定要接受赞美呢？"我们不是为接受赞美而生的。"定沙花准备好了回话，等着那调皮多话的海风。

不知名的花

草原上缤纷着不知名的杂色花，一朵有一朵的姿彩，秾的秾，纤的纤，自成不规则的比率；一朵有一朵的色调，素素，艳艳，呈现多样性的调和。一味地娇一味地巧一味地乐观，仿佛世上从无风雨，阳光一照全亮起来了，花儿原本也是亮的——色彩带来光芒。一朵橙色，一朵粉色，又一朵桃红，又一朵鹅黄；欲红欲紫代表创意，似蓝非蓝表示幻想，还有多彩夹斑点的，俏丽带镶边的；真精彩，每一朵，变化的以及单纯的，形形色色充满花的智慧，花的技巧，以及花儿可惊可喜先天的设计的天才……

这些花没有名字，如果有名字，也许就不会开得这么好了，名字会叫花分心的，她们全体的名字是"生机"，个别的是"自由开放"。

九重葛

一重姹紫，一重嫣红，一重美，一重爱；长枝接短枝，一花续一花……九重葛不开则已，开则盛开，而且经久不衰。色明媚，花纷繁，一片绵延的气象来自两代之间的默契。

解事的新花，频频向为她承受压力的老枝致意："我一直增加你的负荷，却不曾带给你什么。"

"负荷是我的快乐。"不再开花的老枝笑语开花的幼苗，"我希望收获再生的喜悦，你已经给了我。"

油菜花

土地上泛美着一色的黄花，单纯，和谐，黄成田园，黄成老圃，黄成亲切，黄成终难忘的家乡。

花儿流行移植，油菜花从不移植，厮守着农庄大地，等待结籽。她不移植的理由非常美丽，非常文学："这是我的乡土之恋！"

佳作赏析：

　　李乐薇（1930—），祖籍江苏南京，台湾当代女作家。作品有《我的空中楼阁》等。

　　这是一篇充满哲理性的寓言美文。作者通篇运用了拟人化的写法，赋予了自然界各种花特定的思想感情和道德品质，将人世间美好的情感和美德集中展现出来。一花一题目，一花一品行，一花一特色，一花一世界。优美的语言、简洁的描述、别出心裁的体例、禅味十足的意境，无不令人陶醉。

时 间

□ [中国] 蒋子龙

人生的全部学问就在于和时间打交道。

有时一刻值千金，有时几天、几个月、几年乃至几十年，不值一分钱。

年轻、年盛的时候，一天可以干很多事；在世上活的时间越长，就越抓不住时间。

当你感到时间过得越来越快，而工作效率却慢下来了，说明你生命的机器已经衰老，经常打空转。

当你度日如年，受着时间的煎熬，说明你的生活出了问题，正在浪费生命。

当你感到自己的工作效率和时间的运转成正比，紧张而有充实感，说明你的生命正处于黄金时期。

忘记时间的人是快乐的，不论是忙得忘了时间，玩得忘了时间，还是幸福得忘了时间。

敢于追赶时间，并留下精神生命和时间一样变成了永恒存在的，是天才。

更多的人是享用过时间，也浪费过时间，最终被时间所征服。

凡是有生命的东西，和时间较量的结果最后都要失败的。有的败得辉煌，有的败得悲壮，有的败得美丽，有的虽败犹胜，有的败得合理，有的败得凄惨，有的败得龌龊。

时间无尽无休，生命前赴后继。

无数优秀的生命占据了不同的时间，使时间有了价值，这便是人类的历史。

生命永远感到时间是不够用的。因此生命对时间的争夺是酷烈的，产生了许多骇人听闻的故事，如："头悬梁""锥刺股""以圆木为枕"等等。

时间是无偿赠送给生命的，获得了生命也就获得了时间，而且时间并不代表生命的价值。所以世间大多数生命并不采取和时间"竞争""赛跑"的态度，根据生存的需要，有张有弛，有紧有松，累得受不了啦，想闲。拥有太多的时间无法打发，闲得难受，就想找点事干，让自己紧张一下。

现代人的生存有大同小异的规律性。忙的有多忙？闲的有多闲？忙的挤占了什么时间？闲人又哪来那么多时间清闲？《人生宝鉴》公布了一个很有意思的调查材料——

一个人活了72岁，他这一生的时间是这样度过的：

睡觉20年，吃饭6年，生病3年，工作14年，读书3年，体育锻炼看戏看电视看电影8年，饶舌4年，打电话1年，等人3年，旅行5年，打扮5年。

这是平均数，正是通过这个平均数可以看到许多问题，想到许多问题，每个生命都是普通的，有些基本需求是不能不维持的。普通生命想度过一个不普通的一生，或者是消闲一生，该在哪儿节省，该在哪儿下力量，看过这个调查表便会了然于胸。

不要指望时间是公正的。时间对珍惜它的人和不珍惜它的人是不公正的，时间对自由人和监狱的犯人也无公正可言。时间的含金量，取决于生命的质量。

时间对青年人和老年人也从来没有公正过。人对时间的感觉取决于生命的长度，生命的长度是分母，时间是分子，年纪越大，时间的值越小，如"白驹过隙"。年纪越轻，时间的值就越大。

时间，你以为它有多宽厚，它就有多宽厚，无论你怎样糟蹋它，它都不会吭声，不会生气。

时间，你认为它有多狡诈，它就有多狡诈，把你变苍老的是它，让你在不知不觉中蹉跎一生，最终后悔不迭的是它。

时间，你认为它有多忠诚，它就有多忠诚，它成全了你的雄心，你的意志。

有什么样的生命，就有什么样的时间。

一个人有什么样的时间观念，就会占有什么样的时间。

爱因斯坦创立相对论，证实时间与空间和物质是不可分割的，任何脱离空间的时间是不存在的，也是没有意义的。人如果能超光速旅行就会发生时间倒流，回到过去。倘若有一天人类能征服时间了，生命真正成了时间的主人，世界将是什么样子呢？

佳作赏析：

蒋子龙（1941—），河北沧县人，作家。作品有《一个工厂秘书的日记》《乔厂长上任记》等。

人的一生不过几十年，如何利用时间是一门大学问。不同的人有不同的理解，自然也有不同的做法。同样的时间，又因为每个人所做事情的不同而有着不同的意义。你如何去计划、驾驭时间，往往就会有什么样的结果。你懂得珍惜，时间就充裕；你虚度光阴，时间就紧张。种瓜得瓜，种豆得豆，你掌控了时间就掌控了自己的人生。

生命之歌

□ [中国] 罗兰

一、夜的告退

仿佛是很久以前，在某一次的病中，又仿佛是我刚刚从冥茫中降生，地球不知为什么要用那么凄清的调子，艰难地转到黎明。

总觉得记忆中有一个声音，说："天亮了！"但又一点儿也想不起是什么时候听到的这样一个声音。这声音，竟然也是那么凄清，像是好不容易熬过了一个长夜，看到曙光渐渐浸透浓密的黑暗，纸窗上现出了几分淡白的清冷，倦旅的夜，叹息着生途的艰辛，那苍白的面容！

黎明前的长夜，是如此的沉重与无奈，宇宙是漆黑一片的静场。一切无声，像是被一个庞然的巨灵掌遮住、压抑了一切。幸福的人可以闭上眼睛去寻梦，而醒着熬过长夜的人，一直听着夜的脚步，缓慢而狰狞，沉重又无声，直到鸡鸣，增加了破晓时分的寒冷，揭示出这宇宙第一个声音，你才感到，自己从一个不可知的世界，惶恐地张开眼睛，迎向黎明。是你的降生，也是一个日子的苏醒。这时，才逐渐有管弦试探地、轻轻地起奏。天上的朝臣们已经端正了衣冠，准备迎接太阳这君王的升殿，天地间才霍然地亮了。

黑夜告退，你觉得世界像是沉静了千古的大海，忽然，波涛粼粼地展开了无边的活动。

人们欣喜着夜的告退，不知为了什么而彻夜未眠的人们，也松下了一口气——唉！终于见到了黎明！

二、清晨

清晨是一首明朗嘹亮的歌，伴奏着清越的双簧管。鸟鸣是短笛的跳音，弦乐部分是欣然的行板。

一切都现出了颜色。

被浓黑掩盖了一夜的世界，又一次展现了树群的婆娑浓绿，花朵的红紫缤纷。草叶上闪亮的露珠，是清晨带给世界的最佳献礼，鸟儿们欢唱着"黑夜远去，白日降临"。

人们开始活跃。那些摸黑赶早市的豆浆贩和鱼贩、菜贩们，也解除了一脸隔夜的慵倦，振作起来了。

做早操或做早课的人们为自己曾经不怕黑夜的尾声而自豪着，忘记了起床时，勉力奋起的心情。

宇宙换一个勤奋的调子，像那一队队如同麻雀一般跳跃着奔往校门的小孩，意气昂扬，齐步堂堂，告诉你，生命是何等的活跃又欢畅。

空气由夜的冷峻到晨的沁凉，在阳光的浸浴下，越来越温暖，天也越来越高、越蓝、越亮。

车辆与行人汇成了人间长河，尘沙渐渐飞扬起来的时候，阳光由清亮变为刺目，那就是中午来临了。

三、日午

日午是工作的稍歇。

尘沙在直射的阳光下，由奔逐变为凝聚。像那令你辨不清个体的群众，盲目地聚散着，旋转着。你不知道尘沙们是否也有事情在忙。你只觉得它们如此地浮游旋转，没有根，聚拢又流散，是一种不可解的奔逐。于是，你像置身在宇宙之外，冷眼旁观着另一个世界。"尘沙们也觉得自己被一个不得不奔忙的力量在催迫着吗？"你这样问。

于是，你羡慕菜贩们在收拾残梗断叶之后，来到了生之旅的中途站，他们一天的辛苦在这时可以略作结束——实在是很累了！收拾起那些箩筐，回到简陋的家里去赶个午睡，留下一点睡起的时间，和同一市场的竞争者们，放下恩怨，赌赌纸牌，或摆开象棋，认真地下它几盘。

卖便当的也忙过了，回去把这半日的辛劳，慢慢结算。

办公室的窗子开着或密闭着。一上午的电话与账目，在短暂的闭目养神中，很快地变成了一些朦胧的梦。暂时推开那急于挤向前来的下午，在速成的梦里，去探寻那迢迢的生之旅途。唉！何等的缈远寥廓又荒凉！未知的旅途上，点缀着一些不可捉摸的假象，是海市蜃楼吧？是自己那不可解的脑波，在无意中接收到世界某一个陌生角落所传来的陌生讯息吧？别人也在接收我们吧？

人的心灵是如此的神奇又恍惚！说不定这才是另一个醒着的你，在冥茫之中漫游。被上午的难题困扰着的你，或许正希望自己回到那在冥茫之中漫游的本真。希望忽然间给你一个证明，证明那一上午在现实尘沙中奔劳的自己，是在一个梦境中暂时地登场。

四、午后

当然，你会被一个电话铃声，一位同事或同业的招呼，一阵脚步声响，一声英语，一串摩托车的马达而惊醒。你没有办法停留在那冥茫之中，你回到一个充满公事与私事，充满问题与答案的日常。于是，下午用闷恹恹的脚步沉缓地开始，主调在低音大提琴上进行，管弦成为遥远的回应。

最好一切已在上午做了决定。

还有新的问题在发生吗？必须解决吗？留到明天，怎么样？让它是明天的课题吧！太阳已经有些倦意，浮尘在斜下去的阳光里开始慢慢地沉淀。它们倦了吧？还是那不知来自何处的无形之力渐渐放松了它们。你觉得有些浮尘已经离去，所以那还在游动着的就显得松散多了。

阳光斜斜地照在西窗上，却预期着那窗外的鸟儿是在归巢。空气里剩下的，无论是春之慵懒或秋之凄清，是夏之闷热或冬之寂冷。办公桌上各式文件暂时地收敛，就是黄昏的前奏了。

五、昏夜

都市黄昏的街道上，车子汇成长河，马达声喧，夜迅速地把照明之责交给了各色的车灯、路灯、门灯与霓虹。家是每一个人急于回去的地方，却也是每一个人迎向另一串问题与负担的地方。你整日的奔忙与焦虑是因为有了它，而你却觉得你奔忙与焦虑可以因为有它而消失。都市的夜街并不因为有那么多的灯光而显得明亮。你看得见的只是你车灯照到的一小片、一小段，而夜已在你奔赴那另一串问题的时候，迅速地涂黑了每一个角落。乡间的黄昏倒是广阔得多了。

太阳斜下去之后，是整个浅灰浅紫的宇宙暮落，归鸦点点，农夫荷锄走过田埂时，到处已经有了蛙鼓虫鸣。远处清冷的灯火，一个一个地亮起，点染出零星孤寂的人间村落。

有灯的地方写着温暖，也写着艰辛。

奔忙的白日过去，清点这一天奋战的伤痕，灶边有和这伤痕一起得来的饭菜。全家聚在一起的时候，是稚子无邪的笑闹，和家长苦乐交织着的、疲愈的心，与在温慰中隐隐泛起的那一丝怜悯——"当你们也像我一样的长大成人……"

窗外迅速地落下了夜的黑色大暮。星星们孤寂地在天上俯望这天黑之后的人间。灯火如此零落，不久更会暗去。人们在被褥的温暖中，卸下一天的风尘，叹息和着打鼾的声音。

海在黑暗中大幅地、悄悄地摆荡着、叹息着、宣叙着宇宙洪荒，生命的开始与终结，存在与凋落。悲欢如尘沙，得失如草芥。

造物者说："你们要借着光的照耀去奔忙，帮助别人，也得到别人的帮助而生存。你们可以在那光暂时隐去的时候歇息，容许你忘记日间的奔劳，在各样的梦境中，去缥缈虚无的地方游历。白天的伤痕会在睡梦中消隐，而睡梦中的恐惧会在白天来临的时候褪去。你奉我的差遣，有三万多个这样的日子，给你生存。如果你记着白日的光华，这光华也会点亮你黑夜中的梦境。总会有星的寒光，伴你黑夜。你也不必害怕知道，有更长的黑夜是你人生的终站。它让你那长途奔劳，暂时止歇。而在这样的长夜之后，你将再从冥茫中苏醒，张开惶恐的眼睛，迎向冷冽的黎明，成为另一形态的生命。你会再度为自己可以奔波忙碌而感到快乐与欢腾。"

佳作赏析：

罗兰（1919—），生于河北省宁河县，1948年去台湾，著名女作家。主要作品有《罗兰小语》《罗兰散文》等。

人生是由一天一天累加而成，每天由早、午、晚连接着，生命就是由无数个白天和黑夜组成。"白天的伤痕会在睡梦中消隐，而睡梦中的恐惧会在白天来临的时候褪去"，一种生命的结束，必将是另一种生命的诞生。优美的语言，诗化的意境，令人回味无穷。

论理性与热情

□［黎巴嫩］哈·纪伯伦

你的心灵常常是一个战场。你的理性与判断和你的热情与嗜欲在这里战斗。

我多么希望能在你的心灵中做一个调停者，使你们心中的竞争与衅隙变成合一与和鸣。

但我又能做什么呢？只有你们自己也做个调停者，做个你们心中的爱者，才能维系这合一与和鸣。

你们的理性与热情，是你航行的舵与帆。假如你的帆或舵破坏了，你们只能泛荡、漂流，或在海中停住。如果只有理性独自治理，那样是一个禁锢的权力；如果单独让热情来治理呢？不小心的时候它将是一个自焚的火焰。

因此，让你们的心灵把理性升到热情的最高点，让它歌唱；也让他用理性来引导你们的热情，让它在每日复活中生存，如同大鸢在它自己的灰烬上高翔。我希望你们把判断和嗜欲当做你们家中的两位佳客。

你们要对这两位佳客一视同仁，因为过分关心任何一客，结果必定会失去两客的友爱与忠诚。

在万山中，当你坐在白杨的凉荫下，享受那远田与原野的宁静与和平——你应当让你的心在沉静中说："上帝安息在理性中。"

当飓暴卷来的时候，狂风震撼林木，雷电宣告穹苍的威严，——你应当让你的心在敬畏中说："上帝运行在热情里。"

只因你们是上帝大气中之一息，上帝丛林中之一叶，你们也要同他一起安息在理性中，运行在热情里。

佳作赏析：

纪·哈·纪伯伦（1883—1931），美籍黎巴嫩阿拉伯诗人、作家、画家，是阿拉伯现代小说、艺术和散文的主要奠基人之一。代表作品有《我的心灵告诫我》《先知》《论友谊》等。

《论理性与热情》是一篇经典的哲理美文。作品中既有冷峻的理性思考，又有浪漫的抒情和清新的语言，征服了一代代的读者。感性与理性，仿佛黑夜和白天一样，我们都不能厚此薄彼，或者放弃一方，需要平等对待，让它们共同为我们服务。

人生

□ ［英国］劳伦斯

　　人出现于世界的开端与末日之间。人既不是创世者也不是被创者，但他是创造的核心。一方面，他拥有产生一切创造物的根本未知数；另一方面，他又拥有整个已创造的宇宙，甚至拥有那个有极限的精神世界。但在两者之间，人是十分独特的，人就是最完美的创造本身。人出生于嘈杂、不完美和未修饰的状态下，是个婴儿、幼孩，一个既不成熟又未定型的产物。他生来的目的是要变得完美，以致最后臻于完善，成为纯洁而不能缓解的生灵，就像白天和昼夜之间的星星，披露着另一个世界，一个没有起源亦没有末日的世界。那儿的创造物纯乎其纯，完美得超过造物主，胜过任何已创造出来的物质。生超越生，死超越死，生死交融，又超越生死。

　　人一旦进入自我，便超越了生，超越了死。两者都达到完美的地步。这时候，他便能听懂鸟的歌唱，蛇的静寂。

　　然而，人不能创造自己，也不能达到被创造物的顶峰。他始终徘徊于原处，直至能进入另一个完美的世界；但他不是不能创造自己，也无法达到被创之物完美的恒止状态。为什么非要达到不可呢？他不是已经超越了创造和被创造的状态吗？

人处于开端和末日之间，创世者和被创造者之间；人介于这个世界和另一个世界之中途，既兼而有之，又超越各自。

人一直在倒退，像是有一只无形的手在往后拉。他无论何时都不可能创造自己。他只能委身于创世主，屈从于创造一切的根本未知数。每时每刻，我们都像一种均衡的火焰从这个根本的未知数中释放出来。我们不能自我容纳，也不能自我完成，我们都从未知中不断地衍生出来。

这就是我们人类的最高真理。我们的一切知识都基于这个根本的真理。我们是从基本的未知中衍生出来的。看我的手和脚：在被创造的宇宙中，我就只有这些肢体。但谁能看见我的内核，我的源泉，我从原始创造力中脱颖出来的内核和源泉？然而，每时每刻我在我心灵的烛芯上燃烧，纯洁而超然，就像那在蜡烛上闪耀的火苗，均衡而稳健，犹如肉体被点燃，燃烧于初始未知的冥冥黑暗与来世最后的黑暗之间。其间，便是被创造和完成的一切物质。

我们像火焰一样，在开端的黑暗和末日的黑暗之间闪耀。我们从未知中来，终又归入未知。但是，对我们来说，开端与结束完全是不同的，二者不能互相替代。

我们的任务就是在两种未知之间如纯火一般地燃烧。我们命中注定要在完美的世界，即纯创造的世界里得到满足。我们必须在完美的另一个超验的世界里诞生，在生与死的结合中达到尽善尽美。

我的脸上长着一双不能视物的眼睛，当我转过脸时，犹如一个瞎子把脸朝向太阳，我把脸朝向未知——起源的未知。就像一个盲人抬头仰望太阳，我感到从创造源中冒出的一股甘泉，流入我的心田。眼不能见，永远瞎着，但却能感知。我接受了这件礼物。我知道，我是具有创造力的未知的入口处，就像一颗在不知不觉中接受阳光并在阳光下成长的种子。我敞开心扉，迎来伟大的原始创造力的无形温暖，开始履行自己的义务和完成自己的责任。

这便是人生的法则。我们永远不会知道什么是起源，永远不会知道我们怎样才具有目前的形状和存在。但我们可能知道那生动的未知，让我们感受到的未知是怎样通过精神和肉体的通道进入我们体内的。是谁？我们半夜听见在门外的是什么？谁敲门了？谁又敲了一下？谁打开了那令人痛苦的大门？

然后，注意，在我们体内出现了新的东西，我们眨眨眼睛，却看不见。

我们高举以往理喻之灯，用我们已有的知识之光照亮了这个陌生人。然后，我们终于接受了这个陌生人，让他成为我们当中一员。

人生就是如此。我们怎么会成为新人？我们怎么会变化发展？这种新意和未来的存在又是从何处进入我们体内的？我们身上增添了些什么新成分，它又是怎样努力才来到这里？

从未知中，从一切创造的产生地——根本的未知那儿来了一位客人。是我们叫它来的吗？召唤过这新的存在吗？我们命令过要重新创造自己，以达到新的完美吗？没有，没有。那命令不是我们下的。忘了吗？我们是永远不可能创造自己的。但是，从那未知，从那外部世界的冥冥黑暗，这陌生而新奇的人物跨过我们的门槛，在我们身上安顿下来。它不来自我们自身，而来自外部世界的未知。

这就是人存在的第一个伟大的真理。我们是怎么来到这个世界上的？不是靠我们自己。谁能说，我将从我那里带来新的我？不是我自己，而是那在我体内有通道的未知。

那么，未知又是怎么进入我的呢？未知所以能进入，就因为在我活着时，我从来不封闭自己，从不把自己孤立起来。我只不过是通过创造的辉煌转换，把一种未知传导为另一种未知的火焰。我只不过是通过完美存在的变形，把我起源的未知传递给我末日的未知罢了。那么，起源的未知和末日的未知又是什么呢？这我说不出来，我只知道，当我完整体现这两个未知时，它们便融为一体，达到极点———种完美解释的玫瑰。

我起源的未知是通过精神进入我身的。起先，我的精神忐忑不安，坐卧不宁。深更半夜时，它听到了从远处传来的脚步声。谁来了？呵，让新来者进来吧！让他进来吧！在精神方面，我一直很孤独，没有活力。我等待新来者。我的精神却悲伤得要命，十分惧怕新来的那个人。但同时，也有一种紧张的期待。我期待一次访问，一个新来者。因为，我很自负、孤独、乏味呵！然而，我的精神仍然很警觉，十分微妙地盼望着，等待新来者的访问。

事情总会发生，陌生人总会来的。

我屏气细听着，在我的精神里细细地听着。杂乱的声音从未知那边传过来。能肯定那一定是脚步声吗？我匆忙打开门。啊哈，门外没有人。我必须耐心地等待，一直等到那个陌生人。一切都由不得我，一切都不会自己发生。

想到此，我抑制住自己的不耐烦，学着去等待，去观察。终于，在我渴望和困乏之时，门开了，门口站着那个陌生人。啊，到底来了！啊，多快活！我身上有了新的创造。啊，多美啊！啊，快乐中的快乐！我从未知中产生，又增加了新的未知。我心里充满了快乐和力量的源泉。

我成了存在的一种新的成就，创造的一种新的满足，一种新的玫瑰，地球上新的天堂。

这就是我们诞生的全过程，除此之外，不可能再有另外一种程序。我的灵魂必须有耐心，去忍耐、去等待。最重要的，我必须在灵魂中说：我在等待未知，因为我不能利用自己的任何东西。我等待未知，从未知中将产生我新的开端。不是为了我自己，而是为了我那不可战胜的信念，我的等待。我就像森林边上的一座小房子。从森林的未知的黑暗之中，在起源的永恒的黑夜里，那创造的幽灵正悄悄地朝我走来。我必须保持自己窗前的光闪闪发亮，否则那精灵又怎么看得见我的屋子？如果我的屋子处在睡眠或黑暗中，天使便会从房子边上走过。最主要的，我不能害怕，必须观察和等待。就像一个寻找太阳的盲人，我必须抬起头，面对太空未知的黑暗，等待太阳光照耀在我的身上。这是创造性勇气的问题。如果我蹲伏在一堆煤火前面，那将毫无用处，如此我绝不会通过。

一旦新事物从源泉中进入我的精神，我就会高兴起来。没有人，没有什么东西能让我再度陷入痛苦。因为我注定将获得新的满足。我因为一种新的、刚刚出现的完善而变得更丰富。如今，我不再无精打采地在门口徘徊，寻找材料来拼凑我的生命。配额已经在我体内了，我可以开始了。满足的玫瑰已经在我的心里扎根并且成长，它最终将在绝对的天空中放射出奇异的光辉。

只要它在我体内孕育，一切艰辛都是快乐。如果我已在那看不见的创造的玫瑰里发芽，那么，阵痛、生育对我又算得了什么？那不过是一阵阵新奇的欢乐。我的心只会像星星一样，永远快乐无比。我的心是一颗生动的、颤抖的星星，它终将慢慢地煽起火焰，获得创造，产生玫瑰中的玫瑰。

我将去往何处，将自己依托于谁？依托未知——那神圣之灵。我等待开端的到来，等待那伟大而富有创造力的未知来注意我，通知我。这就是我的快乐，我的欣慰。同时，我将再度寻找末日的未知，那会将我纳入终端的黑暗。

我害怕那朝我走来、富有创造力的陌生的未知，但只是以一种痛苦和无言的快乐而害怕。我怕那死神无形的黑手把我拖进黑暗，一朵朵地摘取我生命之树上的花朵，使之进入我来世的未知之中，但只是以一种报复和奇特的满足而害怕。因为这是我最后的满足，一朵朵地被摘取，一生都是如此，直至最终纳入未知的终端——我的末日。

佳作赏析：

戴维·赫伯特·劳伦斯（1885—1930），英国著名作家。代表作品有《恋爱中的女人》《儿子与情人》等。

这是一篇带有学术味道的哲理性文章。文章从哲学高度讨论了人生的本质问题，深刻而不晦涩，通俗而不流俗。人生就是在未知和新的未知，创造和被创造之间被锻造、被替代的过程。我们像火焰一样，在开端的黑暗和末日的黑暗之间闪耀，我们的人生就是在两种未知之间如火焰一般地燃烧。文章读来发人深省。

活出意义来

□ [奥地利] 维克多·弗兰克

生 命

生命的意义因人而异，因日而异，甚至因时而异。因此，我们无需问生命的一般意义为何，而是问在一个人存在的某一时刻中的特殊的生命意义为何。概括起来回答这一问题，正如我们去问一位棋圣说："师傅，请问我该如何下好这最棒的一步棋？"其实根本没有所谓最棒的一步棋，也没有看似颇高的一步棋，而要看弈局中某一特殊局势及对手的人格形态而定。

生命不停地向人提出各异的挑战，并列出方程让他去解答，因此生命意义的问题事实上应该颠倒过来。人不应该去问他的生命意义是什么。他需要明确，自己才是答题的人。一言以蔽之，每一个人都被生命询问，而他唯有自己的生命中才能找到问题的答案；"负责"便是答案的精华。因此，人类存在最重要的本质，即是"担负责任"。

爱

爱是洞穿另一个人最深人格核心的唯一方法。除了爱，没有一个人能完全了解另一个人的本质精髓。借着心灵的爱情，我们才能看到所爱者的精髓特性。甚至，我们还能发现爱人自己也不曾了解的潜能。由于爱情，可以使爱人真的去实现那些潜能。凭借使他理会到自己能够成为什么，应该成为什么，而使他深层的潜能迸发出来。

苦　难

如果注定一个人将遭受某种境遇，那么，他就必须面对一个无法改变的命运——比如患上了绝症或开刀也无济于事的癌症等等，他就等于得到一个最后机会，去实现最高的价值与最深的意义——苦难的意义。这时病魔并不是中心。中心是他面对苦难的态度、信心以及行为。

下面，我要用一个例子来说明。

我的一位年迈的医师朋友，他不幸患了严重的忧郁症。病因源于两年前，那时他最挚爱的妻子离他而去，以后他一直挣扎在丧妻的苦痛中。现在我应该做些什么呢？是劝慰吗？不对，我反而问他："如果是您先离去，而夫人继续活着，那会是怎样的情境？"他说："噢！这对她来说是可怕的！她也许会比我更加不能忍受！"于是我回答他说："现在她免除了这痛苦，那是因为您才使她免除的。所以您必须做出牺牲，以继续活下去及哀悼来偿付您心爱的人免除痛苦的牺牲。"他万分激动地紧紧握住我的手，然后平静地回家去了。痛苦在发现意义的时候，就不成为痛苦了。

佳作赏析：

维克多·弗兰克（1905—1997），奥地利心理学家，主要作品有《人对意义的追寻》等。

在本篇中，弗兰克从生命、爱和苦难三个方面来说明生命的意义。

生命的意义因人而异，因日而异，甚至因时而异。每一个人都被生命询问，而他唯有在自己的生命中才能找到问题的答案。爱是洞穿另一个人最深人格核心的唯一方法。除了爱，没有一个人能完全了解另一个人的本质精髓。如果注定一个人将遭受某种境遇，那么，他就必须面对一个无法改变的命运，他就等于得到一个最后机会，去实现最高的价值与最深的意义——苦难的意义。痛苦在发现意义的时候，就不成为痛苦了。

人类的镜子

□ [苏联] 普里什文

　　了解大自然最简单的捷径即是与人亲密接触，那时大自然将成为一面镜子，因为人类的心灵里包含着整个大自然。

　　大自然——这就是为全人类的经济提供的材料，也是我们每一个人走向真理之路的镜子。只要好好思索一下自己的道路，然后根据自己切身的体会去看大自然，那么必然会在那儿看到你个人思想、感情的感受。

　　这好像给人一种简单、容易的感觉，如两滴雨点在电线上互相追逐，一滴雨珠耽搁了一下，另一滴赶上了它，于是两滴水合为一滴，一起落到了地下。这么简单！但如果想想自己，想想人们在孤独中，彼此尚未相遇，尚未会合在一起时心中的感受，带着这些想法去研究水滴的结合，那么就会发现，雨滴、水溶合在一起，原来也很复杂。

　　如果献身于这种研究工作，那么就会像在镜子里一样看见人类的生活，就会发现，整个大自然就是整个人类——这位帝王——生活得像镜子一样的见证者。

大自然里有水，它的镜子映照出天空、山峦和森林。人类不仅自己站了起来，他同时还拿起镜子，照见了自己，接着开始细细观察、审视被照出来的自己的形象。

狗在镜子里照见自己，认为那是另一条狗，而不是它自己。

很可能只有人能够懂得，镜子里的形象就是他自己。

一部文化史就是一篇故事，叙述人类在镜子里看到了什么，而且用它在这面镜子里还将看到什么样的形式来规划我们美好的明天。

佳作赏析：

米哈伊尔·米哈伊洛维奇·普里什文（1873—1954），苏联作家。代表作品有《在鸟不受惊的地方》《亚当和夏娃》《黑色的阿拉伯人》《林中水滴》等。

普里什文是自然主义作家，一生和大自然紧密联系一起。《人类的镜子》是一篇沉思录，是对社会生活、文学艺术和自然现象的感悟，具有深刻的思辨色彩。普里什文把自己写动物和植物的笔记收录在这篇作品中，他总能在动物身上看到人类的影子，能感觉到"动物的智慧"，甚至能观察到雨滴和水的融合过程，因此，自然界中的动植物便成为"人类的镜子"。

美的真谛

□ [俄罗斯] 邦达列夫

什么是美的真谛？是否是人对大自然反映的感知？

有时候我想，假若地球无可补救地变成了一个"无人村"，在城市的大街上，在荒野的草地上，没有人的笑声、说话声，甚至没有一声绝望的叫喊，那么这宇宙中鲜花盛开的神奇花园，连同它的日出日落、空气清新的早晨、星光闪烁的夜晚、冰冻的严寒、炎热的太阳、七月的彩虹、夏秋的薄雾、冬日的白雪将又会是一种怎样的景象呢？我想，在这空旷的冰冷的寂静中，地球立即会失去作为宇宙空间里人类之舟和尘世谷地的最高意义，而且它的美丽也将毫无意义，消失得无影无踪。因为没有了人，美也就不能在他的身上和意识里反映出来，不能被他所认识。难道美能被其他没有生命的星球去感知、去认识吗？

美更不可能自我认识。美中之美和为美而美是毫无意义的，是荒谬的和不切实际的。事实上这就像为理智而理智一样，在这种消耗性的内省中没有自由的竞争，没有吸引或排斥，没有生命的参与，因而它注定要消亡。美不该是僵化的，她应有明智的评价者，或赞赏的旁观者。须知美感——这是生活、爱和希望的感受——是对永生的臆想和信心，会唤起我们生的愿望和博大的爱心。

美与生命是紧密相连的，生命与爱也同样密不可分，而爱和人类则是密切相连的。一旦这些联系的纽带中断，大自然中的美就会变得空洞直至消亡。

死亡是地球上最后一位艺术家所写的书，可能也充满了最富有天才的和谐的美，但它至多只能算是无人欣赏的一堆垃圾。因为书的作用不是对着虚无喊叫，而是在另一个人心灵中引起反应，是思想的传递和感情的转移。

世界上所有的展示着全部美的博物馆，所有的绘画杰作，如果离开了人类，都不过是一些可怕的、五颜六色的破板棚。

假如地球上没有了人类，那么，艺术的美会变得丑陋怪诞，甚至比自然的丑更令人恶心。

佳作赏析：

尤·邦达列夫（1924—），俄罗斯作家。作品有中篇小说《两个营请求炮火支援》《最后的炮轰》，长篇小说《寂静》《热的雪》等。

尤·邦达列夫在反法西斯卫国战争期间一直在炮兵部队服役，曾两度负伤，经受了血与火的考验。这在他以后的创作中留下了深深的痕迹。经受过残酷战争的邦达列夫，曾经直面生与死的交锋，在《美的真谛》中，他在阐述什么是美的时候，更多地传达出自己的思想："美与生命是紧密相连的，生命与爱也同样密不可分，而爱和人类则是密切相连的。一旦这些联系的纽带中断，大自然中的美就会变得空洞直至消亡。"在他温暖的笔下，流露出一种对生命、对自然的大爱。

希望

□［俄罗斯］邦达列夫

现代文明无论走过了多么虚假的曲线，无论它曾以丰厚的物质偷换人们的灵魂，以种种廉价的快乐的小玩意儿暗中替换道德，但最主要的一点依然未变，那就是百转轮回的人生。

试想，地球上毫无生气，一贫如洗，徒有它的存在又将如何呢？它为什么而存在？它为谁而存在？有谁需要它的森林、草原、河流和田野？如果没有人类，所有这一切连同存在着的美都将变为不必要的、荒废的、死亡的东西。而具有呼吸和生命的人类才真正使宇宙结构获得了意义和目的。

人类目前既被隔离，又被联结，联结的本身即是地球。因为在我们力所能及和认识能达到的范围里，没有第二个地球，没有类似的第二种生命。有时听到某些富于幻想的哲学家兴高采烈地宣告我们即将征服宇宙，征服太阳系的各星球以建立新的生活，我就感到很奇怪。要建立什么样的生活？为什么？难道地球无力再负载人类了吗？

各式各样的"征服"最终是反人类的，因为它要破坏自然的、生存所必需的一切：水、空气和星球本身。

19 世纪曾有某彗星将擦及地球的预测，说到那时地球将会被整个翻转过来，毒气蒸发，30 分钟内人们就将没有空气可呼吸，人类将迎来历史的终点。可现在问题不在于彗星，而在于原子战争的威胁。这种战争能把我们的星球变为一粒死沙，飘扬在没有生命气息的宇宙空间。今天我们每一个地球上的居民已经分摊到 10 吨炸药和以百万单位来计量的爆炸品，这是何等的疯狂！这难道不是对人类的生存的最大威胁吗？人类的未来系于千钧一发。今天，通向希望的钥匙还没有完全失落，明天却可能会丧失。但我们毕竟是满怀希望地生活着，怀着希望在地球上行走，我们同时也满怀希望地相爱、高兴、痛苦、传宗接代、行善行恶、美慕、妒忌、谩骂、建设，并且展望未来，相信人生。

我在写作一部描述我们今天忧虑不安生活的小说时，想到的就是这一希望，我鄙视虚伪的乐观，相信理智，信奉健康的思想，信赖人类的互相凝聚，而不是疏远。

佳作赏析：

邦达列夫作为一位俄罗斯的重要作家，始终在关注人与自然，这是大主题，关系到人类的生存与毁灭。邦达列夫告诫人们："今天，通向希望的钥匙还没有完全失落，明天却可能会丧失。"在地球这个大村庄里，人们高兴、痛苦、相爱、行善、美慕、建设的时候，带着希望生活，并且相信未来。这是邦达列夫思想中最清晰的脉络。希望是一条道路，也是人们渴望的生活目标。

音 乐

□ [法国] 罗曼·罗兰

　　生命飞逝。肉体与灵魂像流水似的过去。岁月镌刻在老去的树身上。整个有形的世界都在消耗、更新。不朽的音乐，唯有你常在。你是内在的海洋，你是深邃的灵魂。在你明澈的眼瞳中，人生决不会照出阴沉的面目。成堆的云雾，灼热的、冰冷的、狂乱的日子，纷纷扰扰、无法安宁的日子，见了你都逃避了，唯有你常在。你是在世界之外的，你自个儿就是一个完整的天地。

　　你有你的太阳，领导你的行星，你的吸力，你的数，你的律。你跟群星一样地平和恬静，它们在黑夜的天空画出光明的轨迹，仿佛由一头无形的金牛拖曳着银锄。

　　音乐，你是一个心地清明的朋友，你的月白色的光，对于被尘世的强烈的阳光照得眩晕的眼睛是多么柔和。大家在公共的水槽里喝水，把水都搅浑了；那不愿与世争饮的灵魂却急急扑向你的乳房，寻他的梦境。音乐，你是一个童贞的母亲，你纯洁的身体中积蓄着所有的热情，你的眼睛像冰山上流下来的青白色的水，含有一切的善，一切的恶——不，你是超乎恶，超乎善的。凡是栖息在你身上的人都脱离了时间的洪流，所有的岁月对他不过是一日，吞噬一切的死亡也没有用武之地了。

音乐，你抚慰了我痛苦的灵魂；音乐，你恢复了我的安静、坚定、欢乐，恢复了我的爱，恢复了我的财富；音乐，我吻着你纯洁的嘴，我把我的脸埋在你蜜似的头发里，我把我滚热的眼皮放在你柔和的手掌中。咱们都不做声，闭着眼睛，可是我从你眼里看到了不可思议的光明，从你缄默的嘴里看到了笑容，我蹲在你的心头，听着永恒的生命跳动。

佳作赏析：

罗曼·罗兰（1866—1944），法国作家，1916年诺贝尔文学奖得主。作品有《名人传》《约翰·克利斯朵夫》等。

罗曼·罗兰是一位作家，但他对音乐格外偏爱，有着独特的理解。作家写了很多关于音乐的文章，他说："想到音乐永恒，是令人欣慰的，在这普天下动荡不安中宛如一位和平者。"罗曼·罗兰把音乐比作母亲，在人类经受痛苦的时候，人们能在音乐中找到积蓄的温暖和爱。在时间面前，什么都可以消失，只有音乐是不可能被死亡吞噬的。罗曼·罗兰没有故意地渲染，他虔诚地说："我蹲在你的心头，听着永恒的生命跳动。"他把自己放在音乐的心头，这样会永远地听音乐的心跳。

什么最有意义

□ 〔美国〕 爱因斯坦

假若没有孜孜追求的一种志向，假若不去探求客观世界里那个在艺术和科学领域里永远达不到的境界，那么在我看来，再长的人生也是没有意义的。

俗世人们所努力追求的一切——财产、虚荣、奢侈的生活，我都不屑一顾。我从来不把安逸和享乐看做是生活目的的唯一目标；这种伦理的基础，可以说与动物无异。

指引我前进，并且不断地鼓舞我去创造生活和正视生活的，是真、善、美。

生活百味来源于自然界，而坚强的个性却来自一个人的自我努力。我所做的一切事情都是我自己的本性使然。现在经常有一些品格高尚的人慨然弃世，以致我们对于这样的结局不再感到震惊和奇怪了。然而要做出死别的决定，一般都是由于无法适应新的生存环境，感到内心绝望而了结自己的生命。

今天，在精神健全的人中间，极少发生这种事情，偶然出现的例外发生在那些最清高、道德最高尚的人身上。

也许我们并不知道，什么才是生活中最有意义的，正如终生都游荡于水中的鱼儿，不是对水的世界也一无所知吗？

佳作赏析：

　　阿尔伯特·爱因斯坦（1879—1955），美籍德裔犹太人，著名物理学家。1921年诺贝尔物理学奖获得者。著有《论动体的电动力学》《广义相对论基础》等。

　　他在这篇不长的文章中，提出人生的意义，这是一直困扰人类的问题。"假若没有孜孜追求的一种志向，假若不去探求客观世界里那个在艺术和科学领域里永远达不到的境界，那么在我看来，再长的人生也是没有意义的。"在爱因斯坦看来，人生的价值不在乎人生的长与短，而是有意义地追求目标。人如果是物质地活着，一生无法找到精神的家园，这样的人生是虚度无意义的。

真实的高贵

□ ［美国］海明威

在波澜不惊的海平面上，你、我，甚至任何一个人都可以驾驭船只远航。但是，如果只有阳光而没有阴影，只有快乐而没有苦难，那就全然不是人生。即使以最幸福的人的境况来说，那也是一团缠结的纱线。

经历了失去亲人的痛苦又迎来幸运之事，让我们一阵悲哀，一阵愉快。甚至死亡本身会使人生更为可爱。在人生中的清醒时刻，在悲哀及伤心的暗影之下，人们最接近他们的真我。

我们必须承认，所有事物或事业中，智慧所发生的作用不如品格，头脑不如心情，天资不如由判断力所节制的自制、耐心和规律。

我始终认为，如果一个人越追求内心深处的生活，他外在的生活就越简单，越朴素。在奢侈浪费的时代，我愿向世人表明，人类真正需求的东西应该是极少的。

懊悔自己的错误而不至于重犯，才是真实的悔悟。比别人强，并不算真正的高贵。比以前的自己强，才是货真价实的高贵。

佳作赏析：

　　欧内斯特·海明威（1899—1961），美国小说家。1954年获诺贝尔文学奖。代表作品有长篇小说《太阳照样升起》《永别了，武器》《老人与海》等。

　　海明威在三百多字的短文中，蕴含了巨大思想，他认为真实是一种宝贵的品质，"如果一个人越追求内心深处的生活，他外在的生活就越简单，越朴素。在奢侈浪费的时代，我愿向世人表明，人类真正需求的东西应该是极少的。"在当下真实是人们急需的，有一天，完全失去了真实的高贵，那么这个社会是非常可怕的。海明威的这一思想观点，值得我们回味。

生命中的最后一天

□ [美国] 奥格·曼狄诺

假如今天是我生命中的最后一天。

我要如何利用这最后、最宝贵的一天呢？首先，我要把一天的时间珍藏好，不让一分一秒的时间无端浪费。我不为昨日的不幸叹息，过去的已够不幸，不要再赔上今日的运道。

时光会倒流吗？太阳会西升东落吗？我可以纠正昨天的错误吗？我能抚平昨日的创伤吗？我能比昨天年轻吗？一句出口的恶言，一记挥出的拳头，一切造成的伤痛，能收回吗？

不能！过去的永远过去了，我不再去想它。

假如今天是我生命中的最后一天。我该怎么办？忘记昨天，也不要痴想明天。想着明天的种种，今天的时光也将白白流逝了。明天是一个未知数，为什么要把今天的精力浪费在未知的事情上？

企盼今早的太阳再次升起，太阳已经落山。走在今天的路上，能做明天的事吗？我能把明天的金币放进今天的钱袋里吗？

明日瓜熟，今日能蒂落吗？明天的死亡能将今天的欢乐蒙上阴影吗？我何必担心未知的东西呢？明天和昨天一样被我埋葬。我不再想它，今天是我生命中的最后一天。

这是我仅有的一天，是现实的永恒。我像被赦免死刑的囚犯，用喜悦的泪水拥抱新生的太阳。我举起双手，感谢这无与伦比的一天。

当我想到昨天和我一起迎接日出的朋友，今天已不复存在时，我为自己今天的幸存而感激上苍。我是无比幸运的人，今天的时光是额外的奖赏。

许多强者都先我而去，为什么我得到这额外的一天？是不是因为他们已大功告成，而我尚在途中跋涉？如果这样，这是不是成就我的一次机会，让我功德圆满？造物主的安排是否别具匠心？今天是不是我超越他人的时机？

今天是我生命中的最后一天。

生命只有一次，而人生也不过是时间的累积。我若让今天的时光白白流逝，就等于毁掉人生最后一页。因此，我珍惜今天的一分一秒，因为它们将一去不复返。我无法把今天的时间存入银行，明天再来取用。时间像风一样不可捕捉。每一分一秒，我要用双手捧住，用爱心抚摸，因为它们如此宝贵。

垂死的人用毕生的钱财都无法换得一口生气。时间无法计算价值，它们是无价之宝！

今天是我生命中的最后一天。我憎恨那些浪费时间的行为。我要摧毁拖延的坏习惯。我要以真诚埋葬怀疑，用信心驱赶恐惧。我不听闲话、不游手好闲、不与不务正业的人来往。我终于醒悟到，若是懒惰，无异于从我所爱之人手中窃取食物和衣裳。我不是贼，我有爱心，今天是我最后的机会，我要证明我的爱心和伟大。

今天是我生命中的最后一天。

今日事今日毕。今天我要趁孩子还小的时候，多加爱护，明天他们将离我而去，我也会离开。今天我要深情地拥抱我的妻子，给她甜蜜的热吻，明天她会离去，我也是。今天我要帮助落难的朋友，明天他不再求援，我也听不到他的哀求。我要乐于奉献，因为明天我无法给予，也没有人来领受了。

今天是我生命中的最后一天。

如果这是我的末日，那么它就是不朽的纪念日，我把它当成最美好的日子。我要把每分每秒都化为甘露，一口一口，细细品尝，而且满怀感激。我要每一分钟都有价值。我要加倍努力，直到精疲力竭。即使这样，我还要继续努力。我要拜访更多的顾客，销售更多的货物，赚取更多的财富。今天的每一分钟都胜过昨天的每一小时，最后的也是最好的。

假如今天是我生命中的最后一天。

如果不是的话，我要跪倒在造物主面前，深深致谢。

佳作赏析：

奥格·曼狄诺（1924—1996），美国成功学家、作家。作品有《世界上最伟大的推销员》等。

用假如今天是我最后一天的心态来过每一天，珍惜今天的一分一秒，把它牢牢掌握在自己手里。这样，你就会懂得感恩、懂得珍惜、懂得给予，你的生命才会更有意义。文章运用了排比手法，读来朗朗上口，语言平实而感人。

版权声明

　　本书部分作品无法与权利人取得联系，为了尊重作者的著作权，特委托北京版权代理有限责任公司向权利人转付稿酬。请您与北京版权代理有限责任公司联系并领取稿酬。联系方式如下：

北京版权代理有限责任公司

北京市东城区朝阳门内 55 号南门 1006 室

邮编：100010

电话：（010）58642004

E-mail:bookpodcn@gmail.com

Website:www.bookpod.cn